KB078502

FUSION FANTASTIC STORY

가프 장편 소설

9급 공무원
포에버
Forever

9급 공무원 포에버 7

가프 장편 소설

초판 1쇄 찍은 날 § 2015년 4월 23일
초판 1쇄 펴낸 날 § 2015년 4월 30일

지은이 § 가프
펴낸이 § 서경석

편집책임 § 한준만

펴낸곳 § 도서출판 청어람
등록번호 § 제387-1999-000006호
등록일자 § 1999. 5. 31
어람번호 § 제1-2110호

주소 § 경기도 부천시 원미구 부일로 483번길 40 서경B/D 3F (우) 420-822
전화 § 032-656-4452 팩스 § 032-656-4453
http://www.chungeoram.com
E-mail § chungeorambook@daum.net

ISBN 979-11-04-90212-3 04810
ISBN 979-11-04-90071-6 (세트)

가프 장편 소설

9급 공무원 포에버

Forever

7

도서출판 청어람

9급 공무원
포에버
Forever

CONTENTS

1장
검찰공무원 조탁대

"네가 좋다면 우린 무조건 네 편이다."

아침 식사 시간, 탁대의 결심을 전해들은 마더와 동환은 무한지지를 선언했다. 그동안 봉황시를 위해 최선을 다한 조탁대. 덕분에 유명세까지 타면서 공무원의 상징 같은 존재로 떠올랐으니 믿지 않을 이유가 없었다.

"어쨌든 잘된 거지?"

마더가 확인차 물었다.

"뭐, 일단 나쁜 건 아닌데 별정직이라는 게 좀 마음에 걸리는구나."

동환은 찬성하면서도 신중한 자세를 견지했다. 마더에 비해 별정직의 장단점을 아는 까닭이었다.

"별정직은 공무원 아니에요?"

"같은 공무원이지만 신분보장이 안 되니까……."

마더의 질문에 동환이 말끝을 흐렸다.

"뭐 그렇다고 쉽게 짤리고 그런 건 아니니까 염려하지 않아도 돼요. 그리고 어느 정도 근무하다가 다시 봉황시로 돌아가면 되고요."

탁대는 거기까지 설명했다. 자리보장이라든가 사무관, 서기관 같은 이야기는 하지 않았다. 미래의 일이라면 그게 무엇이든 단지 가능성일 뿐이었다.

"아무튼 이제 네가 6급이란 말이지?"

마더는 숫자가 마음에 드는 모양이다. 아까부터 벌써 세 번이나 6급을 강조하고 있다.

"네. 우리 시청으로 치면 팀장급입니다."

"그럼 경찰로 치면?"

"경감쯤 되죠. 거기 경위가 공무원 7급에 비교되니까요."

"와아, 우리 아들 출세했네. 그러니까 우리 아들이 우리 동네 경찰지구대 대장급이란 말이잖아?"

"그러네요."

탁대는 엷은 미소로 마더의 장단을 맞춰주었다.

"이제 결혼식 마치고 떡두꺼비 같은 아들만 낳으면 더 바랄 게 없겠다."

마더는 계속 들뜬 마음을 이어갔다.

"이 사람아, 요즘은 여자 세상, 딸 세상이라네. 아들 가진 부모는 힘 못 써."

동환이 기다렸다는 듯이 끼어들었다.

"흥, 그것도 아들 나름이죠. 우리 탁대가 보통 아들인가요? 자그마치 국민영웅에 국가대표 공무원인데."

"그러는 당신은? 뭐든 친정 우선이잖아? 며느리는 별다를 거 같아?"

"어머, 이이가 왜 이래요? 내가 언제 친정 우선이었다고?"

"됐어. 우리 집 이야기만 나오면 진저리를 치면서 뭘……"

"어머어머, 이이가 사람 잡네. 미안하지만 나는 우리 집안이나 당신 집안이나 똑같이 대하고 있거든요."

"그런 사람이 우리 식구들이 온다고 하면 오만상을 쓰고 자기 식구들 온다고 하면 입이 찢어지나?"

"아, 진짜… 내가 언제 그랬다고 그래요?"

"이 사람아, 가슴에 손을 얹고 생각해 봐. 당신도 며느리 들어와 봐야 아, 내가 시집에 좀 무신경하긴 했구나 하고 깨달을 사람이야."

"얘, 탁대야. 네가 말 좀 해봐라. 내가 진짜 그렇게 못된 며느리였니?"

궁지에 몰린 마더가 탁대를 바라보았다.

"앗, 죄송합니다. 저 출근시간 늦었어요."

입장이 곤란해진 탁대는 상의를 집어 들고 밖으로 튀었다.

부웅!

차가 골목을 나섰다. 이면도로 쪽은 주차가 엉망이었다. 심지어는 2열 주차를 한 차도 있었다. 명백한 주차위반이다. 하지만 단속 공무원도, 경찰도 이 시간에는 단속하지 않는다. 시민들도 그걸 이용하는 것이다.

일방통행도로도 마찬가지다. 주택가 일방통행도로는 여간해서는 단속하지 않는다. 그게 지속되다 보면 자기 편리를 위해 법규를 어기는 차량이 늘어난다.

'혜자……'

큰 도로로 나오면서 혜자를 생각했다. 처음으로 임용되어 만난 여자. 그녀에게서 단속 노하우를 배우며 함께 불법주차 차량을 단속하던 시절. 여러 가지 골치 아픈 민원과 단속의 애로를 토로하던 시간들. 그게 쌓이고 쌓여 인연이 되더니 이제 사랑하는 사이가 되었다.

'기분이 묘한데?'

신규 임용을 받기 위해 봉황시청으로 가던 날이 이랬을까? 검찰청으로 옮기기 위해 마지막으로 출근하는 시청. 그 건물이 시야에 들어오자 가슴은 더욱 담담해져 갔다. 짬밥의 힘이었다.

"어우, 누구는 좋겠다."

"왕 부러워요, 조 주임님."

감사실, 작별의 시간을 가질 때 여직원들이 이구동성으로 말했다. 검찰로 옮기는 것만 해도 영전인데 직급까지 올라서 간다니 당연한 반응이기도 했다.

"탁대 씨, 이거 다시 시로 돌아올 때는 과장님 되어서 오는 거 아니야?"

"왜 아니겠어? 이건 사무관 진급 코스라고."

"으악, 그럼 혹시라도 내가 있는 부서로 오면 잘 좀 봐줘."

남자직원들도 부러운 시선을 감추지 못했다.

"잘하게. 물론 자네는 잘하겠지만."

용 팀장이 손을 내밀었다. 이제는 꼼꼼하게 일을 찾아하는 용석봉. 원래부터 실력은 있던 사람이었으니 앞으로도 황천수를 잘 보필할 것 같았다.

"다 팀장님 덕분입니다."

"내가 뭘?"

"저를 대 교통과로 스카우트해 가지 않았습니까? 따지고 보면 제 업무의 고향은 주차단속이거든요."

"그거야 내가 잔머리를 굴리다 보니……."

용 팀장이 머쓱하게 웃었다. 그런데 탁대의 말은 공치사가 아니었다. 국민영웅으로 발돋움한 계기가 바로 주차단속을 하다가 막아낸 화물트럭이었기 때문이었다.

"과장님!"

탁대는 황천수에게 다가섰다. 황천수는 말없이 탁대의 손을 잡았다. 그리고 탁대의 묵직한 어깨를 툭툭 쳐주었다. 어떤 말보다 강력한 격려가 담겨진 손길이었다.

"윤아 선배님!"

마지막으로 탁대의 발길이 멈춘 곳은 조윤아 앞이었다. 탁대가 처음으로 알게 된 공무원 조윤아. 동시에 바른 행정자세와 공무원의 신념으로 탁대의 표상이기도 했던 또 한 사람의 공무원.

"아, 진심 배 아프네. 엊그제 내 밑에 9급으로 들어왔는데 어느새 나랑 같은 7급이 되더니 다시 6급?"

"죄송합니다."

"아니에요. 다른 사람 승진하는 건 배 아프지만 탁대 씨는 예외예요. 그동안 함께해서 영광이에요."

"저야말로 반듯한 선배님 밑에서 공무원의 길을 제대로 배울 수 있어서 영광이었습니다."

"결혼식 청첩장은 돌렸어요?"

"아직……."

"그럼 혜자 편으로 나한테 보내세요. 내가 쫙 뿌려줄게요."

"그래도 될까요? 저 이제부터 검찰 직원인데……."

"아니, 어떤 인간이 안 된다고 그래요? 탁대 씨는 검찰로 가든 청와대로 가든 우리 봉황시 공무원이라고요. 안 그래요?"

윤아가 목청을 높이자 감사실 일동이 박수로 화답을 했다.

"고맙습니다. 여러분!"

마지막으로 정중한 인사를 남기고 탁대는 감사실을 나섰다. 콧날이 자꾸 시큰해져서 더 있기도 곤란할 지경이었다.

국장들에게 인사를 마친 탁대는 부시장실에 이어 시장실을 방문했다.

"이어, 조탁대!"

시장은 두 팔을 벌려 탁대를 환영해 주었다.

"검찰로 옮겨가게 되었습니다."

"알아, 알아. 일단 앉으라고."

시장은 탁대에게 기꺼이 소파를 내주었다.

"6급 직급을 받게 되었는데 전부 시장님 덕분입니다."

"솔직히 나는 힘 안 썼네. 자네를 보내기 싫었거든."

"말씀이라도 감사합니다."

"하지만 어쩌겠나? 자네가 잘되는 일이니 우정 똥고집을 부릴 수도 없고, 검찰에서도 국가를 위해 필요한 인재라고 하니 힘없는 내가 막을 수도 없고…….”

“그러셨군요.”

“아무튼 가서 봉황시 공무원의 본때를 보여주라고.”

“열심히 하겠습니다.”

“그리고 언제든 거기서 찬밥 취급하면 말하게. 내가 바로 자리 만들어서 데려올 테니까.”

“그거 공문으로 만들어주시면 안 될까요?”

탁대가 웃으며 말했다.

“공문? 안 될 거 뭐 있나? 당장 실장 불러들여서 만들어오라고 하겠네.”

“아, 아닙니다. 제가 떠나는 길에 시장님 뵐 면목이 없어서 주제넘은 농담을…….”

탁대는 얼른 상황을 수습했다.

“자네 표강일이 만났나?”

여직원이 가져온 커피를 한 모금 넘긴 시장이 느닷없는 질문을 던졌다.

“예?”

“뭐, 곤란하라고 물은 게 아니네. 자네가 누굴 만나든 무슨 상관일까? 다만 한 가지는 명심해 주기 바라네.”

시장은 탁대를 꼿꼿이 바라보며 말을 이었다.

“자넨 내 사람이야. 내 밑에서 9급으로 출발했고 내 밑에서 엄청난 사건을 해결했지 않나? 더구나 내 목숨까지 구하고 우리 시의 많은 비리와 부패를 도려내 주었네. 이건 보통 인연이 아니라는 얘기지.”

시장의 목소리에 힘이 들어갔다.

"예……."

"그러니 애로가 있으면 나를 많이 이용해 먹으라는 얘기네. 내가 비록 표강일이 만큼은 아니지만 나름 인맥이 있거든."

"표 사장님을 만난 건……."

"아아, 설명 안 해도 되네. 그 양반이 이래저래 자네를 후원하는 건 나도 알고 있네. 솔직히 처음에는 반감도 있었지만 지금은 아니야. 자네처럼 사명감이 투철한 공무원은 누가 되었든 키워야 하는 사람이니까."

"이해해 주셔서 감사합니다."

"어딜 가든 여기서 했던 만큼만 하면 자넨 대한민국 최고야. 자네 같은 공무원을 부하로 두었던 게 무척 자랑스럽네."

"시장님……."

"검찰이라고 쫄지 말고. 검찰은 뭐 공무원 아닌가? 제 놈들이 딴에는 권력기관이라고 목에 힘을 잔뜩 주지만 알고 보면 우리나 저희나 오십보백보야."

"명심하겠습니다."

인사를 마친 탁대는 예를 다해 정중한 인사를 올렸다. 이런저런 애증이 많았던 김성곽 시장. 하지만 지금은 그도 열렬한 탁대의 지지자가 된 터였다.

"과장님!"

계단을 내려온 탁대는 교통과로 들어섰다. 공무원 생활에 있어 고향 같은 첫 발령지. 떠나는 길에 그걸 지나칠 수는 없었다.

"조탁대 주임!"

소미현 팀장과 업무 검토를 하던 은 과장이 발딱 일어서며 소리쳤다.

"이어, 검찰로 영전한다고?"

당장 달려와 탁대의 어깨를 정답게 잡아주는 은 과장.

"영전은요? 쫓겨 가는 거죠."

"그게 쫓겨 가는 거면 나도 좀 쫓아주게나."

"그럼 과장님이 대신 가시겠습니까?"

"어이쿠, 내가 그런 재주만 있으면 아직도 과장하고 있겠나? 벌써 국장 달거나 부이사관쯤 되어서 도청으로 갔겠지."

"그동안 고마웠습니다. 가는 길에 인사드려야 할 것 같아서요."

"잘 왔네. 그렇잖아도 아까 감사실에 전화했는데 시장님실로 갔다기에……."

"소 팀장님도 고마웠습니다."

시선을 돌려 소미현을 바라보는 탁대. 탁대의 첫 팀장이었던 그녀였다.

"잠깐만!"

소미현은 자기 책상을 뒤지더니 작은 선물을 꺼내 내밀었다.

"넥타이야. 탁대 씨가 영전한다니 내 일처럼 기쁜 거 있지? 원래 넥타이 잘 안 매는 건 알지만 혹시 맬 일 있으면 매."

"고맙습니다."

선물을 받아들자 다시 콧날이 매콤해지는 탁대.

"나도 조그만 거 하나 샀어요."

그녀의 뒤를 이어 명하도 선물을 내밀었다.

"명하 씨……."

"검찰에서도 잘하시고요. 결혼식장에서 뵈어요."

"그래. 고마워."

명하와 악수를 나눈 탁대가 은 과장을 향해 돌아섰다.

"과장님, 아직 그거 하시죠?"

"그거? 뭐?"

"있잖아요? 타로 카드 점."

"왜? 그거 해보게?"

"안 될까요?"

"안 될 건 없지만 사실 그거 구라야. 내가 그냥 대충 책보고 기분 내키는 대로 말하는 거거든."

"괜찮습니다. 저도 재미로 하는 건데요 뭐."

"그럼 한 번 해볼까?"

서랍을 연 은 과장이 타로카드를 섞어 탁대에게 내밀었다. 교통과 직원들의 시선이 카드로 쏠려왔다.

"이번에는 아무래도 황제가 나올 거 같은데?"

은 과장이 중얼거리는 사이에 탁대가 카드를 뽑았다.

"……!"

은 과장의 눈이 동그랗게 커진 채 멈췄다. 탁대가 뽑은 건 이번에도 '데쓰'였다.

데쓰(Death)!

"허허, 자넨 역시 초지일관(初志一貫)이군."

"그러게요. 어떻게 뽑을 때마다 데쓰지?"

은 과장의 말에 소 팀장도 어깨를 으쓱해 보였다.

"뭐, 나쁘지 않네요. 여기 왔을 때도 데쓰를 뽑아서 이렇게 거듭

나지 않았습니까?"

탁대는 좋은 쪽으로 받아들였다.

"일동 차렷!"

탁대가 1층에 내려서자 맹대우의 구령 소리가 로비를 흔들었다.

"조탁대 주사님을 향하여 경례!"

처처척!

맹대우의 구령에 따라 도열한 청경과 방호원들이 일제히 거수경
례를 붙었다.

"방호장님!"

놀란 탁대가 고개를 들자 무수한 제복들이 눈에 들어왔다. 시청
의 방호원과 청경들을 전부 동원한 모양이었다. 그뿐인가? 여기저
기서 튀어나온 직원들이 일제히 박수를 치기 시작했다.

"조탁대, 조탁대!"

연호의 시작은 채은돌이었다. 그가 동기들까지 모두 끌고 나온
것이다.

"조탁대, 조탁대, 국민영웅 조탁대!"

은돌의 구호를 더욱 우렁차게 이끌어가는 팔호와 재광. 그 옆의
수애와 창혜, 애숙과 은하까지 정다운 얼굴들이 탁대의 가슴을 파
고들어 왔다.

"왕형님!"

"짜식, 내가 이럴 줄 알았다니까."

은돌은 뼈가 으스러져라 탁대를 껴안았다.

"형……."

"팔호야……."

"진짜 존경합니다. 꼭 봉황시로 돌아오세요."

"그래. 그때까지 감사실 잘 지켜라."

"걱정 마세요. 형만큼은 아니지만 힘닿는 데까지 공명정대하게 지키고 있을 게요."

팔호의 말에 탁대가 두 팔을 벌렸다. 눈물을 털어낸 팔호가 탁대의 가슴에 안겼다. 뜨거웠다. 미운 정 고운 정 단단히 박힌 이팔호. 그래서 그 체온이 남다르게 느껴졌다.

"축하해요."

의회에서 마음을 다쳤던 차성희와 강애자가 여직원들을 대표해 꽃다발을 내밀었다. 그걸 받아든 탁대는 자가용으로 향했다. 운전석 앞에 선 탁대는 현관에 줄을 지은 동료와 선후배들을 향해 꾸벅 목례를 올렸다.

봉황시청.

이제 안녕이었다.

부릉!

탁대는 힘차게 시동을 걸었다. 저 앞에 새로운 세상이 기다리고 있다. 다시 도전하는 것이다. 9급 공무원 임용에 바치던 그날의 공직 자세, 개똥 초심으로!

*　　　*　　　*

"이 친구인가?"

검찰청 4층, 제2차장검사실에서 권태술 차장이 탁대를 맞이했다.

20 9급 공무원 포에버

"조탁대입니다!"

탁대는 담담하게 인사를 했다. 권 차장이 손을 내밀자 그 손을 잡았다.

"협조해 줘서 고맙네."

"아닙니다. 공무원으로서 마땅히 해야 할 일입니다."

"지검장님은?"

권 차장이 어 계장을 돌아보았다.

"지금 임명장을 받으러 가는 길입니다."

어 계장은 깍듯하다. 차장검사의 위용이 엿보이는 풍경이었다.

"아무튼 기대가 크네. 조탁대 수사관."

"예."

탁대는 짧은 인사를 끝으로 차장 검사실을 나섰다. 봉황지청에는 제1차장검사와 제2차장검사가 있었다. 시청으로 비교하자면 부시장에 해당한다. 하지만 검찰은 일반 공무원과 맞비교할 수 없는 무게감이 있었다.

"조탁대, 별정6급에 임함. 특별수사부 수사과 근무를 명함."

지검장은 탁대 한 명을 두고 임명장의 문구를 읽어 내려갔다.

"이거 유명한 공무원이 오니 우리 검찰청이 다 휜해지는 느낌이군."

김대열 지검장은 생각보다 소탈했다.

"검찰에서 일하게 되어 영광입니다."

임명장을 받아 든 탁대는 바로 지검장실을 나왔다.

"임명장 받아 든 소감이 어떤가?"

처음부터 줄곧 탁대의 안내를 맡은 어 계장이 물었다.

"얼떨떨한데요?"

"그래도 자네는 역시 대단해."

"뭐가 말입니까?"

"대부분 검찰청에 파견 나오면 삶은 배추처럼 팍 위축되거든. 그런데 아주 자연스럽잖아?"

"제가 뭐 죄인입니까? 위축되게……."

"하긴 그렇지. 자넨 우리가 모시고 온 사람이니까."

"수사과면 계장님 밑이로군요?"

"자넨 우리가 모시고 왔으니 밑이 아니고 상전이네."

"농담 마시고요."

"농담 아니야. 사건만 해결해 준다면 진짜 상전으로 모실 생각도 있네."

"계장님……."

"아, 저기 형사부장님 오시는군."

어 계장은 맞은편 복도에서 걸어오는 형사부장에게 탁대를 인사시켰다.

"이 친구가 그 친구인가?"

"그렇습니다."

"우리 1차장님도 기대가 크시더군. 그리고 저번에 살인사건 해결해 줘서 고맙네."

"네? 네……."

아직 청의 분위기를 모르는 탁대는 대충 얼버무려 버렸다.

"그럼 자주 보자고."

형사부장이 계단을 따라 내려가자 어 계장이 발길을 떼었다.

"청에 부장님이 여덟 분이라네. 자네는 특별수사부 소속이니까 위윤재 부장님 직할이고."

어 계장이 걸음을 멈췄다. 탁대 눈에 '특별수사부장실' 이라는 안내판이 들어왔다.

"오, 조탁대!"

수사 기록을 살피던 위 부장이 탁대를 맞아주었다.

"임명장 받았습니다."

어 계장이 선 채로 대답했다.

"축하하네. 이제 자네는 우리 식구야."

"열심히 하겠습니다."

위 부장이 격려를 하자 탁대는 밝은 목소리로 화답했다.

"우리 한 번 멋지게 애국해 보자고."

위 부장이 힘차게 웃었다. 부장검사 방에서 보는 미소는 사석에서 보는 것과는 느낌이 달랐다.

그 길로 수사과에 배속된 탁대는 과장 양동광과 황득대 수사관, 노경선 직원 등과 인사를 나눴다. 사무실 분위기는 감사실과 별로 다르지 않았다.

"어이구, 직접 보니 미남이네?"

립 서비스까지 더하는 양 과장은 친근해 보였다. 황득대와 노경선도 그리 까탈스러워 보이지는 않았다. 황득대는 경찰에서 파견 나온 베테랑 경사였고 노경선은 검찰7급 공무원이었다.

탁대의 책상은 어 계장 옆에 있었다. 별정직이지만 6급을 받았으니 노경신 등의 기존 직원보다 예우를 하는 것이다.

"노 주임, 일단 부서별로 인사시키고 부속시설 숙지하도록 도와 줘."

어 계장이 노경선에게 지시를 내렸다.

"같이 일하게 되어 영광이에요."

복도로 나오자 노경선이 웃으며 말했다.

"제가 영광이죠."

"말씀 놓으세요. 저보다 나이도 많고 직급도 높은데……."

"그래도 선배님이신데……."

"안 돼요. 조 실장님 오시면 깍듯이 챙겨드리라고 부장님 엄명 떨어졌거든요."

"위 부장님이요?"

"네. 우리 검찰청의 운명을 쥐고 있는 분이라면서……."

"과찬입니다. 말단 지방공무원이 무슨 능력이 있다고……."

"너무 겸손한 것도 안 좋은 거 알죠? 저도 조 실장님이 어떤 분인 지 다 알고 있거든요. 목숨 걸고 유치원 어린이들 구하고, 봉황시 공직비리 박살 내고, 그것도 모자라 대교 붕괴까지 사전에 막으며 시장님 목숨까지 구했다는 거."

경선은 술술 말을 이어갔다. 그 말마따나 탁대에 대해 제대로 알 아본 모양이었다.

"저보다 저를 더 잘 아시네요."

탁대가 얼굴을 붉히자,

"조 실장님 자료 취합해서 올린 게 바로 저거든요."

하며 부연 설명을 하는 노경선.

"그런데 제가 왜 실장이죠?"

"실장님 맞아요. 비공식이지만 심리실장으로 부르기로 했거든
요."

"심리실장요?"

"마음에 안 드세요?"

"그건 아닙니다만……."

"그러니까 말 놓으세요. 조 실장님!"

경선은 명랑하게 탁대를 대우해 주었다. 기분은 괜찮았다. 마치
조윤아를 연상시키는 노경선. 활달하면서도 적극적이고, 나아가
긍정적인 마인드의 소유자라 탁대의 마음에도 쏙 들었다.

청을 돌며 인사를 하는 것도 쉬운 일은 아니었다.

"안녕하세요. 수사과에 발령받은 조탁대입니다."

"안녕하세요? 수사과에서 일하게 된 조탁대입니다."

비슷한 말을 수도 없이 하다 보니 나중에는 발음이 꼬일 지경이
었다. 그래도 탁대는 결코 소홀하지 않았다. 새로운 사람을 만난다
는 게 얼마나 소중한 일인가?

"여기가 조사실이에요."

부장실과 과를 돈 다음에 멈춘 곳은 영상조사실이었다.

"저번에 들어와 본 곳이군요."

"아, 맞다. 벌써 경험하셨죠?"

"예. 그 살인범은 어떻게 되었나요?"

"실장님이 추가로 확인한 범죄 외에 두 개의 추가 범죄를 더 자
백하고 재판을 기다리고 있어요. 그렇잖아도 현장 검증할 때 실장
님 찾았다던데요?"

"나를요?"

놀란 탁대가 고개를 들었다. 선한 얼굴 안에 숨겨진 악마의 심리. 결코 다시 만나고 싶지 않은 인간이었다.

"추가 범죄 시인한 것도 실장님 때문이라고 했대요. 마치 자기 마음을 꿰뚫고 있는 것 같아 존경한다고……."

"하핫, 그런 인간의 존경은 사절입니다."

"그렇죠?"

"그런데 조사실은 전부 비슷합니까?"

천천히 조사실을 둘러 본 탁대가 경선을 바라보았다.

"왜요? 드라마에 나오는 그런 조사실이 아니라서요?"

"예."

"어두운 조명에 방음시설을 갖춘 밀폐된 방. 한가운데는 탁자가 덩그러니 놓여 있고, 검사나 검찰 수사관이 범죄 피의자와 마주 앉아 윽박지르며 조사하는 장면. 그 방을 특수유리창을 통해 바라보며 조사 작전을 짜는 검사들……."

"맞아요. 딱 그런 분위기잖아요."

"전에는 많았는데 요즘은 죄다 이런 식으로 바뀌었어요. 조사 시에는 녹화가 가능하고요. 물론 유리를 통해, 모니터를 통해 이 안의 진행 상황을 검사들이 공유할 수도 있지요."

"모든 수사는 이런 방에서 이루어지나요?"

"그건 아니고요 일반적으로는 검사실에서 많이 진행해요."

"그렇군요."

"잘 봐두세요. 실장님은 아마 이 방을 많이 이용하게 될 테니까요."

경선의 설명이 끝나기 무섭게 어 계장이 들어섰다. 혼자가 아니었다.

"인사 끝났나?"

"네, 계장님!"

"그럼 노 주사도 나가서 준비하도록."

노경선이 나가자 어 계장은 뒤에 선 사람을 소개해 주었다.

"여기는 박재인 수사관. 심리분석 전문가시네."

"안녕하세요."

"안녕하세요!"

탁대는 박 수사관과 인사를 나누었다. 그런 다음 그로부터 심리 수사에 대한 기법과 노하우 등을 전해 들었다. 긴 이야기가 계속되는 동안 어 계장은 모니터를 보며 침묵을 지켰다.

"그런데 솔직히 말하자면……."

설명을 마친 수사관이 어깨를 으쓱하며 뒷말을 이었다.

"조탁대 실장님에게는 이런 것들이 필요 없을 것 같다는 생각입니다."

"왜죠?"

"지난번에 살인범의 진술을 유도한 방식 말입니다. 그걸 면밀히 분석해 봤는데 우리하고는 방향이 아주 딴판이라서요."

"어떻게 말입니까?"

탁대가 물었다. 탁대로서도 진짜 심리전문가들은 탁대를 어떻게 생각하고 있는 건지 궁금한 일이기도 했다.

"정석이 아니었습니다. 뭐랄까 초보적으로 보이는 신경전에 불과한데도 적확하게 피의자의 반응을 꿰뚫더군요. 그러니 굳이 정형화된 수사기법에 얽매이지 않아도 될 것 같습니다."

"칭찬인지 뭔지 모르겠군요."

"세상에 정답은 없으니까요. 아무튼 저희도 그 동영상 돌려보면서 정형화된 심리분석이나 취조에 대해 되돌아보는 계기가 되었습니다."

"영광이군요."

"얘기 끝났나요?"

그때까지 침묵하던 어 계장이 돌아보았다.

"예. 오히려 제가 배워야 할 지경이니까요."

"그럼 시작하지요."

"그러시죠."

박 수사관이 전화기를 집어 들었다. 통화가 끝나기 무섭게 두툼한 서류와 USB를 든 검사와 수사관들이 들어섰다.

방형기 검사, 윤천수 검사, 박재인 수사관, 황득대 수사관, 노경선 주임.

거기에 탁대와 어 계장까지 합치니 모두 일곱 명. 말없이 자리를 잡고 앉는 사람들의 얼굴에는 비장함이 가득했다. 탁대는 그 엄숙한 분위기에 압도되었다.

"부장님 모셔."

어 계장이 노경선을 바라보자 노경선의 손이 수화기를 집어 들었다.

"제3 영상수사실에 모두 모여 있습니다."

절제된 목소리. 그 또한 탁대에게 청사를 안내하던 때와는 판이하게 달랐다.

'대체 무슨 사건이길래……'

탁대가 숨을 죽일 때 위 부장이 양동광 과장의 수행을 받으며 들어섰다. 이제 영상수사실의 멤버는 아홉 명이 되었다.

"누가 개요를 설명하겠나?"

위 부장이 상석에 앉으며 좌중을 돌아보았다.

"제가 하죠."

맨 구석에 자리를 잡고 앉았던 방형기 검사가 일어섰다. 삼십 세를 갓 넘어 보이는 혈기왕성한 검사였다.

"화면 열까요?"

어느 틈에 컴퓨터 앞으로 자리를 옮긴 노경선이 물었다. 말하지 않아도 치밀하게 움직이는 조직력. 검찰이 괜히 검찰이 아니었다.

"3번 연결도 그림도 띄워줘."

방 검사가 말하자 화면에는 바로 인물들의 연결도가 올라왔다. 방 검사가 화면 앞으로 다가갔다.

"현재 진행된 상황은 연결 고리에 해당하는 하부 인사들의 행적 확인입니다. 재확인 차원에서 점검했는데 특별히 진전된 상황은 없습니다."

검사가 펜으로 화면을 짚었다. 화면에는 두 명의 인물도가 가지를 치고 있었다. 조직적인 비리를 포착한 모양이었다.

'검찰이 이 난리라면 적어도 1급 이상의 고위층이라는 얘기……'

탁대는 숨을 죽이며 방 검사를 주목했다.

"몸통의 움직임은?"

위 부장이 등받이를 깊이 파고들며 물었다.

"아직은 기밀이 유지되고 있지만 장담할 수 없습니다."

"로비한 쪽에서 눈치를 챈 모양이군."

"애당초 그쪽에서 들어온 첩보 아닙니까? 이미 예상한 일입니다."

"현재까지 밝혀진 추정액은?"

"일단 드러난 것만 양쪽 몸통이 공히 10억 이상 수수한 것으로 감을 잡고 있습니다."

'10억.'

방 검사가 말한 액수가 탁대의 귀를 뚫고 들어왔다. 적은 액수는 아니었다.

"조탁대 실장 투입 시기는?"

다시 위 부장이 검사를 향해 물었다.

"속전속결로 나가야 하는 일입니다. 일단 경미한 사안을 흘려 관계자들을 참고인 소환한 후에 단판 승부를 내야합니다."

"우선순위는 좌측 몸통이야. 그쪽부터 해부해."

"알겠습니다."

"조 실장에게 사건의 심각성을 잘 설명하고 실수하지 않도록. 관련자들을 소환하게 되면 난리가 날 거야. 자칫 실수라도 하면 우리가 박살 나게 될 테니까 매 단계마다 보고하면서 만전을 기하도록!"

"예!"

보고를 끝낸 방 검사의 얼굴에서 전의가 배어 나왔다.

위 부장과 양과장이 나가자 본격적인 수사 회의가 시작되었다. 노경선은 화면을 바꾸었다. 얼굴 대신 '?'로 표시된 두 명 외에 나머지 사람들의 얼굴이 화면에 드러났다.

'공무원 비리라고 했었지?'

궁금하긴 했지만 질문을 아껴두는 탁대. 아직 이들의 설명이 다 끝난 것 같지 않은 까닭이었다.

"조 실장님!"

회의 준비가 끝나자 윤천수 검사가 탁대를 바라보았다.

"예?"

"이번 수사의 시작은 조 실장님입니다. 마찬가지로 수사의 성패 또한 실장님이 쥐고 있는 것과 같습니다."

"제가요?"

"오자마자 이런 말해서 죄송하지만 장담컨대 이번 사건을 증명하지 못하면 실장님은 옷 벗어야 할 겁니다. 우리도 마찬가지고요."

'옷을 벗어?'

탁대는 들이마신 숨을 내뿜지 못했다. 그 정도로 심각한 사안일 줄은 짐작치 못했던 것이다.

"겁주시는 건 아닌 거 같은데… 그렇게 중대한 사건입니까?"

탁대는 결국 참고 있던 질문을 토하게 되었다.

"블라인드 지워."

서류를 넘기던 어 계장이 경선에게 말했다. 경선이 마우스를 조작하자 '?'로 표시되어 있던 인물도의 맨 윗사람 둘의 모습이 드러났다.

"누군지 알겠나?"

어 계장이 돌아보았다.

"글쎄요. 어디서 많이 본 것 같기는 한데……."

탁대는 턱을 괴며 대답했다. 분명 낯익은 두 사람, 그런데 당장 떠오르질 않는 것이다.

답은 방형기 검사의 입을 통해서 나왔다.

"오른쪽은 백영규고 왼쪽은 송길웅입니다."

'백영규와 송길웅?'

이름을 듣는 순간, 그리고 그 이름과 사진이 매칭이 되는 순간, 탁대는 피가 차갑게 얼어붙는 것을 느꼈다.

"여당 직전 원내대표와 야당 현 원내대표 말입니까?"

"그렇습니다."

콰앙!

대답과 동시에 탁대의 뇌리에 벼락이 쳤다. 천둥도 울렸다. 그냥 국회의원도 아니었다. 원내대표라면 당의 간판과도 같은 거물들. 그것도 하나도 아니고 둘?

탁대는 패닉에 가까운 충격적인 사실을 확인하기 위해 어 계장을 바라보았다. 어 계장은 맞다는 듯 고개를 끄덕거렸다. 방 검사도 그렇고 노경선도 그랬다.

'맙소사!'

탁대는 온몸에서 힘이 쭉 빠져나가는 걸 느꼈다.

백영규 and 송길웅.

한때는 대선주자설이 나돌았고 지금도 여전히 진행형인 초거물. 국회의원만 해도 태산처럼 느껴질 판에 양당을 상징하는 간판 정치 인들이었다.

더욱 부담스러운 건 이들 두 사람의 이미지가 친 서민적이며 탈

권위적, 나아가 청렴한 이미지를 가지고 있다는 점이었다.

탁대의 머리가 혼란스러운 와중에 일부 팀원들이 퇴장했다. 남은 건 윤천수 검사와 어 계장뿐이었다.

"그럼 이제부터 사건의 개요를 차근차근 설명드리지요."

윤천수가 탁대 앞쪽에 자리를 잡고 앉았다. 그러자 장기전이 될 걸 암시라도 하는 듯 어 계장은 팔짱을 끼고 의자 안쪽으로 등을 기댔다.

"이 뇌물비리의 시작은 송길웅 의원 보좌관의 자살 사건으로부터 비롯되었습니다."

윤천수가 수사기록을 넘기며 탁대를 바라보았다. 주목하라는 신호였다.

장만술, 미혼.

44세. 송길웅 의원 보좌관. 운전기능직.

송길웅 의원과 동향이며 사사롭게는 초중고교 후배.

그런 그가 봉황시 관할의 한강변 자가용 안에서 연탄불을 피우고 자살을 했다. 나온 건 자살을 암시하는 메모 한 장과 소주병 두 개.

초동수사는 경찰이 맡았지만 트렁크 때문에 검찰이 개입을 하게 되었다. 그 안에서 1억 원의 뭉칫돈이 나온 것.

문제는 그 1억의 출처가 묘연하다는 것이었다.

"송 의원 측에서는 모르는 일이라고 선을 그었습니다."

윤천수가 또 한 장의 서류를 넘기며 말을 이었다.

"주변 수사와 금융계좌, 전부 털었지만 1억이 나올 곳이 없었습니다. 자살자의 노모도 출처를 모른다고 했고요."

거금 1억. 그 거금을 지닌 채 자살을 감행한 유력의원의 보좌관.

"수사본부에 몇 가지 제보가 들어왔었습니다. 그중에서 가장 유력한 게 이건데……."

윤천수가 내민 건 몇 장의 사진이었다. 경마장 앞에서 찍은 사진과 카지노 앞에서 찍은 사진. 모두 자살자의 것이었다.

"뿐만 아니라 사설도박에도 손을 댔다고 하더군요. 결국 이 사건은 공개적으로는 도박에 빠진 보좌관이 도박과 연관된 돈을 가진 것으로 결론을 내렸습니다만……."

윤천수는 거기서 다른 서류를 빼들더니 단호한 말투로 이어가기 시작했다.

"우리는 그때부터 본격 수사에 착수하기 시작했습니다."

"……."

"1억은 적은 돈이 아닙니다. 설령 도박판에 관련된 돈이라고 해도 출처가 있어야 했죠. 그런데 자살자가 이용한 도박 관련 업소에서도 그만한 돈을 따간 흔적은 찾을 수가 없었습니다. 오히려 자살 2주 전, 자서전 행사가 끝난 이후에 후원금으로 들어온 돈의 일부인 2천만 원을 탕진한 일이 있었지요. 그러니 좀 이상하지 않습니까?"

윤천수가 탁대를 바라보았다. 탁대는 가만히 고개를 끄덕여 주었다.

"사실 우리는 처음부터 정치자금이나 불법 청탁 대가 쪽으로 의심을 버리지 못했습니다. 왜냐하면 송 의원 자체가 그만한 파워를 가지고 있었기 때문이며……."

윤천수는 또 다른 종이 하나를 빼들며 말꼬리를 이었다.

"첨예한 이해관계가 얽힌 상임위원회 위원장 자리를 맡고 있었기 때문입니다. 그래서 불법선거를 담당하는 공안부와 공직비리수사권을 가진 특별수사부에서 협력하며 은밀히 내사를 진행해 왔던 겁니다."

국회상임위원회 위원장.

이건 일반인들이 상상할 수 없는 엄청난 자리였다. 하다못해 작은 시의 시의원도 관련 위원회에서는 무소불위로 통한다. 하물며 나라의 살림과 법안 결정을 좌지우지하는 상임위원회라면? 그건 보통 사람들이 알고 있는 '구캐의원 나부랭이 새끼들이 뭐 잘났다고?' 하는 감정과는 다른 일이었다.

대한민국에서 국회의원은 명백한, 명백하고도 명백한 특권층이다.

"송 의원이 위원장을 맡은 후로 의심을 살 만한 법안들이 통과되었습니다. 이익단체의 권한을 한결 강화하고 그들의 독점적인 지위를 법적으로 뒷받침하는 내용이죠. 더구나 그 내용 또한 파격적이었습니다. 한마디로 그 단체는 봉 잡은 꼴이죠."

거기까지 말한 윤천수는 자리에서 일어나 커피포트에서 커피를 따랐다.

"한 잔 드릴까요?"

커피포트를 든 채 탁대를 바라보는 윤천수.

"괜찮습니다."

탁대가 사양하자 그는 커피를 든 채 창 쪽 벽에 등을 기댔다.

"우리는 그 인과관계에 주목하기 시작했습니다. 하지만 추측만으로 수사를 할 수는 없는 법. 그런데 그 즈음에 두 의원이 앞서거니 뒤서거니 자서전을 펴낸 사실이 있었습니다. 일단 이쪽을 점검했는데 소위 '책값'이 어마어마하게 들어왔더군요. 조 실장님은 국회의원 자서전 출판기념회 같은 데 가봤나요?"

"말만 들었습니다."

"그럼 대충 얼마쯤 들어올 것 같습니까?"

국회의원 자서전 출판기념회.

그건 탁대도 대충 감을 잡을 수 있었다. 도서관학과를 다닐 때 선배가 진행을 맡은 출판기념회를 도왔던 경험 덕분이었다. 그때 선배도 검사와 같은 질문을 했었다.

"얼마나 들어올 것 같냐?"

2천만 원!

당시 탁대가 감으로 찍은 금액이었다. 기념회 장소는 컨벤션홀이었고 수용 인원은 약 300명이었다. 거기에 책값이 1만 원이니 한 사람당 5만 원씩 낸다고 생각하니 1천5백만 원 정도가 어림되었던 것이다.

"실세 정치인이라면 한 2억은 가능하겠군요."

"다른 의원이라면 그럴 수도 있겠지만 상대는 야당의 간판 송 의원입니다. 좀 더 써보시죠."

"3억?"

"20억입니다."

'20억?'

탁대의 뇌리에 강력한 충격이 전해왔다. 20억? 아무리 차기대선 주자설이 나돈다지만 그건 해도 너무한 액수였다.

"바로 그때도 수상한 봉투가 많았다고 하더군요. 그러니까 그 단체의 회원 수백 명이 다투어 뭉칫돈을 던지고 간 겁니다. 심지어 어떤 기업인은 3천 부를 사는 것으로 하고 돈을 치른 후에 정작 회사로 배달된 3천 권의 책 중에서 몇 권만 받고 돌려보내기도 했습니다. 지능적인 로비를 한 셈이죠."

"그래도 되는 겁니까?"

"자서전 출판기념회는 정치자금법의 범위에 들지 않는 사안입니다. 누군가 그 책이 마음에 들어 거액을 냈다고 해도 불법으로 다룰 수 없는 일이죠."

"그래서 정치인들이 툭하면 자서전 기념회를 여는 거로군요."

"그렇죠. 말하자면 세를 과시하는 동시에 정치자금도 합법적으로 챙길 수 있는 일거양득의 꿀잔치라고 할까요?"

'도둑놈 새끼들.'

탁대의 가슴에 그 단어가 들불처럼 들끓었다. 선거 때만 되면 몸을 바쳐 지역구민을 위해 봉사하겠다던 그들. 하지만 선거가 끝나면 바로 포크를 들고 이권에 달려드는 추잡한 모습을 한두 번 보았던가?

"이 시점에서 우리는 송 의원이 이익단체와 불법 게이트가 있다는 확신을 갖게 되었고 비밀 내사에 착수하게 된 겁니다."

다시 자리로 돌아온 윤천수가 맨 아래의 서류를 꺼내 들었다.

"자살자 사건 전후, 나아가 송 의원의 그 전후 동선을 파악한 보고서입니다. 정보를 종합한 결과 자살자가 단체가 입주한 빌딩에 나타난 게 3회, 다른 보좌관들 역시 3회, 송 의원이 단체장과 고위 관련자 등과 골프회동을 한 게 2회로 나타났습니다. 물론 이 외에 사적으로 만났을 가능성은 더 높습니다만."

윤천수는 서류를 탁대에게 밀었다. 청색으로 뽑은 표지 제목이 탁대의 눈을 파고 들어왔다.

"그 단체의 자금줄을 점검한 결과, 재작년과 작년 회계에서 애매한 지출이 대폭 늘어난 것을 알았습니다. 또한 최근 2년 동안 회원사를 상대로 소위 거마비를 갹출한 증거도 나왔고 이 자금 중 일부는 보좌관을 통해 송 의원에게 넘어간 단서도 잡았습니다."

윤천수의 목소리가 조금씩 빨라지고 있었다.

그럼 뭐가 문제인가?

탁대가 그런 의문을 가질 때 윤 검사의 설명이 이어졌다.

"그럼 왜 기소하지 않는가 하는 의문이 들 것입니다. 그렇죠?"

"조금은……."

"문제는 송 의원과 백 의원이 대한민국 정치의 대표주자들이라는 사실입니다. 더구나 우리가 포착한 물증은 증명하기가 쉽지 않습니다. 정치인들이라는 게 보통 머리를 가진 사람들이 아니거든요. 착착 입을 맞추고 나오면 설명 증거를 찾아낸다고 해도 '차용증'이니 '따로 돌려줬네' 하면 도덕적으로 문제될지언정 처벌은 불가능합니다. 동시에……."

윤천수의 표정이 확 굳어버렸다. 뒷말은 탁대도 짐작이 갔다.

"검찰에 어마어마한 후폭풍이 몰아닥치죠. 아마 그렇게 된다면 아까도 말했거니와 저는 짤리거나 혹은 한직으로 좌천 내지는 평검사로 평생을 썩을 겁니다. 물론 여기 어 계장님이나 조 실장님은 당장 옷을 벗어야 할 거고요."

"……."

"제가 너무 겁을 줬나요?"

"아닙니다."

"그밖에도 저들이 좋은 이미지로 알려진 정치인들이라 완벽한 물증이 나오기 전에는 수사의 목적을 미리 밝히기 곤란한 점도 작용하고 있습니다. 만에 하나 우리가 원하는 걸 얻지 못하는 경우에는 사회적 반향에다 검찰에 대한 반감도 만만치 않을 테니까요."

"윤 검사님!"

오랫동안 집중하던 탁대가 서류를 돌려주며 포문을 열었다.

"질문 있나요?"

"당연하죠."

"말씀하십시오. 미리 말했지만 이 일의 성패는 오롯이 조 실장님이 쥐고 있는 셈이니까요."

"그러니까 제가 하기에 따라서 수사의 방향이 바뀔 수 있다는 거로군요?"

"맞습니다. 최악의 경우에는 자살한 운전사의 1억 행방을 밝히는 선에서 종결……."

"여당, 야당 공히 같은 맥락입니까?"

"둘 다 사안은 비슷합니다. 당시 상임위 구성이 여야 비율이 팽팽해서 어느 한 당이 민다고 될 일이 아니었거든요."

"……."

"그래서 조 실장님을 긴급 영입한 겁니다. 프로필 정보를 보니 심리전에 탁월한 능력이 있더군요. 게다가 국회의원이나 보좌관 또한 공무원에 속하는 것이니……."

"결국 공무원 비리다?"

"그렇지 않습니까?"

"그럼 본론만 짚어주시죠."

"본론이라면?"

"죄송하지만 제 방식대로 말씀드리겠습니다."

탁대는 윤천수를 바라보았다. 돌변한 분위기 때문인지 어 계장의 시선도 집중되어왔다. 그들의 열린 귓속으로 탁대의 목소리가 힘차게 파고들었다.

"내가 어떤 놈을 어떻게 조져야 하는지를 말해달라는 겁니다."

조진다.

이 표현은 좀 과했던 것 같다. 그건 윤 검사의 반응에서도 알 수 있었다. 그의 시선이 탁대에게서 떨어지질 않은 것이다.

탁대 입장에서는, 분노였다.

윤 검사의 말처럼 국회의원도 공무원이다. 보좌관도 하나같이 공무원이다. 탁대가 제일 싫어하는 인간의 유형이 바로 두 얼굴이었다. 겉으로는 정의로운 위정자인 척하면서 뒤에서는 온갖 협잡에 비리를 일삼는 인간들. 그게 바로 성실한 공무원들을 욕 먹이는 존재가 아니었던가?

"화끈하시군."

한참 동안 탁대를 바라보던 윤 검사가 웃었다. 어찌 보면 탁대와 비슷해 보이는 나이. 그러니 탁대의 파격적인 언행이 크게 거슬리지 않은 모양이었다.

"미안합니다. 내가 원래 위선자들에게 좀 까칠한 성격이라……."

"아닙니다. 사실 나도 설명이 길다보니 입이 아프던 참입니다."

윤 검사가 다른 봉투를 꺼내 뒤적이기 시작했다. 그가 꺼내놓은 송 의원의 핵심 보좌관 사진이었다.

"이자가 키를 쥐고 있습니다."

윤 검사가 사진을 내밀었다. 40대의 보좌관의 외모는 털털해 보였다.

"뭘 알아내야 하는 거죠?"

"우선 화면을 좀 보시죠."

윤 검사가 리모콘으로 영상을 틀었다. 지하주차장 CCTV였다. 회색 화면 안으로 차량들이 오가고는 게 보였다.

"방금 세단이 하나 들어갔지요? 그걸 주목하세요."

"……."

"그 다음에 여기 또 다른 차가 들어가지요? 이게 바로 이길형의 차량입니다."

화면이 지하주차장 안으로 옮겨갔다. 띄엄띄엄 주차된 자가용들이 보였다. 하지만 두 차량은 보이지 않았다.

"차가 안 보일 겁니다. 둘 다 카메라 사각지대에 있는 것으로 추측하고 있습니다. 그리고… 약간의 간격을 두고 두 차량이 나가고 있습니다. 소요 시간은 약 10분이었습니다."

"……."

"이 또한 로비 자금을 건넨 상황으로 추측하고 있습니다만."

"또 다른 정황은요?"

"대개 비슷비슷합니다. 골프장에서 사각지대에 차를 세우고 골프가방을 바꿔치기한다든지 아니면 택배를 가장해 보낸다든지……."

"이 사람에게서 확인해야 하는 게 돈의 액수입니까? 아니면 사용처입니까?"

"둘 다죠."

"로비 대가로 금품을 수수했다면 송 의원은 어떻게 되는 겁니까?"

"처벌이야 당연한 거고 결국 의원직을 박탈당하게 될 겁니다."

"여당의 백영규 의원도요?"

"법은 여당 야당을 가리지 않습니다!"

윤 검사는 작심한 듯 거침이 없었다.

"수사 계획은요?"

"일단 이길형에게서 확증이 나오면 이익단체장과 기타 관련자들을 전부 소환할 겁니다. 그렇게 되면 송길웅과 백영규를 한 방에 옭아맬 수 있지요."

"옭아맨다는 말이 마음에 드네요."

"희망사항이죠. 이 사람들이 워낙 법을 잘 이용하는데다 검찰과 법원에 인맥이 깔린 사람들이라 뜻대로 되지 않는 경우가 허다하거든요."

"예를 들면요?"

"간단하게는 변호사를 들 수 있습니다. 대부분 변호사를 대동해서 들어와 가지고는 불리한 건 일체 묵비권이에요. 그러니 확증이 없으면 진도 나가는 것 자체가 불가능합니다."

'그렇군.'

"자료 분석하시고 준비가 되면 말씀하세요. 바로 자살자 사건과 연관해서 소환하겠습니다."

"그러죠."

"다른 질문은요?"

설명을 끝낸 윤 검사가 자료를 챙기며 물었다.

"무엇이든 상관없습니까?"

"그럼요."

"한 가지 궁금한 게 있긴 있는데⋯⋯."

"뭐든지 말해보시게. 이제 우리는 한 팀이니까."

그때까지 지켜만 보던 어 계장이 기지개를 켜며 끼어들었다. 탁대는 윤 검사와 어 계장을 번갈아 본 후에 담담하게 말을 이었다.

"갑자기 희생양이라는 단어가 생각나서요."

"희생양?"

어 계장의 시선이 탁대에게 꽂혀왔다.

"예를 들어 일이 잘못되었을 경우 말입니다. 제가 독박을 쓰는 건 아니겠지요?"

"푸하핫! 독박이라뇨? 우리 검찰이 그렇게 인정머리 없는 조직은 아닙니다."

윤 검사가 웃으며 대답했다. 탁대는 그 말꼬리에다 대고 쐐기를 박았다.

"그러기를 바랍니다!"

공무원이 지위를 이용해 돈을 먹었다.

탁대는 사건을 간단하게 정리했다. 그 신분이 누구인지 어떤 과정으로 먹었는지는 개의치 않았다. 누구든 공무를 수행함에 있어 금품을 수수함은 무조건 비리고 불법이 되는 것이다.

그게 국회의원이든 장관이든, 심지어 대통령이든!

'그럼 처벌을 받아야지.'

탁대는 이길형과 송길웅의 사진을 뚫어져라 바라보았다.

＊　　　＊　　　＊

번개 삼겹살 파티.

그 제안자는 작은 엄마였다. 금방 잡은 암퇘지라며 자그마치 10근을 끊어온 것이다. 첫 출근에 막중한 업무까지 맡은 탁대였지만 거절할 수가 없었다. 밤 열두 시까지라도 기다리고 있겠다는 데에야 어쩔 것인가?

혜자도 동반 호출을 당했다.

곧 우리 집 사람이 될 테니 함께 오라는 말 또한 거절하기 힘들었다. 이렇게 해서 탁대의 집에서는 느닷없는 게릴라 파티가 열리게 되었다.

"가문의 영광 탁대를 위하여!"

"드디어 우리 집안에도 검찰이 났구나!"

동모와 작은 아버지는 자기 일처럼 즐거워했다. 특히 '검찰'이라는 단어가 마음에 드는 모양이었다. 기성세대들은 모이면 이런 말을 자주한다.

집안에 의사 하나 경찰 하나는 있어야 한다.

하물며 검찰인 까닭에야!

"대단하다. 동기들은 8급도 못 달고 버벅거릴 때 벌써 6급이라니?"

동모가 삼겹살을 접시에 올려주며 목소리를 높였다.

"흥, 그까짓 6급이 뭐 대단해요? 사실 유치원 대참사 막은 것만 해도 5급은 줘야지. 그게 아무나 할 수 있는 일이에요?"

"맞아요. 봉황대교 사건은 또 어떻고요? 탁대 아니었으면 대한민국이 또 한 번 대참사로 휘청거릴 뻔했다고요."

"탁대라니? 조 실장님!"

목에 힘을 잔뜩 준 마더는 작은 엄마가 장단을 맞추자 바로 경각심을 상기시켰다.

"맞다, 맞어. 조 실장님, 앞으로 잘 좀 부탁해요."

작은 엄마의 목소리가 아이스크림처럼 부드럽다. 그러고 보니 매사 태클을 걸던 작은 엄마의 모습을 본 지도 오래되었다. 하긴 태클이 웬 말일까? 이번 결혼에 있어서도 적극적으로 도움을 주고 있는 작은 엄마였다.

"아무튼 진짜 굉장하다. 아, 시쳇말로 검찰이 아무나 가는 곳이냐?"

작은 아버지가 탁대에게 술잔을 내밀었다.

"야, 거기 간 김에 검사들 좀 많이 사귀어둬라. 대한민국에서는 판검사가 최고야."

동모의 목소리도 여기저기 빠지지 않는다.

"하여간 형님, 존경합니다. 탁대는 대기만성이 될 거라고 뚝심 있게 주장하더니 그 말이 딱이네요."

"험험!"

공이 동환에게로 옮아가자 동환은 헛기침으로 위세를 대신했다.

"자자, 우리 빛나는 조카 조탁대 실장님을 위해 건배, 앞날의 무

궁한 발전과 행복한 결혼을 위해!'

작은 아버지가 술잔을 들었다. 탁대와 혜자도 술잔을 들었다. 불판이 뜨거워지면서 삼겹살이 줄어들기 시작했다. 국민 술안주 삼겹살은 몸을 다 바쳐 분위기를 활활 띄워주었다.

그래도 술자리는 오래가지 않았다.

"여기까지!"

마더가 똑 부러지게 선을 그은 것이다. 첫 출근을 한 탁대. 게다가 검찰이었다. 부모된 마음이 작렬한 마더는 10시 반이 넘자 모든 하객을 내몰아 버렸다.

"조심해서 가."

"오빠도 파이팅이에요."

도로변에서 탁대와 혜자는 가벼운 키스로 작별을 했다.

혜자를 배웅하고 돌아온 탁대는 침대에서 로르바흐를 불렀다. 오늘은 할 말이 많았다.

"축하하네."

로르바흐는 슈리아에게서 꽃을 받아 탁대에게 건넸다. 무지개가 깃든 환상적인 꽃이었다.

"고맙습니다."

"기대 밖이군. 벌써 6급이라니…….."

"그래도 대마법사님에게는 말년 병장의 시간만큼이나 지루할 것 같은데요?"

"말했지 않은가? 이제 운명에 순응하고 있다고."

로르바흐가 웃었다.

"부럽습니다. 그 해탈의 자세……."

"그런 말을 들을 정도는 아닐세. 더러는 내 마음도 라도혼 공국으로 달려가곤 하니까."

"조금만 기다려 주세요. 6급… 이제 산술적으로는 두 번만 더 승진하면 4급이 됩니다."

"가시권이군."

로르바흐의 웃음이 조금 더 커졌다.

"처음에는 사실 불가능에 가까워 보였는데 여기까지 오니까 그렇게 멀어 보이지 않습니다. 여러 후원자들이 있어 가능성도 높고요."

"하지만 여기서부터가 힘든 법이지."

"네?"

"7부 능선 말일세. 인간의 운명이란 거기쯤에서 녹록치 않은 시련을 던져주는 경우가 많아."

"상관없습니다. 헤쳐 갈 자신 있습니다."

"그럼 다행이군."

"신혼여행은 영국으로 가고 싶었는데 못 가게 될 것 같습니다."

"그대의 결혼이니 나는 개의치 않네."

"그래도 대마법사님에게 윌트셔주 솔즈베리 평원에 자리한 고향을 한 번 더 보여주고 싶었거든요."

"마음만으로도 충분해."

로르바흐의 눈가에 따뜻한 주름이 잡혔다. 그의 말은 진심이었다.

"모든 게 다 대마법사님이 주신 능력 덕분입니다."

"능력을 자기 것으로 만드는 건 그 사람 할 탓이라네. 그러니 그 건 오롯이 그대의 공일세."

"사실 이번 일은 만만치 않을지도 모릅니다."

"그대 세상의 검찰이면 라도혼 공국의 왕궁감찰단에 해당할 터. 상대하는 사람들이 모든 권세를 쥐고 있을 테니 마땅히 그럴 테 지."

"그곳에도 비리 감찰조사 같은 게 많았나요?"

"인간이 있는 그 어디에도 비리는 존재하네. 마치 빛에 동반되는 그림자처럼⋯⋯."

"그럼 한마디만 조언해 주세요. 제가 갈 길⋯⋯."

"조심하시게."

"수사대상자 말입니까? 하긴 국회의원 중에서도 최고로 꼽히는 사람들이니 처음부터 최선을 다 할 생각입니다."

"내가 뜻하는 건 그게 아닐세."

"네?"

탁대를 가만히 바라보던 로르바흐가 무표정하게 말을 이었다.

"자네를 부리는 사람들!"

"저를 부리는 사람들이면 검찰요?"

"본시 가진 것이 많은 사람들일수록 처신이 복잡해지는 법. 나아 가 그 권세를 유지하려면 연결된 끈도 많은 법일세."

"하지만 저도 이제 검찰 직원입니다."

"우리 공국에서도 상식을 뒤엎는 일은 많았네. 대저 그건 인간의 역사에서 필연적으로 반복되는 것이니 염두에 두는 게 좋겠다는 것 이네."

"대마법사님……."

"쉬시게. 미래는 다가옴으로써 저절로 알게 되는 것이니."

로르바흐는 그 말을 끝으로 사라져 버렸다.

아침 일찍 일어난 탁대는 혜자가 남긴 문자를 읽었다. 그녀의 마음이 아침 햇살처럼 가만히 마음을 열고 들어왔다. 답 문자를 보낸 탁대는 노트북을 구동시켰다.

송길웅 의원.

검색어를 넣자 많이도 떠올랐다. 과연 야당의 미래로 불리는 의원다운 면모였다. 직함도 엄청나게 많았다. 거기에 비하면 별정6급은, 아니 봉황시장조차도 비교의 대상이 아니었다.

깨끗한 정치인.

송길웅과 백영규는 저명한 정치저널에서 뽑은 아시아의 미래 지도자 10인에도 꼽힌 이력이 있었다. 명실공히 양당의 간판인 셈이었다.

그러니까!

만에 하나라도 헛발질을 한다면 옷을 벗는 게 아니라 무고나 명예훼손에 더불어, 대한민국 공직사회에서 가장 큰 징벌이라는 '괘씸죄' 까지 더해 교도소 직행 티켓을 끊어야 할 판이었다.

'어디 보자…….'

사건 파악에 대한 강행군이 시작되었다.

전체 사건 맥락을 머리에 그리고 재구성, 나아가 다각도로 분석하는 데만 일주일이 넘게 걸렸다. 그 과정에서 탁대는 검찰의 수사 기법과 수준에 대해 놀라움을 금치 못했다. 그들이 괜히 엘리트 집단이 아니었다.

시설이나 지원 또한 마찬가지다. 특히나 검찰 수뇌부에서도 큰 관심을 갖는 사안. 유기적이고도 신속하게 움직이는 네트워크는 탁대의 부러움을 사기에 충분했다.

하루! 이틀! 사흘!

열흘쯤 조사 내용을 분석하자 조금씩 밑그림이 그려졌다.

천리지행 시어족하(千里之行 始於足下).

누가 말했던가? 계속하면 실력이 된다고. 천리길도 한 걸음부터. 그 말이 딱이었다.

"죄송하지만 조사할 게 있어서 그러는데 출근을 좀 늦게 해도 될까요?"

사건 분석 2주째 되는 날, 아침 식사를 마치고 어 계장에게 전화를 걸었다. 그는 흔쾌히 허락해 주었다. 다만, 중간중간 보고를 해 달라는 옵션이 붙었다.

탁대가 향한 곳은 국회였다.

한강을 따라 달리면서 생각했다. 오천 년 역사를 굽어본 도도한 한강. 한강을 따라 몇몇 공무원의 얼굴이 흘러갔다.

두 얼굴의 용석봉.

무소불위의 권해관.

신념과 소신의 공무원 황천수와 장광백.

조직에는 언제나 두 가지 얼굴이 있다. 조직을 위해 뼈 빠지게 일하는 사람과, 그들이 일구어낸 꿀을 자기 것인 양 포장해서 호의호식하는 잔머리의 대가들.

탁대는 국회의사당이 먼 곳에서 내렸다. 이제는 신분이 검찰 공무원이었다. 자칫하다간 국회의원을 사찰했다는 의혹을 살 수도 있었다. 그건 엊그제 퇴근 무렵, 어 계장이 해준 조언이기도 했다.

만약을 대비해 공무원증까지 차에 두고 내렸다. 탁대는 주차장이 가까운 곳에 자리를 잡고 의회에 출석하려고 차에서 내리는 의원들을 관찰하기 시작했다.

몇몇 의원들에겐 순간 독심을 사용했다. 결과는 놀라웠다. 진심으로 국민을 생각하는 국회의원은 거의 없었다.

—뭐든 한 건 올려야 지역구에 생색을 낼 텐데…….

—어떻게든 내가 발의한 법안을 통과시켜야 해.

—장관 이놈이 내 말을 무시하다니. 어디 오늘은 두고 보자고.

—오늘은 대표님께 눈도장을 쾅 찍어서 다음 총선 공천을 노리는 경쟁자들을 눌러야 해.

그들 머릿속에 든 건 똥보다 더러운 개인의 영달과 이기주의였다. 간간히 존경할 만한 개념을 가진 의원도 있었지만 그쯤에서 독심을 멈췄다. 더 하다간 머리에 똥물이 쓰나미를 일으킬 것 같았다.

그때였다.

한쪽에서 웅성거리던 의원들이 주차장 쪽으로 다가서기 시작했다. 의장이라도 오나 싶을 때 한 세단이 주차장에 들어섰다.

'송길웅 의원 차량…….'

차 번호를 보자 송 의원 정보가 떠올랐다.

"오셨습니까?"

송길웅이 내리자 의원들이 다투어 인사를 전해왔다. 소위 눈도장을 찍는 것이다. 의원들 틈에 쌓여 의사당으로 걸어가는 송길웅. 직접 본 첫인상은 좋았다. 마치 정장으로 잘 꾸며놓은 채은돌을 보는 느낌이었다.

다음으로 시선에 들어온 게 이길형이었다.

이길형!

이번 사건의 키를 쥐고 있는 송 의원의 문고리 보좌관.

몇 미터 뒤에서 여자 보좌관과 함께 뒤따르는 이길형. 그를 바라볼 때 또 다른 거물 백영규의 차량이 들어섰다. 그에게 일어나는 상황도 송길웅과 크게 다르지 않았다. 여당의 의원들이 몰려들고 기자들이 몰려들었다. 겸손하게, 그러다 당당하게 취재에 응하는 모습은 과연 레벨 자체가 달라보였다.

'두려운가?

탁대는 자신에게 물었다.

NO!

'쫄았는가?

NEVER!

한 번 더 자신을 다그치며 씨익 웃어보는 탁대. 미소 속에서 두려움이 한 꺼풀 벗겨져 나갔다. 두 거물이 의사당 안으로 들어간 것을 확인한 후에 탁대는 어 계장에게 전화를 걸었다.

"계장님!"

—와이?

"준비 끝나면 말하라고 하셨죠?"

—스탠바이 상태인가?

"네. 이길형 소환 결정하세요."

탁대는 한마디를 남기고 전화를 끊었다.

이길형에 대한 소환이 결정되자 수사본부가 분주해지기 시작했다.

"All or Nothing!"

윤천수 검사는 연신 미소를 지었다. 인상도 좋다. 업무에 임하는 자세도 좋다. 검사 경력은 오래되지 않았지만 선거와 범죄 정보에 대해 탁월한 기량을 갖춘 것으로 인정받고 있는 인재.

전부 아니면 전무.

이런 조건이라면 나름 긴장할 만도 하겠지만 그는 상황을 즐기고 있었다.

"윤 검사님은 긴장도 안 돼요?"

보다 못한 노경선이 묻자,

"긴장하면 뭐하나? 물 흐르듯이 가자고."

하며 천연덕스럽게 대꾸하는 윤 검사.

반면 방 검사의 표정은 반대였다. 무뚝뚝한 그는 퉁명스럽기 그지없다. 두 검사의 부조화는 묘한 대조를 이루고 있었다.

"준비가 끝났다고?"

이길형에 대한 소환이 결정되자 위 부장이 물었다.

"최선을 다하겠습니다."

탁대는 가벼운 목례로 화답했다. 위 부장이 탁대의 어깨를 툭 쳐줌으로써 상황은 시작되었다. 이제, 전쟁의 서막이 올랐다.

"일단 세 명이 한 팀으로 들어갑니다."

윤 검사가 수사 전략을 설명했다.

윤천수, 박재인, 그리고 조탁대.

셋이 테이프를 끊는 것이다. 윤 검사는 바람을 잡고 형식적인 수사 상황은 박재인이 이끌고 간다. 탁대는 옵저버처럼 굴면서 1단계를 마친다. 그 뒤에 잠시 휴식을 갖고 2단계에 돌입한다. 그 2단계의 상황 리드는 탁대에게 맡겨졌다. 탐색전 이후에 결정타를 날려달라는 것이었다.

"도착했습니다!"

창밖을 내다보던 황독대가 소리쳤다. 자가용이 한 대 들어서고 있었다. 동시에 팀원들에게도 긴장이 싸아하게 스쳐 갔다.

"아, 진짜……. 어디 저승사자라도 옵니까? 얼굴 좀 폅시다."

여유만만한 목소리. 보지 않아도 윤 검사였다. 탁대는 그를 향해 피식 미소를 날려주었다.

이길형.

송길웅 의원의 4급 보좌관. 동시에 송길웅의 오른팔이자 송길웅에게 통하는 문고리. 보강된 정보에 따르면 송길웅이 당대표에 나가거나 대선주자가 되면 송 의원의 지역구는 그의 텃밭이 될 가능성이 농후할 정도였다.

"변호사가 붙었습니다."

다시 황독대의 목소리가 날아왔다. 어 계장이 창으로 다가섰지만 탁대는 벽에 기댄 채 움직이지 않았다. 뒤가 구린 인간들은 당연히 온갖 경우의 수를 대비하는 법. 그러니 딱히 놀랄 일도 아니었다.

땡!

오늘따라 둔탁하게 들리는 엘리베이터 멈추는 소리. 그 소리와 함께 이길형이 모습을 드러냈다.

"거 참, 요즘 검찰들은 한가하신가 봅니다. 이런 사건을 가지고 몇 달씩 끄는 걸 보면……."

제3영상조사실로 들어선 이길형이 슬쩍 가시를 세웠다. 얼굴은 웃고 있지만 일종의 무력시위였다.

"그래서 모신 거 아닙니까? 아무래도 빨리 종결하는 게 좋을 거 같아서요."

윤 검사가 공손하게 이길형의 말을 받았다.

"의원님 보좌할 일로 바쁘니까 용건만 짚고 갑시다."

이길형이 의자에 앉았다. 어찌나 당당한지 누가 소환당한 사람인지 주객이 전도된 듯 착각이 들 정도였다.

"미리 말씀드리는데 소환 사유에 해당하는 질문만 하시기 바랍니다."

변호사가 이길형의 옆에 앉아 서류를 꺼내 들었다. 이길형에 대한 지원사격이었다. 그러자 윤 검사가 바로 변죽을 울리며 나섰다.

"송 의원님은 요즘 무척 바쁘시더군요."

"우리 의원님이야 몸이 열 개라도 모자라는 분 아닙니까?"

이길형이 피식 웃음을 터트렸다.

"아무튼 사람 잘 뽑으세요. 하필이면 도박꾼을 뽑아가지고 의원님 얼굴에 먹칠 아닙니까? 저도 나름 존경하는 정치인이신데……."

"아, 정부도 인물 검증 제대로 못하는 판에 일개 기사의 본성까지 어떻게 검증하고 채용합니까? 의원님도 난감해하시니까 빨리 종결이나 해주십시오."

"저희도 그런 마음 굴뚝같지요. 다만 그놈의 현금 1억 원 때문에……."

윤 검사가 어깨를 으쓱해 보였다.

"나중에 알고 보니 사설 도박장도 뻔질나게 드나들던 친구였답니다. 누가 압니까? 어느 도박판에서 돈뭉치 들고 튀었다가 뒤가 구려서 사고를 친 건지."

"그러니까 그 도박장을 모르니까 하는 말이죠."

"딱하십니다. 대한민국 검찰이 그걸 못 찾다니."

길형이 혀를 찼다.

"덕분에 우리만 지검장님께 미치도록 깨졌지 뭡니까? 그런 도박판이 있는 것조차 파악 못 하냐면서……."

"지검장님 말씀이야 틀린 데가 없군요."

이길형의 입가에는 미소가 떠나지 않았다. 분위기가 부드러워지니 마음이 놓였다는 증거였다.

"그러니까 돈의 출처는 모른다 이거죠?"

"예!"

"알겠습니다. 제가 부장님께 사건종결 재가를 구해볼 테니 잠시 쉬었다가 다시 만나죠."

상황을 주목하고 있던 탁대가 끼어든 건 그때였다.

"그 돈, 혹시 운전기사가 어디서 로비 청탁사례금 받은 거 아닐까요?"

"……?"

그 한마디에 조사실의 평화는 흔적도 없이 사라졌다.

침묵! 당혹! 황당!

평화를 밀어낸 세 개의 감정이 사람들의 얼굴을 헤집고 다녔다. 이길형의 미간은 멋대로 구겨져 있었다. 그렇거나 말거나 탁대는 천천히 뒷말을 이었다.

"제가 조사한 바로는 이길형 보좌관님이 밀접한 연관이 있었습니다만."

그 말을 던지며 탁대는 이길형의 눈에 정통으로 시선을 맞추었다.

펑!

마주친 두 눈에서 소리 없는 불꽃이 튀었다. 놀란 건 윤 검사와 박 수사관도 마찬가지. 이는 각본에 없던 돌발 상황이었다. 당황한 윤 검사와 박재인이 만류의 눈짓을 보냈지만 탁대의 눈은 더욱 날카로운 빛을 발하기 시작했다.

"어디서 많이 본 듯한 분인데?"

이길형이 냉소를 뿜으며 윤 검사를 바라보았다.

"봉황시청에서 파견나온 조탁대 씨입니다. 그 왜 화물트럭에게서 유치원생을 구하고 무너질 다리 붕괴를 막아낸 국민영웅……."

"아, 어쩐지 낯이 익다했더니……."

이길형은 잠시 웃는가 싶었지만 이내 무시하는 모드로 돌입해 버렸다.

"국민영웅인 건 좋지만 주제넘게 끼어드는 건 안 돼지. 명예훼손죄는 괜히 있는 줄 아시나?"

넌지시 압박하는 이길형. 탁대는 잠시 그 미소를 바라보다가 다시 입을 열었다.

"명예훼손죄. 형법 제 307조. 공공연히 구체적인 사실이나 허위 사실을 적시(摘示)하여 명예를 훼손함으로써 성립하는 범죄로 2년 이하의 징역이나 금고 또는 500만 원 이하의 벌금형. 허위의 사실을 적시한 경우에는 가중되어 5년 이하의 징역이나 10년 이하의 자격정지 또는 1000만 원 이하의 벌금."

"……."

탁대는 이길형의 눈이 휘둥그레지는 걸 보았다. 하지만 알짬은 뒤에 남아 있었다.

"다만 사실을 적시한 경우, 그 사실이 진실한 사실로써 오로지 공공의 이익에 관한 때에는 처벌하지 아니한다."

탁대는 마지막 줄을 힘주어 읊어댔다. 이 정도는 봉황시 교통과에서 이미 체득한 노하우였다. 관련법을 모르면 상대를 설득할 수도, 제압할 수도 없는 것이다.

"오, 대단하시군."

이길형은 두 번의 박수를 쳐주었지만 얼굴에 드러난 감정은 불쾌함에 다름 아니었다.

"그냥 흘려들으십시오. 조탁대 씨가 아직 검찰 분위기에 익숙하지 않아서 다른 사건과 혼동한 것 같습니다."

윤 검사가 나서서 수습을 시도했다.

"천만에요. 저는 확증을 가지고 이야기하는 겁니다."

다시 보란 듯이 받아치는 탁대.

"이봐요!"

탁대가 고집을 부리자 윤 검사가 테이블을 치며 목청을 높였다.

결국 탁대는 윤 검사에게 이끌려 복도로 나왔다. 이길형과 변호사에게는 휴식이 주어졌다.

"얘기 좀 합시다."

윤 검사가 탁대를 바라보았다.

"윤 검사님!"

탁대는 재빨리 윤 검사를 당겨 그의 귀에 대고 속삭였다.

"제가 생각이 있어서 그러니 저를 거칠게 다루면서 옆 조사실로 끌고 들어가십시오."

"네?"

"어서요."

탁대가 눈빛으로 다그쳤다. 윤 검사는 탁대를 옆 조사실로 밀어 넣었다.

"문은 살짝 열어두세요."

"……?"

"이길형이 복도에 있습니다. 이 정도 거리라면 이길형의 심리를 파악할 수 있을 것 같으니 저를 닦아세우십시오. 복도까지 다 들리도록."

"조 실장님!"

"어서요."

"……."

"윤 검사님……."

"이봐. 당신 미쳤어? 검찰이 동사무소 등본 떼는 곳인 줄 알아? 조사 참관하면서 경험 쌓으랬더니 누구 모가지 짜를 일 있냐고?"

윤 검사가 탁대를 다그치기 시작했다. 생각보다 연기도 훌륭했다. 탁대는 찔끔하는 척하면서 문밖을 바라보았다. 복도로 나온 이길형과 변호사. 둘은 안에서 흘러나오는 고함을 들으며 회심의 미소를 머금고 있었다.

"한 번 더 이 따위로 끼어들면 모가지 짜를 줄 알아. 저분들이 보통 사람인 줄 알아? 자칫하면 나까지도 목이 달아날 수 있다고!"

윤 검사가 계속 몰아붙이는 것으로도 모자라 의자까지 들었다 놓았다.

우당탕!

"그래도 윤 검사가 센스는 있군요. 자리 보존하는 방법도 알고."

소란을 지켜보던 이길형이 은근한 미소를 지었다.

"저는 기분이 좀 안 좋습니다."

하지만 변호사는 고개를 저었다.

"뭐가 말입니까?"

"저 친구 말입니다. 조탁대라는… 어떤 기자가 쓴 칼럼을 봤는데 초능력을 가졌을지도 모른다고 쓰여 있더군요."

"초능력?"

"예."

"기레기 놈들이 멋대로 갈겨놓은 기사 따위를 믿습니까?"

"그건 아니지만……."

"딱 보니까 저놈도 흔한 공무원 나부랭이입니다. 뭔가 한 방 터트려서 제 공적이나 포장해 승진하려는."

"그런데 왜 이번 사건에 투입이 된 거죠?"

"그러니까 공무원 집단이 멍청하다는 거지요. 지방공무원을 검찰 수사에 투입한다는 거 자체가 웃긴 일 아닙니까? 능력 없으면 옷 벗든지."

이길형은 복도를 따라 걸으며 기세를 올렸다.

"아무튼 조심하는 게 좋을 거 같습니다."

"어허, 신 변호사께서도 보기보다 마음이 약하시군요."

오만을 떠는 이길형. 그가 야심찬 미소를 흘릴 때 탁대가 조사실에서 나왔다. 찔끔 혼쭐이 난 표정이었다.

'똘아이 새끼…….'

방자한 오만이 끝없는 나래를 펴는 이길형. 순간 추레한 탁대의 시선이 이길형에게 꽂혀왔다. 둘의 시선은 먼 거리를 두고 마주쳤다.

—건방진 놈…….

—네깟 게 장만술의 1억 정체를 알아?

—웃기지 마라. 그 돈의 행방을 아는 건 귀신뿐이야.

—왜냐고? 1억은 그놈 목숨을 끊은 후에 내가 넣어둔 거니까.

순간 독심!

그 첫 번째 미끼에 수확물이 딸려왔다. 상대의 심리를 역이용하기 위해 공공연한 도발을 자행했던 탁대. 그 시도가 일부 적중한 것이다.

1억의 출처는 이길형. 장만술은 타살.

타살의 근거는 '목숨을 끊은 후에' 였다. 자살이라면 그럴 말이 성립할 수 없었다.

'좋아. 그렇다면!'

탁대는 후끈 힘을 모아 리버스독심을 발현시켰다.

'1억, 장만술. 1억, 장만술. 1억, 1억, 1억!'

"억!"

돌연 머릿속으로 같은 단어들이 파고들자 이길형이 이마를 짚었다.

"어디 아픕니까?"

옆에서 문자를 확인하던 변호사가 물었다.

"아닙니다. 잠깐 머리가……."

"그럼 좀 쉬고 계십시오. 저는 화장실 좀……."

"그러세요."

두 사람이 찢어지는 걸 본 탁대는 좀 더 강력하게 리버스독심을 몰아쳤다.

'장만술, 장만술, 장만수울. 장만술과 조탁대.'

"윽!"

고통이 심해지자 이길형은 머리를 절레절레 흔들었다.

―장만술과 조탁대?

―설마 이 친구가 죽기 전에 허튼 정보를 흘린 건 아니겠지?

―아니야. 미끼로 준 2천만 원을 홀랑 날리고 심각하게 자살을 고민했잖아? 뭔가 다른 궁리를 했다면 내가 모를 리가 없어.

―더구나 내가 그 자리에서 있었던 일은 검찰도 파악 못 하는 일…….

―정무학이 놈 쪽도 아무 문제가 없다고 했고…….

리버스독심에 이어진 순간 독심으로 몇 가지 정보들이 딸려 나왔다.

'역시 네놈들이 해먹긴 했군.'

탁대는 그 즈음에서 마법을 중지했다. 부장검사실에 갔던 윤 검사가 돌아온 것이다.

"당신, 자숙하랬더니 아직 여기 있는 거야?"

윤 검사는 다시 목청을 높였다.

"그게……."

"한 번 더 무례하게 굴면 알지?"

윤 검사는 탁대의 가슴팍을 벽으로 밀며 나지막이 물었다.

"뭐 좀 건졌습니까?"

"몇 가지 퍼즐 조각이 나왔습니다."

"정말입니까?"

"다시 짜증을 내며 저를 조사실로 데려가십시오. 저들이 저를 완전 허접한 인간으로 생각하도록요."

"당신, 따라와."

윤 검사는 탁대와 장단이 척척 맞았다. 곧 바로 탁대의 어깨를 잡아 끈 것이다.

탁!

제3영상조사실의 문이 닫히자 윤 검사는 깊은 날숨을 쉬었다. 범법자를 다루는 그에게도 연기는 쉬운 일이 아닌 모양이었다. 탁대는 재빨리 습득한 정보를 알려주었다.

"1억 출처가 나왔습니다. 그걸 차에 놓아둔 건 이길형입니다."

"뭐라고요?"

"그전에 2천만 원을 미끼로 썼다더군요. 그건 일치하는 사건 기록이 있었지요?"

"예. 장만술이 자살 직전 도박으로 탕진한 돈이 대략 2천만 원이었습니다."

"이익단체 쪽에서 로비를 맡은 건 정무학입니다. 단체 쪽 부회장이죠? 아마 이길형과 장만술 사이에 뭔가 문제가 생겼던 모양입니다."

"그 말을 믿어도 됩니까?"

"뿐만 아니라 장만술은 타살입니다. 거기에도 이길형이 개입한 것 같습니다."

"우~!"

윤 검사의 입에서 신음 같은 감탄이 쏟아져 나왔다. 불과 몇 분 사이에 일어난 일. 실로 놀라운 능력이 아닐 수 없었다.

"그렇다면 사건을 재정리할 시간이 필요합니다. 타살에 대한 증거도 찾아야 하고요."

"그럼 저와 이길형, 단 둘이 이 방에 있도록 조치해 주세요."

"그건 저들이 받아들이지 않을 겁니다."

"그렇게 하셔야합니다."

"조 실장님."

"이렇게 하시죠. 변호사와 협상을 하는 척하면서 다른 방으로 데려가세요. 이제 저 같은 건 우습게 알 테니 크게 신경 쓰지 않을 수도 있습니다."

"먹힐까요?"

"먹혀야죠!"

탁대의 눈이 반짝 빛을 발했다. 딱히 다른 전략도 없는 상황. 윤 검사는 모험을 감행할 수밖에 없었다.

"저들이 들어옵니다."

"입 닥치고 자리나 지키세요. 알겠습니까?"

신호를 받은 윤 검사는 방 안이 울리도록 고함을 치며 탁대를 거칠게 밀었다.

와당탕!

탁대는 의자와 함께 나뒹굴었다. 변호사와 함께 들어선 이길형이 흡족한 듯 입을 열었다.

"거 좀 대충합시다. 사람 잡겠소."

"죄송합니다."

윤 검사가 가볍게 응수를 했다.

"조탁대 씨도 참 딱하오. 국민영웅으로 불리면서 검찰로 영전했으면 좀 눈치가 있어야지 세상이 전부 코딱지만 한 봉황시 같은 줄 아시나?"

이길형은 오만을 뽐으며 의자를 당겨 앉았다.

"저, 변호사님. 저랑 잠깐 얘기 좀 할까요?"

어수선한 틈을 타서 윤 검사가 슬쩍 입을 열었다.

"부장님 재가 떨어졌습니까?"

"그 문제로 상의 좀 하려고요."

"다른 방에서요?"

"여긴 좀 어수선해졌지 않습니까? 그러니 우리끼리……."

윤 검사가 제안하자 변호사는 이길형을 바라보았다.

"다녀오세요. 여기가 그래도 대한민국 검찰청 영상조사실인데 무대뽀 국민영웅께서 권총 같은 걸로 협박할 리도 없고……."

"그럼 가시죠."

마음이 놓인 변호사가 윤 검사의 제의를 물었다.

탁!

구석에 추레하게 서 있던 탁대의 귀에 문 닫히는 소리가 들려왔다. 탁대는 3일 굶은 노숙자처럼 비루한 표정으로 이길형의 시선을 피했다. 오만한 자의 오만을 자극하는 것이다.

─저런 놈이 뭐 국민영웅?

가련하다는 눈빛으로 가득한 이길형의 마음이 탁대에게 읽혀지기 시작했다.

─이놈아, 정년까지 살아남아 연금이라도 타먹으려면 눈치 좀 배우거라. 어디서 감히?

이길형의 입가에 승리의 미소가 감돌 때 탁대는 리버스독심으로 마법을 바꾸었다.

'살인자 놈, 살인자 놈, 장만술을 죽인 살인자 놈.'

'장만술은 조탁대야. 장만술은 조탁대. 장만술, 조탁대……'

탁대는 비슷하게 이길형을 바라보며 무차별로 단어를 밀어붙였다.

'윽!'

머리가 후끈거리자 이길형은 머리를 감싸쥐었다. 순간, 탁대가 야수의 눈빛으로 이길형을 바라보았다. 난 다 알아. 그런 눈빛이었다.

─이 새끼 뭐야? 진짜 뭘 아는 거야?

─그럴 리가? 이 건은 나만 아는 일이야. 그런데 어떻게?

다시 순간 독심.

당황해 하는 이길형의 마음이 고스란히 전해져 왔다.

"1억은 당신이 슬쩍 차에 놓았더군요."

혼란스러운 틈을 타서 탁대의 입이 천천히 열렸다. 고개를 떨어뜨린 자세, 영상 녹화에도 남지 않을 낮은 목소리였기에 나중에 영상 자료가 불법 수사의 증거물로 채택된다고 해도 문제가 없을 일이었다.

"......!"

허를 찔린 이길형의 눈동자가 무한 확장되었다.

"장만술을 죽인 것도 당신."

바닥을 보며 한마디를 보탠 탁대가 천천히 고개를 들었다.

―다 알고 있어?

―그럼 내가 7억을 먹으려고 꾸민 일이란 걸 안단 말인가?

―혹시 정 부회장, 이 새끼가 변심해서 검찰에 다 불어버린 거?

7억.

새로운 단서 하나가 추가되었다.

이길형의 머리는 그쯤에서 하얗게 변했다. 마침내 고개를 들고 전지전능한 신의 모습으로 내려다보는 조탁대. 그건 조금 전 윤 검사에게 공박을 당하며 눈치나 살피던 비루한 모습이 아니었다. 탁대는 아무것도 모르는 척 시치미를 떼고 친절한 음성으로 입을 열었다.

"어디 아프십니까?"

"......?"

"물을 드릴까요? 아니면 음료수?"

탁대는 시선은 여전히 가지런했지만 이길형의 시선은 초점이 없을 정도로 무방비로 흔들리고 있었다.

2장
종횡무진 조탁대!

　살인!

　이 항목이 추가되면서 수사진은 더욱 긴박한 분위기에 휩싸이는 동시에 난관에 부딪쳤다. 부검이 끝난 사체를 화장해 버린 게 화근이었다.

　"살인, 그거 확신할 수 있는 겁니까?"

　제일 늦게 회의실에 들어선 방 검사가 심드렁하게 물었다.

　"예."

　짧게 대답하는 탁대.

　"믿기 어렵군요. 조사실 영상 체크해 봤는데 그런 말은 나오지 않았습니다."

　방 검사가 고개를 갸웃거리자 박 수사관과 어 계장도 공감한다는 눈치를 보내왔다.

"어떻게 나온 단서인지 설명해 주면 좋겠습니다."

벽에 기대선 윤 검사가 말했다. 그 역시 궁금하기는 마찬가지였다.

"근육입니다."

탁대는 간단하게 둘러댔다.

"근육?"

"이런 고백은 처음 하는 건데 말을 하는 사람의 얼굴 근육과 눈빛, 더불어 목소리를 합하면 추론이 가능합니다. 약간은 초과학적이라 이론적 설명은 곤란합니다."

"그걸 믿으라고요?"

방 검사의 목소리는 여전히 퉁명스러웠다.

"예."

"누구의 이론입니까?"

"이론이라기보다 제 본능에 가까운 능력입니다."

"푸헐~!"

헛기침을 쏟아낸 방 검사가 어깨를 으쓱하며 뒷말을 이었다.

"진짜라면 기가 막힌 능력이고 막연한 추론이라면 우리 모두 옷벗을 일만 남을 겁니다."

"아무래도 증명해야 할 분위기로군요."

탁대는 방 검사를 똑바로 바라보았다. 마치 만화 속 이야기 같은 능력을 누군들 믿어줄까? 더구나 상대는 이 땅의 엘리트로 불리는 검사였다.

―뭘 하려는 거야?

탁대는 순간 독심을 발현해 방 검사의 마음을 읽었다. 하지만 한

참 동안 뜸을 들인 후에야 마치 주술사라도 되는 듯이 천천히 입을 열었다.

"이 사람이 뭘 하려는 거야? 하고 생각했죠?"

"......?"

—뭐야? 내 마음을 들여다본 거야?

"마음을 들여다본 게 아니라 얼굴 근육과 눈빛 등을 종합해서 추론한 겁니다. 적중률은 높지 않습니까?"

탁대는 시치미를 떼며 빙긋 웃었다.

"허얼!"

방 검사는 어이가 없다는 표정과 함께 탄식을 쏟아냈다. 그 다음으로 이어진 건 박수였다. 탁대의 능력에 보내는 감탄이었다.

"일단 믿겠습니다. 진짜 놀랍군요."

"뭐 늘 그런 건 아니고요, 어떤 순간에 집중하면 적중률이 높아질 때가 있습니다. 오늘은 운이 좋았던 거죠. 소위 필 받았다고나 할까요?"

탁대는 겸손하게 받아치며 자세를 바로 했다.

"아무튼 이길형이 장만술을 살해했다? 그리고 뭔가 의도가 있어 1억 원을 현장에 슬쩍 찔러두었다? 대체 왜?"

골똘히 바라보던 어 계장이 혼잣말처럼 말했다.

"일단 이길형이 사건 현장에 있었다는 것과 8억 원의 출처부터 증명해야 할 것 같습니다."

탁대가 어 계장의 말을 받았다.

"어떻게 8억입니까? 우리 수사자료에 의하면 5+5라 이길형과 관련된 건 5억이 맞을 것 같은데?"

윤 검사가 탁대를 보았다.

"일단 송 의원에게 1차로 배달된 5억을 제외하면 배달 사고가 의심되는 로비 자금은 5억 원이 맞습니다. 그런데 이길형에게서 7억이라는 단서가 잡혔습니다. 거기에 트렁크에 들어있던 1억을 합치면 8억이 아닐까요?"

"좀 더 설명해보시죠."

윤 검사는 신중하게 반응했다.

"제가 8억이라고 생각하는 건 7+1의 구조이기 때문입니다. 이길형은 7억을 착복할 의사가 있는 것 같은데 트렁크에 든 돈은 이미 회수불능입니다. 회수불능의 돈까지 자기 돈으로 생각하는 사람은 없다고 생각합니다. 그러니까 이길형과 관련된 돈은 총 8억인데, 검찰이 주목하는 게 5억이라면 다른 경로로 3억이 추가 투입되었을 가능성이 있다는 거죠."

"으음!"

두 검사의 입에서 신음이 새어 나왔다. 잠시 깊은 침묵이 흐른 후에 방 검사가 의견을 제시했다.

"그런데 이길형이 말입니다. 사건 당시 알리바이는 증명이 되었습니다."

"조 실장님 말이 맞다면 알리바이 조작이겠지. 그리고 5억 원, 아니 8억 원의 출처는 정무학 부회장이라 이거죠?"

윤 검사가 미간이 잔뜩 좁힌 채 테이블로 다가왔다.

"그건 틀림없습니다."

탁대는 잘라 말했다. 마음을 들여다본 일이야 설명할 수 없다지만 거기서 나온 사실만은 명명백백한 일이었다.

"수사선상에 오른 돈은 5억인데 3억을 더해 8억 배달 사고가 난 거라?"

방 검사가 자기 이마를 짚었다.

애당초 검찰 추산은 대략 10억!

그런데 3억이 추가되어 8억의 배달 사고. 따라서 총 로비 자금은 13억 규모.

생각을 정리한 방 검사가 미간을 좁히며 말꼬리를 이었다.

"그걸 이 보좌관이 전부 다 빼돌린 걸까?"

방 검사와 윤 검사의 대화가 시작되었다.

"이길형은 송길웅의 문고리 집사로 불리는 사람이야. 아마 그렇다고 봐야겠군."

"왜?"

"당위성은 있어. 이길형은 송길웅의 오른팔로 차기나 차차기 국회의원 선거에서 송길웅의 지역구를 노리고 있잖아? 그러자면 당연히 실탄 축적이 필요하지. 하지만 송길웅이라면 몰라도 이길형에게 당장 투자할 사람은 많지 않을 테니까."

"그럼 장만술이 중간에서 이용당했다는 말인데……."

"그걸 밝히는 게 과제야."

"그나저나 이길형에게는 뭐라고 말했어?"

방 검사가 물었다.

"부장님이 지검장님과 협의해서 곧 결과를 알려준다고 해서 보냈어."

"좋아. 조 실장님이 확신을 하니 이길형의 사건 현장 존재 여부와 알리바이부터 다시 털어보지."

"시간이 좀 걸릴 텐데 지원해 줘?"

"됐어. 윤 검은 다른 그림이나 좀 맞춰줘."

방 검사가 일어나 조사실을 나갔다.

"저 양반, 또 그물망 수사 펼칠 모양이군."

그제야 다소 느긋해진 어 계장이 입을 열었다.

"그물망 수사요?"

아직도 모르는 것 투성이인 탁대가 어 계장을 돌아보았다.

"사건 현장을 중심으로 모든 CCTV를 뒤질 겁니다. 동시에 그날 그 근처에 있었던 차량의 블랙박스도요. 그렇게 조여가면 뭔가 결과가 나올 겁니다."

설명은 잠자코 있던 박 수사관이 대신했다. 주변 CCTV를 다 뒤진다? 그렇다면 현장에 있었음을 입증할 가능성은 높아보였다. 하지만 그만큼 혹독한 노력이 필요한 일이기도 했다.

"그럼 그 사이에 저는 여당 쪽 조사에 돌입하면 되겠네요?"

탁대는 시선을 윤 검사 쪽으로 돌렸다.

"윗분들은 일단 한쪽에 집중하기를 바랍니다. 한쪽 증거를 잡으면 다른 한쪽은 딸려 올라오는 구조니까요."

윤 검사가 난색을 표했다. 한편으로는 이해가 되는 일이라 탁대는 더 말하지 않았다.

집중과 선택.

그건 검찰 수사에서도 필요한 일이었다.

빈 조사실의 구석에 처박힌 탁대는 사건을 재점검해 보았다.

'장만술의 2천만 원……'

그가 사설 도박장에서 2천만 원을 탕진한 건 확실했다. 검찰 수사가 그것을 입증하고 있었기 때문이다.

탁대는 자살이 일어난 당일 장만술의 행적을 머리에 그려보았다.

그는 봉황시의 한강변에 있었다.

송 의원의 기부금을 빼돌려 탕진한 걸 들킨 터라 좌절 모드다.

자살할 생각으로 소주 두 병을 먹었다.

그리고 문자 메모를 남기려 했고, 연탄불을 피웠다.

여기까지는 대략 문제가 없었다. 문제가 되는 건… 트렁크에 실린 1억이었다. 탁대는 혹시 모를 경우를 대비해 차근차근 되짚어보았다. 상대는 정치 실세 중의 실세들. 그러니 실수는 티끌 하나라도 용납될 수 없었다.

'내가 만약 의원 심부름으로 받아둔 로비 자금 8억 중에서 7억을 도박으로 날렸다면…….'

어떻게 할까?

그 정도라면 초중증 도박 중독이 틀림없었다. 그렇다면, 트렁크에 1억을 남겨둘 까닭이 없었다.

'그것까지 전부 날렸어야 아귀가 맞는 것 아닌가?'

탁대는 상식적으로 접근했다. 알코올 중독자는 사온 술을 남기지 않는다. 마찬가지로 수중에 돈이 있는데 아껴둘 도박중독자가 있을까? 더구나 8억 중에 7억을 날렸다면 머리가 돌고도 남을 일. 1억을 따로 남길 인내심 같은 게 남을 리가 없었다.

더구나 검찰 수사로 확인된 도박 탕진 액수는 약 2천만 원. 아무리 사설도박이 은밀하게 성행한다고 해도 7억씩이나 날렸다면 그 또한 일부라도 확인이 될 판이었다.

'역시 장만술 쪽은 아니야.'

탁대의 생각이 술병으로 건너갔다.

'차에서 나온 소주 두 병……'

한 병은 비웠지만 나머지 한 병은 절반 이상 남은 상태. 그 또한 사소한 의문으로 밀려왔다. 자살을 생각한 사람이라면 이미 모든 걸 놓은 상태. 그렇다면 술병도 다 비우는 게 옳을 것 같았다.

딸깍!

생각에 골똘할 때 조사실 문이 열렸다. 경선이었다.

"실장님, 저녁에 회식있답니다."

"회식요?"

"위 부장님이 다들 수고한다고 한턱내신 대요. 시간 비워 놓으라 던 데요?"

"알겠습니다."

탁대는 머릿속에 엉기고 성긴 생각들을 잠시 접어두었다.

검찰 직원들의 회식.

중대한 사건에 직면한 상황이었지만 호기심이 일지 않을 수 없었다. 검사와 의사. 이 두 부류들은 회식도 룸싸롱처럼 삑적지근한 곳에서 할 것으로 알았던 탁대.

예상은 착하게 빗나갔다. 검찰의 회식이라고 별다르지 않았던 것이다.

"자, 술은 주량에 맞춰서 들라고!"

일식집 내실에서 위 부장이 잔을 들며 말했다. 술은 그냥 소주와

맥주를 섞은 소맥이었다. 검찰이라고 술집에서 특별한 대우도 없었다. 다만 주방장이 회 몇 점을 따로 들고 들어온 게 전부였다. 위 부장이 2만 원을 건네주자 주방장은 인사를 남기고 퇴장했다. 봉황시 공무원들의 회식과 똑같은 풍경이었다.

"조 실장은 주량이 얼마야?"

한 잔을 비워낸 어 계장이 물었다.

"저야 뭐 대충 다른 사람 마시는 거에 맞춰서 마십니다."

"어이쿠, 이렇게 말하는 사람들이 무섭지."

"맞아요. 저게 바로 고무줄 주량이거든요."

탁대 옆 자리에 자리한 경선이 끼어들었다.

"아, 나도 젊을 때는 고무줄 주량이었는데 이젠 한 병이면 끝이야."

어 계장은 술을 받으며 엄살을 떨었다.

"한 잔 드릴까요?"

탁대가 경선을 바라보며 물었다.

"좋아요."

경선이 잔을 들자,

"이야. 술 못 마시는 노경선이 예스를 다 외치네. 역시 남자도 젊고 봐야 한다니까."

하고 어 계장이 웃음을 터트렸다.

"당연하죠. 그러는 계장님도 젊은 여자 좋아하잖아요."

"내가?"

"저번에 총무과랑 회식할 때 몸짱 연서가 따라주니까 넙죽넙죽 잘도 마시더만……"

"어이쿠, 그때는 내가 부장님에게 깨진 후라 열 받아서 그런 거지."

"아, 그래서 그렇게 연서 가슴을 힐금거린 거예요?"

"저런, 우리 어 계장이 딱 걸렸구만."

들고 있던 양 과장이 혀를 차며 웃었다.

한 가지 재미난 건 회식에서 업무 얘기는 전혀 나오지 않았다는 사실. 그건 탁대의 마음에 쏙 들었다. 일은 일이고, 회식은 회식이다. 이런 자리에서까지 수사 이야기가 나오면 술맛조차 쉬어 비틀어질 테니까.

하지만 불상사가 일어나고 말았다. 소맥 세 잔을 들이켠 노경선이 그대로 늘어져 버린 것이다. 제아무리 검찰이라고 해도 술 앞에서는 장사가 없는 모양이었다.

그녀의 뒤처리는 탁대 몫이었다. 옆자리에 앉은 죄였다. 경선을 부축하는 것도 그리 쉬운 일은 아니었다. 그녀는 혜자가 아니었으니 여자의 요철이 여간 민망하지 않았다.

다음 날, 출근한 경선은 얼굴이 말이 아니었다. 척 봐도 화장이 먹지 않은 표시가 역력했다.

"어제는 죄송했어요."

경선이 얼굴을 붉혔다.

"뭘요. 그럴 수도 있지……."

"아, 진짜 딱 한 잔만 마셨어야 했는데……."

"그렇게 술이 약해요?"

"뭐, 대개 그래요. 술 마시는 분위기는 좋아하는데 몸이 안 받거든요. 그래도 컨디션 무척 좋으면 소맥 두 잔까지는 가능한데……."

"그럼 제 잘못이네요. 괜히 술을 권해서……."

"무슨 말씀이에요. 능력 망각하고 넙죽 받은 제가 잘못이지."

"아무튼 앞으로는 참고할게요."

"저는 술 잘 마시는 사람들이 부러워요. 이러니 남자도 안 붙고……."

"뭐 술하고 남친하고 상관이 있나요?"

"사회생활하다 보면 술이 필요할 때가 있잖아요. 저 같은 경우에는 술 한 잔이 완전 마취제이자 수면제라니까요."

"수면제요?"

"네. 진짜 심한 날은 한 잔에 맛이 갈 때도 있어요."

"오, 그럼 조심하셔야겠네."

"어쨌든 고맙습니다. 그리고 죄송합니다."

경선은 애교 섞인 말을 남기고 자리로 돌아갔다.

술!

그러고 보니 참 묘한 놈이다. 사람의 차이도 아주 심하다. 어떤 사람은 두주불사도 가능하지만 어떤 사람은 단 한 잔에도 얼굴이 빨개진다. 소주 열 병을 마셔도 끄떡없는 사람도 있지만 두어 잔에 정신줄 못 챙기는 사람도 허다하다.

거기까지 더듬던 탁대 뇌리에 장만술이 반짝 스쳐 갔다. 자살을 앞두고 산 소주 두 병을 다 못 마시고 남기고 죽은 그.

'혹시 장만술이 술을 잘 못 마신다면?'

괜한 상상이 떠올랐다. 한 병 반을 마셨으니 술을 못 마시는 편도 아니다. 반대로 술을 못 마신다면 두 병을 살 필요도 없었다.

'아, 왜 이 생각이 머리에서 끈적거리는 거야?'

머리를 저을 때 혜자의 문자가 들어왔다.

—저녁에 만날 수 있는 거죠?

탁대는 사무실 분위기를 살펴보았다. 아직 CCTV 체크는 성과가 나오지 않았다. 탁대가 따로 수사할 업무도 넘어오지 않았다. 그렇다면 혜자를 만나는 건 문제가 없을 것 같았다.

—오케이!

탁대는 재빨리 자음과 모음을 눌러 화답했다.

결혼식!

다 정리된 것 같지만 그래도 남은 게 많았다. 두 사람이 평생이라는 여행을 떠나는 길이다. 그러니 3박 4일 여행 짐 꾸리는 것과는 차원이 달랐다.

그나마 마더 때문에 짐을 덜었다. 동창들이 날려대는 ~카더라를 단칼에 잘라 버린 것이다.

요즘은 어떻다더라.

누구네는 뭘 해왔다더라.

불협화음은 바로 그 카더라 통신에 부화뇌동하면서 시작되는 법. 다행히 작은엄마 희아도 마더에게 바람을 넣지는 않았다. 혼수는 600만 원을 받았다. 그런 다음에 절반을 잘라 돌려보냈다. 사이좋게 300만 원씩 쓰자는 의미였다. 그 정도면 마더와 동환, 그리고 작은 집들까지 대충 싼 정장 한 벌씩 사는데 충분한 돈이었다.

"환전은 내가 했어요."

나머지 결혼비용은 아예 공동 통장을 만들어 예산을 집행하는 두 사람. 그건 공무원 생활이 보탬이 되고 있었다.

"얼마나 했는데?"

식사를 마치고 자리를 옮긴 맥주 바에서 칵테일을 받아 든 탁대가 물었다.

"2만 바트했는데 적을까요?"

"2만 바트면 80만 원 정도?"

"예비로 백 달러 몇 장 추가했고요."

"뭐, 그 정도면 넉넉하지."

탁대는 딱히 이의를 달지 않았다. 이미 자유여행 경험이 있는 터. 그러니 항공료와 호텔비를 빼면 딱히 많은 돈이 필요하지 않았다.

"어휴, 난 벌써부터 떨리는 거 있죠."

혜자가 볼을 붉히며 말했다.

"떨리긴. 장인어른이 손 잡아줄 판에……."

"오빠는 안 떨려요?"

"글쎄… 그날 되어봐야 알겠는데?"

떨릴까?

혜자가 친구들의 카톡을 확인하는 사이에 탁대는 주변에서 날아든 온갖 조언을 떠올려 보았다. 자칭 타칭 결혼의 비기부터 아들 낳는 법, 신혼 밤 불사르기, 신혼 초 기선 제압하는 신법 등등…….

그중에서 기억도 새로운 게 몇 가지 있었다.

관계한 후에 찬물로 거시기를 씻어라. 그러면 변강쇠가 된다.

술 마시고 관계를 하면 아들을 낳는다.

양복은 싼 걸로 몇 벌을 사라. 공무원은 신혼 초 양복으로 평생을 입는다.

이 마지막 조언은 공무원만이 공감할 수 있는 사안이다. 실제로 공무원들은 별로 유행에 민감하지 않다. 상당수는 십여 년이 훌쩍 지난 촌스러운 양복을 입는 사람도 많다. 패션 센스가 뛰어난 직원이 보면 참 한심할 일이지만 대신 의복값 부담이 없으니 나쁘지 않았다.

"죽가는 구했어요?"

카톡을 끝낸 혜자가 고개를 들었다.

"응, 저번에 본 놈 있잖아? 그 머리 길고 찢어진 청바지 입고 다니는… 그놈이 그래도 슈스케 본선 직전에 탈락한 놈이야."

"하긴 목소리 독특했어요."

"그렇지?"

"그런 그렇고 업무는 어때요?"

"검찰?"

"오빠가 요즘 정신없는 거 같아서……."

저알코올 칵테일을 비워낸 혜자가 수입맥주 한 병을 추가로 주문했다. 맥주가 나오자 불현듯 장만술이 떠올랐다.

"내 일 하나 도와줄래?"

"내가 무슨 능력이 있다고……."

"아니야. 능력 있거든."

생각남 김에. 탁대는 혜자의 손을 잡고 일어섰다.

"주문한 것도 다 안 마시고요?"

"일 끝내고 2차 가자."

탁대는 바로 엔진에 시동을 걸었다.

'여자하고 같이 가면?'

탁대의 머리에 든 건 장만술의 노모였다. 그녀의 집은 봉황시. 여기서 그리 멀지 않았다.

"수사관인 척하고 옆에 붙어 있으라고요?"

"응!"

장만술의 본가 앞에서 탁대가 고개를 끄덕였다. 혜자는 울상이 되었지만 탁대를 돕는다는 생각에 뒤를 따랐다.

"검찰이 또 왜요?"

장만술의 노모는 야윈 사람이었다. 서리가 무성히 내린 머리카락은 잘 빗지 않아 엉클어져 있었다. 그녀 뒤로 수많은 약술 병이 눈에 들어왔다.

'잘못 생각한 건가?'

한순간 후회가 밀려들었다. 100여 병에 가까운 약술. 그렇다면 장만술은 애주가가 아닌가? 하지만 어차피 내친걸음이었다.

"죄송합니다만… 아드님 사고 때 차 안에 있던 소주 때문에요."

경계 모드에 돌입한 노모는 찡그린 콧등을 한 채 탁대를 쏘아보았다. 그러더니 바로 쏘아붙였다.

"뭔 소리야? 우리 아들은 술 못 마셔."

"네?"

그 한마디에 탁대의 눈이 두 배로 커졌다.

"그놈이 죽으려드니까 마음이 변한 거지……."

"어머니… 그게 정말입니까?"

"정말이면 뭐하고 거짓말이면 뭐해? 그런다고 우리 아들이 살아와? 다 귀찮으니까 어여 가!"

"정말 장만술 씨가 술을 못 마십니까?"

"그렇대도!"

"그럼 저기 있는 약술들은?"

"이놈아, 술 못 먹으니까 저렇게 내버려뒀지 잘 먹으면 남아나겠어? 남의 복장 뒤집지 말고 가란 말이여!"

빗자루를 집어든 노모가 탁대를 향해 휘두르기 시작했다.

"그럼 주량은 얼마나?"

"이놈이 말귀를 못 알아듣네. 우리 아들은 소주 두 잔만 마셔도 바로 인사불성이야!"

인사불성!

'인사불성이라고?'

*   *   *

이른 아침, 탁대의 전화기가 울렸다. 아침 전화는 좋지 않다. 공무원에게는 더욱 그랬다. 최소한 '비상소집'인 것이다.

긴장을 했지만 다행히 고동길 기자의 전화였다.

"웬일이세요?"

탁대가 반갑게 대하자,

―나 집 앞인데.

하는 멘트가 들려왔다.

대충 챙겨 들고 문을 나서자 진짜 고 기자가 보였다.

"이 근처에 무슨 사건이라도 터졌어요?"

탁대가 주변을 살피며 물었다.

"터졌지."

"진짜요?"

"조 실장이 사건이잖아?"

탁대와는 달리 고 기자는 농담이 섞여 있었다.

"에이, 사람 놀라게……."

"시간 없지?"

"뭐 그렇긴 해요. 출근시간이 임박해서……."

탁대가 시계를 보며 말했다.

"그럼 나 좀 태워줘. 그럴 줄 알고 신문사에다 차 버리고 왔거든."

고 기자는 자기 차라도 되는 양 탁대 차의 조수석을 차지했다. 그러자 술 냄새가 확 끼쳐왔다.

"술 마셨어요?"

시동을 걸며 묻는 탁대.

"달렸지. 밤새……."

"이야, 기자가 좋긴 좋네요."

"다 조 실장 덕분이지."

"조 실장요?"

차가 차도에 접어들었을 때 탁대가 고개를 돌렸다. 조 실장은 검찰에서 부르는 예의상의 직함이다. 집에서도 모르는 그 직함을 고동길이 알고 있는 것이다.

"그건 또 어떻게 알았어요? 정보 빠르네요."

"뭐 기자가 괜히 기자인가? 나 이제 어엿한 중앙지 차장이야."

"그렇군요."

"조심해!"

"예?"

차선을 비집고 드는 택시가 보였다. 탁대는 마지못해 양보를 해 주었다.

"택시는 원래 저러잖아요."

"택시 말고 지금 맡은 수사 말이야."

"네?"

탁대가 고동길을 바라보았다. 고동길은 히죽 웃으며 뒷말을 이었다.

"장만길 자살 사건 수사팀에 투입됐지?"

"그것도 알아요?"

"어젯밤 나랑 달린 게 정치부 기자들이거든."

"……."

"그 친구들이 재미난 소설을 쓰더라고."

"무슨 소설요?"

탁대는 표정관리를 하며 물었다. 극비리에 추진되고 있는 수사 상황. 그건 고동길에게도 보안이 필요한 사안이었다.

But!

고동길이 바로 돌직구를 날려 왔다.

"송길웅 낚으려는 거지?"

"예?"

허를 찔린 탁대의 목소리가 살짝 갈라졌다.

"맞아? 틀려?"

"그건……."

"곤란하면 말 안 해도 돼. 나도 그 정도 눈치는 있으니까."

"정치부 기자들이 그런 소설을 쓰고 있단 말입니까?"

"송길웅이 워낙 거물이잖아? 게다가 자살이라면서 사건을 속 시원히 종결하지 않고 있고……."

"그건 곧 종결하는 것으로……."

"됐어. 그냥 듣기만 해."

"……."

"그 친구들 말이 여당 분위기가 긴박해졌다는 거야. 청와대 쪽도 그렇고."

"……."

"원래 정치라는 게 그렇잖아? 누구 하나 걸리면 상대 쪽에서 아귀처럼 물어뜯으려고 달려드는……."

"뭐, 그렇긴 하죠."

"뭐 조 실장이야 나보다 탁월한 사람이니까 잘 알아서 처신하겠지만 그 말을 들으니 여러 가지가 걸리는 거야. 왜 하필 이 시점에서 조 실장을 스카우트해 왔나 하는……."

"……."

"아무튼 조심해. 내가 도울 일 있으면 바로 연락하고."

"그 말 해주시려고 일부러?"

"아니면? 나 오래전부터 조 실장 팬이야. 몰랐어?"

"고 기자님……."

"어이쿠, 겁나는 검찰청이 코앞이군. 나는 여기다 내려주면 고맙겠어."

"그러시겠어요?"

차가 서자 고 기자가 탁대를 바라보았다.

"한마디 더!"

고 기자는 손잡이를 당기며 말꼬리를 붙였다.

"거기 친구들 쉽게 믿지는 마. 봉황시 공무원들 하고는 처세가 다를 거야."

'처세?'

"이해 안 돼? 봉황시에서 날고 뛰어봤자 사무관 서기관이지만 검찰에서는 날고 뛰면 총장이나 국회의원, 장관 되는 거야. 격이 다르잖아?"

"그러죠."

인도에 내린 고 기자가 손을 들었다. 탁대도 손을 들어 보이고 청사로 들어섰다. 파킹을 하고 돌아보았을 때는 고 기자가 사라진 후였다.

조심해.

거기 친구들 쉽게 믿지는 마.

두 마디 말이 메아리로 남아 탁대의 가슴에서 홍홍거렸다.

수사팀은 아침부터 분주했다.

그 서막은 위 부장이 열었다.

"보안 제대로 하고 있나?"

까칠한 목소리에 탁대를 비롯한 참석자들은 숨을 죽였다.

"기자들이 냄새를 맡았습니까?"

메모를 하고 있던 윤 검사가 물었다.

"그 친구들 코가 보통 코야? 아무래도 연막 좀 피워야겠어."

"방송 쪽입니까 신문 쪽입니까?"

침묵하던 양 과장도 입을 열었다.

"한 군데서 들썩거리면 금세 퍼지는 게 걔들 생리 아닌가? 아무래도 송 의원이 뒤에 있다 보니 코를 킁킁거리는 거겠지. 수사 진척은?"

"CCTV 체크하고 있는데 아직은 소득이 없습니다."

퉁명스러운 목소리. 이번에는 방 검사였다.

"그거 괜한 수사 아니야? 아무리 CCTV가 증거 능력이 있다고 해도 서울 시내 것을 다 뒤질 수는 없는 거 아냐?"

"그렇잖아도 방향 선회를 생각 중이었습니다."

"능률적으로 하라고. 이제 시간과의 싸움이야."

"알겠습니다."

방 검사의 대답을 들은 위 부장이 일어섰다. 부장이 나가자 양 과장, 어 계장도 노트를 챙겨 일어섰다. 남은 건 탁대와 두 검사, 그리고 노경선이었다.

"빈손이야?"

윤 검사가 긴장을 풀며 방 검사를 바라보았다.

"사건 현장으로 이어지는 주요 도로변 CCTV를 거의 다 체크했어. 그런데……."

방 검사는 뒷말대신 고개를 저어보였다.

"사건의 성격으로 보아 이면도로를 이용했을 수도 있잖아요?"

다 마신 종이컵을 와작 그러쥔 노경선이 의견을 제시했다.

"부장님 말씀 못 들었어? 서울시내 CCTV를 다 뒤질 수는 없어."

"그럼 CCTV 수사는 중단하는 건가요?"

"다른 각도를 잡아보자고. 수사관들도 슬슬 지쳐 가고……."

"제가 가서 미모로 꽃향기 좀 넣어주고 올 게요."

경선도 농담과 함께 일어섰다. 이제 남은 건 세 사람이었다.

"윤 검사님!"

잠잠하던 탁대의 입이 열렸다.

"네?"

"장만술 말입니다. 혹시 음주량에 대해서 수사를 했었습니까?"

"음주량? 그건 안 했는데?"

"제가 어제 알아봤는데……."

"음주량이 어때서요? 소주 한 병 반이 치사량도 아니고 직접 사인은 연탄가스 중독으로 나왔는데……."

서류를 뒤적이던 방 검사가 탁대를 바라보았다.

"장만술 씨… 술을 거의 못 마신다고 하던데요?"

"그래요?"

이때까지도 두 검사는 대수롭지 않다는 반응이었다.

"두 분은 아무런 느낌도 안 듭니까?"

"무슨?"

탁대가 질문을 날리자 두 검사는 서로의 얼굴을 바라보았다.

"혼자 한 생각인데 말입니다. 장만술 씨가 술을 못 마신다면 이 사건은 모순에서 출발하고 있는 거 아닐까요?"

"모순이라? 술은 못 마시지만 자살하려는 상황에서는 마실 수도 있는 거 아닙니까? 어차피 자포자기 심정인데……."

윤 검사가 턱을 괴며 말했다.

"그럴 수도 있지요. 하지만 그렇다고 해도 한 병 반은 주량에 비해 너무 많다는 겁니다."

"많다?"

"어제 노 수사관 보면서 느낀 건데 술을 못 마시는 사람은 한 잔이 한 병만큼 큰 부담입니다. 그러니 아무리 자살할 형편이라고 해도 너무 과용한 거 아닐까요?"

"그러니까 조 실장님 생각은 술에 단서가 있을 수 있다?"

이번에는 방 검사가 나섰다.

"그냥 추측인데요. 어떤 이유로 장만술이 소주를 한두 잔을 먹게 되었다. 그 정도까지는 큰 문제없이 이루어지리라 봅니다. 그런 다음에 혹시라도 장만술이 노 수사관처럼 취해 맛이 가버린다면……."

"누군가 술을 강제로 더 먹이고 계획살인에 돌입한다?"

"그렇게 되면 장만술은 죽은 그 자리에서 술을 마셨다고 봐야합니다."

"그리고 자살한 현장에 누군가 있었다?"

"바로 그거죠."

"……!"

두 검사의 얼굴에 긴장감이 스쳐 갔다.

"장만술이 술 못 마신다는 거 누구한테 확인한 겁니까?"

윤 검사가 긴장을 하며 물었다.

"노모에게서요. 혹시 두 분 중에 장만술 씨 본가에 가본 사람 있습니까?"

"나는 보고만 받았는데… 방 검사는?"

윤 검사가 방 검사를 돌아보았다.

"나도 보고를……."

"보고 올린 수사관은 누구죠?"

이렇게 해서 황독대 수사관이 불려왔다.

"혹시 그 집에서 약술 담아둔 거 봤습니까?"

"예. 많던데요?"

탁대의 질문에 황 수사관은 주저 없이 대답했다.

"어떤 생각이 들었나요?"

"솔직히 그것 때문에 술에 대해서 간과한 것 같습니다. 이웃에 확인했더니 약술 담그는 게 취미라기에 애주가로 생각했고 그래서 자살할 때도 소주를 마셨나 하고……."

황 수사관이 목을 벅벅 긁었다.

"젠장, 이거 CCTV 수사 중단이 아니라 보강해야 할 판이군."

방 검사의 목소리에 날이 서기 시작했다.

"제 생각도 그렇습니다. 만약 이길형이 범인이라면 사망한 자리에 있었을 공산이 큽니다. 그게 아니면 최소한 그가 사주한 사람이라도."

"황 수사관, 나 CCTV 수사팀으로 갈 테니까 인력 두 명 정도 보강해 주세요."

방 검사가 황급히 일어섰다.

수사 방향을 선회하려던 수사팀은 아연 활기를 되찾았다. 그 단초는 두 가지였다.

우선 장만술이 술에 약하다는 사실이 재확인되었다.

사건 두 시간 전에 사건 현장 방향으로 향한 차량 하나가 이길형의 조카 차량으로 밝혀졌다.

수사팀은 CCTV를 역추적해서 또 하나의 개가를 이끌어냈다. 그 장소는 편의점. 이길형이 조카의 차에서 내려 편의점에 들른 것이다. 그가 들고 나온 봉지에 뭐가 들었는지를 확인하는 건 껌도 아니었다. 수사팀은 바로 편의점에 수사관을 급파해 내용물을 밝혀냈다.

그 안에 든 건,

소주 두 병과 커피 두 캔이었다!

수사팀은 더욱 고무되었다. 수사 범위가 확 좁혀진 것이다. 그 다음부터는 시간이 오래 걸리지 않았다. 이길형 조카의 차량이 한강변에 들어선 것도 확인되었다. 장만술과는 반대 방향 동선이었다.

"미리 치밀하게 전략을 세웠던 모양입니다."

방 검사는 혀를 내둘렀다. 거기에는 두 가지 의미가 담겨 있었다. 사건의 계획성과 이길형의 표정 관리. 그 두 가지를 뜻하고 있는 것이다.

"그럼 이제 이길형을 제대로 소환할 순서로군요."

어 계장의 눈에도 비장미가 감돌았다.

"이길형……."

어 계장 옆에 앉은 탁대가 중얼거렸다.

"왜? 어차피 그자가 키를 쥐고 있어. 그러니 조 실장이 실력 발휘할 차례가 온 거야."

어 계장이 탁대를 보며 말했다. 그러자 방 검사와 윤 검사의 시선이 탁대를 향해 쏠려왔다.

"제 생각은 다릅니다."

탁대가 고개를 들었다.

"어떻게 말입니까?"

기다렸다는 듯이 윤 검사가 물었다.

"아직 주변 정황이 정리되지 않았습니다. 이길형이 사건 현장에 있었다는 추측은 가능하지만 그 장면이 찍힌 것도 아닙니다. 그러니 그것만으로는……."

"부족하다?"

윤 검사가 턱을 만지작거렸다.

"제 생각에는 로비 자금을 건네준 정무학 부회장을 먼저 데려오는 편이 맞다고 봅니다. 그에게서 단서가 나오면 그걸 묶어서 이길형을 완벽하게 옭아맬 수 있을 겁니다."

"가지를 쳐서 몸통을 잡는다?"

"수사 방식은 잘 모르지만 제 입장은 그렇습니다. 징 부회장이 입을 열면 증거가 보강될 테고 그렇게 되면 이길형도 다른 소리를 하지 못하겠지요."

"방 검사 생각은 어때?"

탁대의 의견을 들은 윤 검사가 방 검사의 의견을 구했다.

"괜찮군. 우리 입장에서도 이길형보다는 정 부회장이 더 편한 파트너지."

"어 계장님은요?"

윤 검사의 시선이 어 계장에게 옮겨갔다.

"듣고 보니 조 실장이 말이 맞는 거 같습니다. 우선 이길형을 그런 목적으로 소환하는 것 자체가 부담스러운 일입니다."

어 계장도 이의가 없었다.

바로 그때 위 부장이 황독대 수사관을 대동하고 들어섰다. 잔뜩 상기된 얼굴이었다.

"부장님!"

"수사를 서둘러야겠어."

어 계장의 시선을 받은 위 부장이 입을 열었다.

"몸통 쪽에서 압박이 온 모양이군요."

이미 알고 있다는 듯, 윤 검사가 등을 기대며 말했다.

"양쪽에서 전부 나선 모양이야. 이렇게 되면 기자들도 벌 떼처럼 꼬여들 거야."

양쪽이란 여당과 야당을 싸잡아 이르는 말. 그러니 송길웅은 물론 백영규 쪽에서도 압력이 내려왔다는 뜻이었다.

"그 양반들, 제 발이 저리니까 똥줄이 탈겁니다."

윤 검사는 여전히 여유만만하다.

"웃고 있을 때가 아니야. 우리가 먼저 확증을 잡아내지 못하면 탄압이니 정치사찰이니 하면서 역풍에 휘말릴 가능성이 120%야."

"뭐, 어차피 한 번은 겪어야 할 광풍 아닙니까?"

"그러니 서두르라는 거야. 삼각 압박에 휘말리면 사공이 많아서 노 젓기가 힘들어져."

"지검장님 입장도 그렇습니까?"

듣고 있던 방 검사가 심드렁하게 입을 열었다.

"자넨 말투가 왜 그래?"

"죄송합니다."

"그 양반이 나름 강단은 있지만 위에서 누르면 오래 못 버텨. 그러니까 시간 싸움이라는 거잖아."

"젠장, 밤새워서 사우나 좀 하고 시작할 생각이었는데 그것도 사치로군요."

방 검사가 노트를 챙겨 일어섰다.

정무학 부회장!

그 소환이 결정되는 순간이었다.

보안!

이번 수사의 보안은 완벽했다. 전체적인 윤곽을 아는 사람은 탁대를 포함해서 여섯 명에 불과했다. 그 멤버들 간에도 보안의 등급이 유지되었다. 하지만 세상에는 창과 방패가 따로 존재하는 법. 막으면 뚫는 사람이 있었으니 보안은 오래가지 못했다. 냄새를 맡은 기자들이 몰려든 것이다.

"조탁대 씨!"

탁대가 자료실에서 나올 때였다. 누군가 부르는 소리에 돌아보았다. 처음에는 그가 누군지 몰랐다. 업무에 치여 아직 검찰청 직원들 얼굴조차 다 익히지 못한 까닭이었다.

"누구시죠?"

묻는 순간, 복도 끝에서 십여 명의 기자가 쏟아져 나왔다.

"동마일보 이광재 기자입니다!"

"중간일보 홍도학 기자입니다!"

기자들은 다투어 입을 열었다.

"이번에 정치권 거액 로비 자금 수사를 위해 스카우트되었다던데 맞습니까?"

"그 수사가 야당의 거물을 표적으로 삼았다던데 한마디 해주십시오."

기자들이 녹음기를 들이대며 아우성을 쳤다.

"저는……"

탁대는 기자들을 바라보며 담담하게 입을 열었다.

"공무원 비리를 담당할 뿐 그 밖의 것들은 모릅니다."

"단순히 공무원 비리입니까?"

"국민의 알 권리와 관계된 일입니다. 정확히 말씀해 주세요."

기자들은 집요했지만 더는 묻지 못했다. 청경들이 달려와 길을 막아준 것이다.

하지만 그 소동이 나쁜 것만은 아니었다. 기자들이 탁대에게 눈이 팔린 사이에 정 부회장이 검찰에 도착했다.

참고인 조사.

표면상의 소환 이유였다. 그는 간단한 절차를 걸친 후에 제3조사실에 앉혀졌다. 공은 탁대에게 넘어왔다.

조사실에 들어선 건 탁대와 방 검사였다. 정 부회장은 긴장하는 빛도 없었다. 능수능란하게 표정 관리가 가능한 사람, 과연 양당의 거물들과 국회의원을 상대로 로비를 할 만한 배포였다.

"이거 죄송합니다. 원래 제 방으로 모셔야 하는데 지금 다른 사건 소환자 때문에……."

윤 검사는 겸손 모드로 시작했다.

"뭐 괜찮소이다. 빨리만 보내주시오."

정 부회장의 목소리는 노련했다. 웬만한 상황에는 눈도 까닥하지 않을 기세였다.

"말씀드린 대로 하나의 요식행위입니다. 송 의원님 운전기사 자살 사건 말입니다."

"알고 있으니 본론으로 갑시다."

"그럴… 까요?"

"지난번에 서면으로도 밝혔지만 나는 아무런 관계없습니다. 죄라면 존경하는 의원님들 자서전 행사장 같은 데 갔다가 얼굴 마주친 것밖에는… 뭐, 그걸로 사람을 엮어 넣지는 않겠지요?"

"그럼요. 대한민국이 무슨 전제왕권국가입니까?"

"듣기론 아직도 형법보다 무서운 괘씸죄가 있다기에……."

"그거야 정치 관련이겠지요. 정치라는 건 워낙 법으로 판단하기에도 난해한 거라서……."

"뭐 그렇긴합디다."

윤 검사가 정 부회장의 긴장을 푸는 사이에 탁대는 순간 독심을 걸었다.

─새끼… 무슨 개수작이야?

─내가 검찰 따위에 쫄 줄 알아?

─슬쩍 간을 보려는 모양인데 오산이다. 이놈들아.

몇 분간 집중하지만 쓸 만한 정보는 읽혀지지 않았다. 탁대는 슬쩍 돌아보는 윤 검사에게 고개를 한 번 저어보였다. 2차전으로 가자는 신호였다.

"이거 아무래도 솔직히 말씀드려야겠군요."

윤 검사가 미끼를 드리우기 시작했다.

"사실 오늘 모신 이유는 최근에 중대한 정보가 몇 개 들어왔기에 협조 좀 구할까 싶어 모셨습니다."

"협조라고요?"

"이쪽 협회와 관련된 활성화 법안 말입니다. 원래 반대파들이 있었지요?"

"그렇소이다만."

"알고 보니 그쪽 단체에서 로비에 들어갔다가 실패한 정황을 잡았습니다. 그래서 자살자의 차에서 나온 게 사실은 그쪽 로비 자금이 아닌가 싶은데 혹시 들은 말이 없으신지?"

"글쎄올시다. 우리 쪽은 워낙 법의 테두리에서만 준법적으로 활동했기 때문에……."

"실제 동원 자금은 30억 이상이라는 설이 있었습니다. 양당의 거물들에게 공히 10억씩… 그리고 기타 소관 위원들에게 2~3억씩……."

여기서 다시 탁대의 순간 독심이 시작되었다.

"……."

탁대는 혼자 눈자위를 구겼다. 역시 만만치 않은 인물. 흔들림이 없는 그에게서는 아무 속내도 느껴지지 않았다.

"돈 많은 친구들이군요."

"전혀 들으신 바도 없다?"

"뭐 설령 그쪽 친구들이 그렇게 움직였다고 해도 암암리에 했을 텐데 내 귀에 들어오겠습니까? 내가 무슨 검찰 같은 정보기관도 아니고."

"그러니까 가능성은 있다?"

"그 가능성이라는 게 범위가 크지 않소이까? 당신들 잣대로 보자면 국밥 한 그릇도 로비고 상품권 한 장도 로비일 테니······."

상황, 상황을 메모하고 있던 조탁대. 그 즈음에서 오른발로 슬쩍 윤 검사의 발을 건드렸다.

"아, 그 친구들이 로비에 들어간 시나리오 문건을 입수했는데 한 번 봐주시렵니까? 아무래도 동업관계이니 구체성이 있는지 아실 수 있을 것 같은데?"

"나보고 악역을 맡아 달라?"

"대신 이쪽 단체는 무혐의로 깔끔하게 마무리해 드리죠. 부회장님이 조언해 줬다는 말도 절대 극비로 부쳐드리고요."

"옵션이군요?"

"죄송합니다. 저희도 그냥 마무리하기에는 워낙 윗선이 걸려서······."

윤 검사는 겸손한 자세로 심리전을 리드해 나갔다.

"뭐 그렇다면 일단 봐드리기는 하지요. 하지만 너무 기대하지는 마십시오."

정 부회장이 미끼에 눈길을 주었다.

"어이쿠, 이거 협조해 주셔서 진심 감사합니다."

꾸벅 인사를 남긴 윤 검사가 일어섰다. 탁대도 그를 따라 복도로 나왔다.

"이걸로 되는 겁니까?"

조사실 문을 닫기 무섭게 윤 검사가 낮은 소리로 속삭였다.

"그건 하늘만이 알겠지요."

탁대는 종이 한 장을 내밀었다. 윤 검사가 해줘야 할 역할이 거기에 메모되어 있었다.

"이걸 읽으라고요?"

"시작하겠습니다."

탁대의 눈이 반짝 빛을 뿜어내기 시작했다.

"글쎄 틀림없다는데 왜 변죽을 울리십니까? 그냥 조지면 되잖습니까?"

탁대의 목소리가 살짝 높아졌다.

"이봐. 증거가 없잖아? 추측만으로 다 되면 누가 검사 못 해먹겠어?"

윤 검사의 목소리도 질세라 뒤따라 높아졌다.

"장만술 차에서 나온 돈은 저 인간이 로비 자금으로 먹인 게 분명합니다. 이길형을 통해 송 의원에게 먹이다가 배달 사고가 난 거라고요!"

"누군들 몰라? 하지만 저놈들이 입을 열어야 말이지."

"그러니까 세게 조져야지요. 하늘에 맹세코 저 인간이 직접 돈배달하고 로비한 거 맞습니다. 조지면 바로 나올 일을 왜 이렇게 뜸을 들이는 겁니까?"

두 사람의 목소리는 정무학에게 건너갔다. 문 하나를 사이에 두고 살짝 엿듣기 좋을 만큼, 탁대와 방 검사의 목소리 크기였다.

여기에는 탁대의 계산이 깔려 있었다. 상대는 작심하고 불법 로비를 한 당사자. 이미 온갖 경우의 시나리오를 다 염두에 두었을 테니 자발적으로 협조할 리가 없었다. 예상대로 넌지시 던진 미끼 따위에는 반응하지 않았다.

그러나!

인간의 심리는 두 가지 패턴을 가지고 있다. 즉 공개성과 비공개성이다. 혼자 남은 사람은 상상의 나래를 쉽게 펼친다. 더구나 문 밖에서 들려오는 불협화음이라면? 제아무리 철통같은 방어망으로 실드를 친 사람이라고 해도 허술해질 공산이 컸다.

"저 인간이 로비 자금 배달한 거 맞습니다. 배달 사고에 대해서도 다 알고 있을 겁니다."

탁대는 또렷하게 그러나 굵직하게 못을 박았다. 그 와중에도 순간 독심은 계속 발현되고 있었다. 문 하나 사이의 정 부회장. 그 정도라면 큰 애로가 없었다.

'읽힌다.'

집중하는 사이로 정 부회장의 속내가 느껴지기 시작했다.

—저 새끼들… 이제 보니 내 얘기를 돌려서 말한 모양이군.

—유도심문으로 나를 때려잡으려고?

—애 쓰는 꼴이 눈물겹구나. 하지만 너희는 내 입을 열지 못해.

—그나저나 10억은 어떻게 새어 나간 거야? 이길형이 이 인간, 사람 여러 번 잡는구만.

거기까지 간파한 탁대는 보너스 한 방을 더 안겨주었다.

"이러지 말고 아예 공개수사하자고요. 자살이 아니고 이길형이 살인범 아닙니까? 로비 자금을 둘러싸고 배달자들 사이에 암투가 일어난 게 틀림없습니다."

탁대의 말을 들은 윤 검사의 눈이 휘둥그레졌다. 탁대가 마지노 선은 넘어버린 것이다.

"조 실장님……."

"쉿!"

손가락을 입으로 가져간 탁대는 안의 반응을 기다렸다. 정 부회장의 반응은 전격적으로 건너왔다.

―살인범?

―그럼 이길형이 그 인간이 나중에 받아간 돈을 제가 먹으려고 운전기사를?

순간,

탁대는 소리 없이 문을 밀고 조사실 안으로 들어섰다.

"으헉!"

골똘히 귀를 기울이던 정 부회장이 기겁을 하며 물러섰다.

"정 부회장님!"

탁대의 목소리가 천천히 열렸다. 차분하지만 묵직한 톤이었다.

"나는 검사님하고 생각이 다르거든요. 내 생각에는 당신이 거액로비한 거 맞습니다."

"……."

"그러니 우리 검사님 없을 때 제대로 해봅시다. 1차로 송 의원에게 5억 주고 이길형에게 다시 8억 더 건네줬죠?"

8억!

그 구체적인 숫자에 정무학이 움찔거렸다.

"무, 무슨 헛소리요?"

"아니면? 당신이 장만술을 죽인 겁니까?"

"……."

"장만술 자살 아닙니다. 그러니까 이길형이 아니면 당신이 범인이에요."

"내, 내가 왜 국회의원 비서관을?"

살인 이야기가 나오자 빈틈없던 장 부회장의 목소리가 떨리기 시작했다. 의표를 제대로 찌른 것 같았다.

"원래는 5억… 하지만 로비 과정에서 추가 요구가 나왔겠지요. 그래서 당신과 이길형 사이에 이견이 생긴 것 아닙니까?"

탁대는 단정적으로 몰아붙였다. 말문이 막힌 정 부회장의 잔머리가 빠르게 구르기 시작했다.

─이길형이 이 새끼… 어쩐지 추가로 요구한 5억은 마땅치 않아.

─그것도 처음처럼 내가 직접 송 의원에게 건넸어야 했는데…….

'걸렸다!'

마지막 생각에서 탁대는 쾌재를 불렀다. 단서의 또 하나가 풀린 셈이었다.

"처음 5억은 송 의원에게 직접 주었지요? 그런데 왜 나중 8억은 이길형에게 건네 준 겁니까?"

"……?"

─그, 그것도 알고 있어?

"돈을 건넨 장소는 지하주차장이었죠? 사각을 잘 이용했지만 주변에 있는 차량의 블랙박스까지는 고려하지 못했더군요."

"…….."

─변, 변호사…….

"변호사 불러드려요?"

"……!"

─이 새끼, 내 생각을 읽고 있는 거야 뭐야?

"필요하면 묵비권을 행사하세요. 그럼 문제될 게 없지 않습니까?"

탁대는 여전히 선 채로 정 부회장을 쏘아보았다. 단단하던 그의 눈빛이 어린 새처럼 떨고 있었다. 처음 조사실에 들어왔을 때와는 완전히 딴판이었다.

─덫에 걸렸다.

─상황을 보니 이미 검찰이 작심하고 수사에 나선 모양…….

─그렇다면 내 살길을 찾아야 한다는 건데…….

"정 부회장님의 실리는……."

독심의 끝을 따라 탁대가 꼬리를 붙여나갔다.

"먼저 협력하는 길뿐입니다. 그렇지 않으면 기회는 사라질 테니까요."

탁대의 입가에 오싹한 미소가 번져 갔다. 그 순간은 탁대 자신도 놀랄 정도. 너무나 집중하고 있는 까닭이었다.

"이길형과의 배달 사고, 그것만 말하세요. 나머지는 우리가 다 밝혀놓았습니다."

"……."

다 밝혀놓았다!

그 말은 정무학의 마음을 한 번 더 흔들어 버렸다.

─말해 버려?

─로비야 처음부터 회장의 결정…….

─이길형의 배달 사고 역시 내 책임은 아니지 않는가? 기사를 시켜 5억을 받아 놓고 2억밖에 안 왔다고 오리발을 내밀며 3억을 더 요구한 건 그놈…….

─그러고 난 후에 일어난 일이야 전부 나하고는 상관없는 일…….

빙고!

정무학의 속내를 읽은 탁대가 속으로 쾌재를 불렀다. 8억, 그 수수께끼가 통렬하게 풀리는 순간이었다.

"정 부회장님!"

고뇌하는 정무학에게 탁대의 눈빛이 날아갔다. 정무학이 떨어뜨렸던 고개를 들어올렸다.

"결정이 어려우면 일단 돌아가십시오. 생각할 시간을 드리죠."

"정, 정말 그래도 됩니까?"

"물론이죠. 지금이 어느 시대입니까?"

"그, 그럼 돌아가겠소. 검찰에서 이상한 말을 해대니 머리가 어지러워서……."

"그러시죠."

탁대는 문을 가리켰다. 원하던 단물은 이미 어느 정도 건진 상황이었다.

턱!

이길형이 차에서 내렸다. 반듯한 자세였다. 옆에는 전처럼 변호사를 대동했다. 여전히 빈틈은 없었다.

시작은 윤천수가 검사실에서 테이프를 끊었다. 차를 내주고 소소한 정가 이야기로 탐색전을 끝냈다. 이건 흔히 있는 풍경이었다.

검사들은 조사실보다 검사실에서 수사를 하는 경우가 많았다. 변호사가 간간히 뼈 있는 말을 건네 왔지만 윤 검사가 잘 받아넘겼다.

10분 후에 염홍길 수사관이 그 문을 열고 들어와 바람을 잡았다.

"무슨 일이죠?"

윤 검사가 모르는 척 물었다.

"봉천동 연쇄 강간범 피의자 목격자들이 도착했습니다."

"아, 그래요?"

"그냥 임의동행인 데다 숫자가 많아서 조사실로 가기에는……."

"조사실이 꽉 찼나요?"

"하나 비어 있습니다만……."

"아, 잠깐만요."

윤 검사가 시선을 이길형 쪽으로 돌렸다.

"죄송합니다만 다른 방으로 모시겠습니다. 여긴 번잡해질 것 같아서……."

"사건 종결인데 우리가 나가드리지요."

변호사가 먼저 선수를 쳐왔다.

"그런데 우리 부장님이 인사를 전하고 싶으시다고……."

"위 부장님?"

"그냥 가시면 섭섭하실 겁니다."

"뭐, 그렇게 하시죠. 우리 운전 기사 때문에 검찰이 고생했는데 그 정도 협조야 해드려야죠."

다행히 이길형이 인심을 쓰는 바람에 자리를 옮기는 건 어렵지 않게 해결되었다. 염홍석 수사관이 그들을 데리고 나가고 얼마 지나지 않아 탁대가 검사실에 들어섰다. 박 수사관과 함께였다.

"조사실로 갔습니다."

"변호사 대동이죠?"

박 수사관이 윤 검사에게 물었다.

"왜 아니겠습니까?"

"그럼 쉽지 않을 것 같은데요?"

"조 실장님만 믿는 수밖에요."

윤 검사가 탁대를 바라보았다.

셋이 역할 분담에 대해 면밀한 토의를 하는 동안에 위 부장이 들어왔다.

"준비되었나?"

"예."

윤 검사가 대표로 대답을 했다.

"민감한 사안이네. 만전을 기해야 할 거야."

"예."

위 부장이 나갔다. 셋은 역할을 마무리하고 자연스럽게 검사실을 나섰다.

'조탁대……'

탁대는 심장이 꿈틀거리는 걸 느꼈다. 격전장으로 나서는 걸음. 서둘지 않았다. 겁을 먹지도 않았다. 죄인은 탁대가 아니라 그들이니까.

이길형과 신 변호사는 3조사실에서 차를 마시고 있었다. 홍차는 그들 바람처럼 개운했다. 어차피 종결될 사건이지만 그래도 마음 한편으로 찜찜했던 그들.

'송 의원님……'

이길형은 턱을 괸 채 생각에 잠겼다.

'일이 이렇게 되면 당신 지역구는 나한테 넘길 수밖에 없겠지. 나에게는 오히려 전화위복인 셈……'

이길형은 음산한 미소와 함께 생각을 이어갔다.

'그러고 보면 장만술이 내 은인이군. 실탄도 빵빵하게 안겨주고 지역구도 차지하게 해준 것 아닌가?

이길형의 뇌리에 장만술이 스쳐 갔다.

'1억이나 차에 남겨둔 게 좀 아깝긴 하지만 따지고 보면 그것도 사건 종결을 위한 투자……'

이길형의 생각은 계속 끈을 이어갔다.

'아무튼 여러 면에서 천운이었어. 심약한 성품에 도박에 빠진 것, 소주 세 잔이면 맛이 가는 것하며 말이야. 술을 강제로 더 먹이느라 수고한 생각을 하면 좀 짜증스럽긴 하지만……'

딸깍!

문소리와 함께 이길형의 생각은 끝났다. 윤 검사와 탁대, 그리고 박 수사관이 들어선 것이다.

"어이쿠, 다들 단체로 인사라도 하러 오셨나? 그럴 필요까지는 없는데……"

이길형이 등을 기대며 웃었다.

"아, 우리 조 실장님이 따로 할 말이 있다고 해서요."

윤 검사가 먼저 자리를 잡고 앉았다. 뒤를 이어 박 수사관도 심문 자세로 자리를 잡았다. 이상한 느낌을 받은 변호사와 이길형의 눈자위가 단박에 구겨졌다.

"지금 뭐하는 거요?"

신 변호사가 먼저 가시를 세웠다.

"갑자기 긴급한 변동 사안이 있어서 말입니다."

윤 검사가 천천히, 그러나 빈틈없는 시선으로 고개를 들었다.

"긴급? 뭔지 모르지만 그런 게 있으면 적시해서 소환장 다시 보내시오."

"잠깐이면 됩니다만."

"필요··· 읍!"

핏대를 올리던 신 변호사의 입술이 닫혀 버렸다. 뿐만 아니라 동작도 멈춰 버렸다. 탁대가 날린 순간 접착 마법이었다.

속전속결!

탁대의 대도박이 시작되었다.

"설명은 제가 하겠습니다."

시치미를 떼고 탁대가 나섰다.

"뭐야? 지금 무슨 짓을 하는 거야?"

흥분한 이길형이 목청을 높였지만 탁대는 조금도 흔들리지 않았다.

"잠깐만 진정하시죠. 장만술 살인 피의자 이길형 씨!"

"살인 피의자?"

이길형의 눈동자와 콧구멍 평수가 확 넓어졌다.

"그리고 불법 로비 자금을 알선하고 그 일부를 착복한 이길형 씨!"

"······?"

눈에 핏발이 선 이길형. 변호사를 돌아보지만 그가 움직일 리는 없었다.

"읍읍!"

입에서 새어 나오는 것은 희미한 신음 소리뿐.

"변호사님!"

탁대는 변호사를 확인하는 친절까지 곁들였다. 다른 사람이 보기엔 너무 당황해 허덕이는 것처럼 보이는 변호사. 다들 상황에 집중해서 이상하게 생각할 여지도 없었다.

"변호사께서 이의가 없으시니 동의하는 걸로 간주하고 말씀드립니다."

탁대는 재빨리 말꼬리를 이어갔다.

"우선 살인 혐의부터 시작하지요. 장만술 씨 사건은 자살이 아니라 살인 사건입니다. 당신이 이익 단체의 로비 자금 일부를 착복하기 위해 꾸민 흉계였지요. 당신은 보좌관 장만술을 시켜 정무학 부회장에게 5억을 추가로 요구했습니다. 하지만 당신은 애당초 더 큰 욕심이 있었지요. 그래서 5억을 받았음에도 2억만 왔다고 통보하여 추가로 3억을 더 수수했습니다. 저쪽으로서는 이미 로비를 시작한 마당이니 중단할 수 없는 점을 악용한 것이었지요."

"무, 무슨……."

"당신은 이 모든 책임을 장만술에게 돌리기 위해 그에게 자살로 꾸민 타살 음모를 실행했습니다. 그 증거로 ○○편의점에서 소주를 두 병 사들고 한강변에서 기다리는 장 기사를 만나 모진 질책과 함께 책임을 추궁했지요. 못 마시는 술을 강권하면서 말입니다."

"……."

"장 기사는 불행하게도 소주 몇 잔이면 인사불성이 되는 알코올 취약자였습니다. 따라서 서너 잔으로 의식을 잃자, 당신은 남은 소주를 강제로 입에다 넣었습니다. 그리고는 장만술 전화기를 들어 당신에게 자살을 암시하는 문자를 찍다 버려두고 준비한 연탄불을 차 안에 들여놓았지요."

그쯤에서 탁대는 잠시 발언을 멈췄다. 이길형의 눈은 파르르 떨고 있었다. 그 전율은 손과 발에도 빠짐없이 나타났다.

'꼴에 양심은 있다고…….'

후끈 달아오른 탁대는 다그침의 끈을 잡아당겼다.

"정리합니다. 당신은 모 이익단체의 로비를 받아 일단 5억 원을 송 의원에게 전달했습니다. 그런데 차기 국회의원 자리를 노리다 보니 자신의 실탄도 필요했습니다. 그래서 단체를 압박해 추가 금품을 요구했습니다. 나아가 그걸 감추기 위해 장만술을 이용해 장만술이 도박으로 탕진한 것으로 가장하고, 장만술을 죽여 이 건을 비밀에 붙이고자 한 겁니다. 맞습니까?"

탁대의 시선이 태산처럼 이길형을 향했다. 하얗게 굳어버린 이길형. 이미 반쯤 넋이 나간 이길형은 차마 입을 열지도 못했다.

그건 윤 검사도 마찬가지였다. 특별히 심리전의 전문가로 데려온 조탁대. 그 능력은 기대치 이상이었다.

"누구… 정무학이가 그렇게 말했나?"

전율하던 이길형의 입술이 간신히 열렸다.

"나는 당신의 양심으로부터 들었습니다."

"내 양심?"

"돈에 환장해 양심을 배신한 당신. 그런 당신을 결코 국회의원 자리에 앉혀서는 안 된다는 진리의 소리 말입니다."

"개소리… 정무학이 이 새끼 데려와."

"인정합니까?"

탁대가 다시 한 번 힘주어 물었다.

"그 새끼 데려와. 입도 벙긋 안 하겠다고 다짐을 하더니 멋대로 나불거려?"

발악을 한 이길형이 제풀에 주저앉았다. 완벽하게 허를 찔린 이길형. 탁대가 마치 들여다본 듯이 말을 하니 변명의 여지조차 없었다.

이길형이 치를 떠는 사이에 탁대는 변호사의 마법을 해제해 주었다. 변호사는 휘청 흔들리더니 고개를 흔들며 정신줄을 바로 잡았다.

"보좌관님!"

몸은 정지되었지만 대화는 들을 수 있었던 변호사. 그의 시선은 안타까움이 가득했지만 이미 엎질러진 물이었다.

"왜 그랬습니까? 뭐든 저하고 상의하라고 했잖아요?"

"바짝 쫄아서 꿀 먹은 벙어리처럼 입을 닫은 건 당신이야!"

이길형이 버럭 소리쳤다.

"그, 그건 나도 모르게 몸이……."

변호사는 자기 입을 쓰다듬어 보지만 이유를 알 길이 없었다.

"어젯밤에 너무 마신 거 아니야?"

이길형이 냉소를 뿜었다.

"아닙니다. 어제는 그저 양주 몇 잔……."

"말이 나온 김에 불법 로비 자금의 은신처에 대해서 질문하겠습니다."

탁대는 두 사람의 대화를 끊어버리고 심문의 고삐를 더욱 잡아챘다.

"말도 안 되는 소리. 당신은 지금… 읍!"

발끈하던 변호사가 몸을 뒤틀며 동작을 멈췄다. 다시 작렬한 탁대의 마법 때문이었다.

"질문해도 되겠지요?"

탁대는 묵직한 시선으로 변호사를 바라보았다. 가엾은 변호사는 부정에 부정을 거듭했지만 그 목소리는 입안에서 떠돌 뿐이었다.

"변호사님께서 특별히 반대하지 않으시니 동의한 것으로 알겠습니다. 협조, 감사합니다."

탁대의 시선이 이길형에게 옮겨갔다. 잔뜩 날이 선 이길형의 눈빛 역시 탁대에게서 떨어지지 않았다.

"배달 사고를 가장해 가로챈 돈은 어디에 두었습니까?"

"미친……."

"자백하지 않아도 알 수 있습니다만."

탁대는 이길형을 넌지시 자극했다. 오만한 자는 오만한 자를 눈 뜨고 보지 못하는 법. 악에 받친 이길형의 속마음이 요동을 치기 시작했다.

—네깟 놈이…….

"믿지 않겠지만 지난밤 꿈에 장만술의 혼이 들어와 제게 귀띔을 해주었거든요."

"……?"

"당신 꿈에도 나타났을 것 같은데?"

탁대가 은근한 압박을 날리자 이길형이 흔들렸다.

—이놈이 무슨 귀신 씨나락 까먹는 소리를?

—진짜 장만술 그놈이 혼이 되어?

—아니야. 그럴 리가 없어. 베란다 김장 항아리 속에 든 실탄은 진짜 귀신이 와도 찾을 수 없다고.

'베란다 김장 항아리 속'

탁대는 퍼즐을 풀었다.

But!

한 가지 거쳐야 할 과정이 있었다. 옆에 있는 윤 검사는 탁대의 능력이 마법임을 알지 못한다. 그러니 거추장스럽지만 짚고 넘어 가야하는 것이다.

"당신 집이죠?"

탁대는 한 번 더 수고를 아끼지 않고 질문을 던졌다. 이제부터는 놀면서 해도 될 일이었다.

"……?"

"아마 베란다겠죠?"

"……."

"거기 뭐가 있죠? 혹시 김장 항아리?"

순간 이길형은 뇌리를 스쳐 가는 쓰나미급 충격을 느꼈다.

"너……."

"말했지 않습니까? 억울한 장만술 씨가 혼이 되어 알려주었다 고."

"……!"

"검사님. 불법 로비 자금은 이길형 씨 베란다의 김장 항아리 속 에 있습니다. 그리고 변호사님!"

윤 검사를 바라본 탁대가 변호사에게 시선을 돌렸다. 변호사는 탁대의 시선이 닿는 동시에 접착 마법이 해제되고 있었다.

"협력해 주서서 감사합니다. 나머지 법적인 절차와 증거 제시는 여기 윤 검사님께서 친절히 제시해 드릴 겁니다.

탁대는 그것으로 역할을 끝냈다. 마무리와 함께 턱선에서 땀방 울이 툭 하고 떨어졌다. 탁대의 몸은 흥건히 젖은 후였다.

"이길형 씨!"

상황을 주목하던 윤 검사의 입이 열렸다.

"당신의 긴급체포서를 작성하겠습니다."

윤 검사가 능숙하게 키보드를 잡았다.

타닥타닥!

노련한 자판 소리를 들으며 복도로 나온 탁대는 그제야 온몸을 습격하는 현기증을 느꼈다.

띠잉!

누군가 머리를 조이는 듯한 어지러움. 탁대의 몸은 휘청 중심을 잃었다.

"조 실장님!"

복도에서 대기 중이던 노경선이 놀라 소리쳤다.

"난 괜찮아요. 물이나 좀……."

탁대는 벽을 짚으며 바로 섰다. 한숨이, 저 심연에서 올라온 안도의 한숨이 길게 이어졌다. 일반 공무원들의 자잘한 부정이 아니라 국가의 기강을 흔들 만한 위치에 있는 사람들. 그 험난한 벽을 넘었다. 검사들도 잡아내지 못한 단서를 탁대가 건진 것이다.

탁대의 뇌리에 로르바흐가 스쳐 갔다.

'고맙습니다. 대마법사님!'

따지고 보면,

모든 것은 그의 공이었다.

그 순간부터 수사팀은 엉덩이를 붙일 사이도 없었다. 관련자들에 대한 영장과 함께 압수수색 영장도 발부되었다. 출국 금지 대상자도 지정했다. 보강 증거도 곳곳에서 나왔다.

그중 가장 요긴한 게 바로 차량의 블랙박스였다. 황 수사관과 염 수사관이 사건 장소를 지나간 차량들을 수배해 온 것이다.

두 개의 차량 블랙박스를 조사한 결과 이길형과 그 사촌의 모습이 보였다. 바로 장만술의 차 앞이었다. 한 영상에서는 장만술 차량의 트렁크를 여는 장면도 나왔다.

뿐만 아니라 편의점에서 사간 커피캔을 찾는 개가도 올렸다. 캔은 사건 현장에서 꽤 떨어진 매점의 재활용통에서 나왔다. 이길형이 마시고 버린 것을 누군가 집어다 재활용통에 넣은 모양이었다.

이어진 건 정무학 부회장에 대한 역심문이었다. 그도 변호사를 대동하고 나왔지만 이미 대세는 기울어 있었다. 이길형에 대한 증거가 제대로 보강되었기 때문이었다.

돈은 이길형의 베란다에서 나왔다. 5만 원권, 현금으로만 9억 상당이었다. 예상보다 많은 돈에 윤 검사와 방 검사는 추가 심문에 들어갔다. 결국 또 다른 불법 로비의 단서를 찾아냈다. 관련 국회의원들이 몇 명 더 수사선상에 올라왔다.

기자들이 몰려들었다.

보수단체 회원들도 몰려들었다.

사건 브리핑은 지검장이 직접 맡았다. 원래는 위 부장 몫이었으나 현직 야당 원내총무의 정치적 위상을 고려해 바뀌게 되었다. 탁대의 검찰청은 당장 태풍의 눈으로 변하고 말았다.

검찰청의 불은 밤에도 꺼지지 않았다. 소환 조사 대상자들은 자꾸만 늘어났다.

송 의원은 버텼다.

그는 소환에 불응하면서 '야당 탄압'이라며 맞섰다. 5억에 대해서도 당연히 오리발부터 내밀었다. 그것으로도 모자라 야당 성향의 시민 단체를 내세워 정치 공작 쪽으로 몰고 갔다.

그래도 여론이 비등하자 말 바꾸기로 돌아섰다. 처음에는 보좌
관들이 실수로 받았다고 했다가 빌렸다는 것으로 입장을 선회했
다. 하지만 결국 소환에 응하게 되었다. 정 부회장 압수수색에서 나
온 로비 수첩 때문이었다.

송길웅.

5억+5억+3억!

수첩에 적힌 금액은 총 13억. 탁대의 주장과 같았다. 1차로 제공
된 5억을 직접 받았음은 피할 수 없는 사실이었다.

그런데, 보도 자료로 공개된 로비수첩에는 약간 이상한 점이 있
었다. 중간에 일부가 훼손된 것이다.

압수 수색 직전에 훼손된 모양. 수사 과정에서 피의자에게 사실
여부에 대해 추궁하고 있음.

그 건에 대한 검찰의 입장은 그랬다. 궁지에 몰린 정 부회장이 증
거인멸을 위해 그랬을 가능성이 농후한 것도 사실이었다.

'이상하군.'

보도 자료를 본 탁대가 고개를 갸웃거렸다. 수첩은 탁대도 한 번
본 일이 있었다. 그때는 분명 멀쩡했었다.

'내가 잘못 본 걸까?'

그럴 소지도 있었다. 검찰로 옮겨와 실질적으로 맡게 된 첫 업
무. 동시에 고도의 집중력이 필요한 일이었던 것이다.

말끔하지는 않았지만 별수 없었다. 당장은 그게 중요한 게 아니
니까.

밤샘이 이어졌다.

탁대는 수사의 중심에서 비껴나 있었지만 그렇다고 혼자만 칼퇴근을 할 수는 없었다. 그건 어 계장이나 노경선도 마찬가지였다. 직접 수사는 검사들이 진행하지만 지원할 일이 많았던 것이다.

송 의원은 쉽게 항복하지 않았다.

검찰청 앞에 항의 시위대도 점점 늘어났다.

"정치검찰 물러가라!"

"야당 탄압 중단하라!"

야당 지지 세력이 합창하면,

"뇌물 야당 물러가라!"

"야당은 자폭하라!"

보수 세력들이 맞섰다. 두 편으로 나뉜 시위대는 밤낮으로 구호를 외쳐댔다.

따르릉!

긴장감이 가시지 않는 수사과에 전화기가 울렸다. 이번에는 탁대 책상이었다.

"수사과 조탁대입니다!"

탁대는 늘 그렇듯이 벨이 두 번 울릴 때 응대를 했다. 전화를 건 사람은 위 부장이었다.

"부르셨습니까?"

바로 부장실을 찾은 탁대가 목례를 했다. 며칠 동안 강행군을 한 위 부장 또한 모양새가 말이 아니었다.

"이리 오게나."

소파에서 전략회의를 하던 위 부장이 손짓을 했다. 그 옆에는 윤 검사와 다른 검사들 세 명이 포진하고 있었다. 얼굴의 면면에서 중대한 직면에 처했음을 느낄 수 있었다.

"송 의원이 버티고 있네. 자네가 한 번 더 수고를 해줘야겠어."

위 부장이 탁대를 바라보았다.

"제가 뭘 해야 합니까?"

"설명하게."

위 부장이 윤 검사를 돌아보았다. 조서를 뒤적이던 윤 검사가 바로 입을 열었다.

"쐐기를 박아줘야겠습니다."

쐐기?

탁대의 눈자위가 사납게 구겨졌다.

쇠심줄처럼 버티기.

송 의원의 전략은 그것이었다.

정권의 시녀인 검찰의 야당 죽이기.

전략도 선명했다. 동시에 5억 수수도 오리발로 일관했다. 빌렸다가 갚았다. 그걸 문제 삼는 검찰의 의도가 불순하다. 유력한 차기 대선주자에게 흠집을 내서 여당의 정권 연장을 도우려는 수작이다.

너무 흔한 레퍼토리였지만 일부 계층에게 그 주장이 먹혔다. 따라서 여론도 시소를 타고 있었다.

난감한 것은 정무학과 이길형도 마찬가지로 밝혀진 사안 외에는 묵비권으로 일관한다는 점이었다. 가시적인 성과를 내지 못하면 검찰이 역공을 당할 판이었다.

증거!

말은 필요 없다. 추측이나 추론도 필요 없다.

오직 움직일 수 없는 증거가 필요했다. 따라서 검사들이 원하는 건 5억을 건네받은 방법과 장소였다.

"할 수 있겠나?"

권태술 차장까지 나서서 비장하게 물었다. 그의 옆에는 위 부장과 석기은 부장 등이 배석해 있었다.

"……."

탁대는 검사들의 얼굴을 천천히 둘러보았다. 다들 미치도록 상기되어 있다. 무수한 밤샘 조사로도 잡아내지 못한 결정적 증거…….

"해보죠."

탁대는 담담하게 대답했다. 우려와 기대가 버무려진 검사들의 시선을 받으며 탁대는 회의실을 나왔다. 복도의 공기가 아까와 다르게 느껴졌다. 한동안 수사팀에서 배제되었던 탁대. 그러나 서운한 마음 따위는 없었다.

'나는 내 일을 할 뿐.'

로비 자금을 건넨 자리에 있던 사람은 세 사람.

정 부회장, 송 의원, 이길형 보좌관.

물론 더 있을 수도 있지만 셋은 확실했다. 그렇다면 그중에서 가장 만만한 사람은 정무학. 하지만 이번에 탁대가 택한 건 송 의원이었다.

"야당은 자폭하라!"

"야당도 차떼기냐? 물러가라, 물러가라!"

송 의원이 소환되는 날, 검찰청사는 최악의 몸살을 앓았다.

"야당탄압 웬 말이냐? 검찰은 자성하라!"

"정권시녀 검찰은 폭사하라, 폭사하라!"

전에 없이 밀려온 보수단체 회원들과 야당 지지자들. 그들은 두 패로 나뉘어 구호를 외쳐댔다.

청사 경비도 대폭 보강되었다. 의경 1개 중대가 동원되고 청사 경비들과 수사관들에게도 비상 대기령이 떨어졌다.

"와아아!"

송 의원을 태운 차량이 도착하자 시위대가 몰려들었다. 극비리에 진행한 소환 일정조차 새나간 모양이었다. 여당과 야당 지지자들에 시민단체까지 가세한 시위대는 눈 깜짝할 사이에 검찰청사 입구를 막고 차량을 둘러쌌다.

의경들이 투입되어 활로를 뚫었다. 그래도 차량 진행이 어렵자 수사관들이 송 의원을 데리고 내렸다. 탁대는 박 수사관 등과 함께 청사 입구에 서 있었다. 기자와 항의 시위대가 뒤섞인 풍경은 대한 민국의 슬픈 자화상 중의 하나였다.

그때였다.

보수단체 쪽에서 날계란이 날아들기 시작했다.

"에라, 이 돼질 놈아. 제일 깨끗한 척하더니 뒷돈이나 받아 처먹어?"

두어 명의 노인들이었다. 송 의원은 수사관들의 보호를 받으며 청사 쪽으로 움직였다. 대사건이 터진 건 바로 다음 순간이었다. 날계란 틈에서 화염병이 날아와 송 의원과 수사관들 주변에서 깨진

것이다. 동시에 휘발유가 튀면서 송 의원과 수사관들 하체가 흠씬
젖어버렸다.

"휘발유다!"

냄새를 맡은 수사관이 소리쳤다. 냄새는 탁대에게도 끼쳐 왔다.
그리고 다음 순간, 시위대 한 사람이 또 다른 화염병을 들어 올리더
니 라이터를 꺼내 들었다.

"……!"

송 의원 얼굴이 창백해지는 게 보였다. 하체가 휘발유에 젖은
몸. 더구나 옆의 수사관들과 바닥에 흥건한 휘발유. 불붙은 화염병
이 날아오면 악몽이 시작될 판이었다.

"이거나 처먹어라!"

화염병에 기어이 불을 당긴 시위대의 손이 허공에 반원을 그릴
때 탁대의 마법이 날아갔다.

순간 접착!

일촉즉발의 순간, 탁대가 인파의 비명을 들으며 몸을 날렸다. 라
이터를 든 시위대를 덮친 탁대는 함께 엉겨 바닥을 뒹굴었다. 곧 이
어 의경들과 수사관들도 달려들었다. 그 뒤로 야당 지지자들까지
달려들자 보수단체 회원들도 몰아닥쳤다.

"막아, 막아!"

수사관들이 두 세력 사이에서 완충막을 형성하며 의경들에게 소
리쳤다. 의경들이 몸으로 벽을 만들자 시위대는 겨우 양편으로 갈
라졌다.

그 사이에 송 의원은 청사로 들어섰다. 다행히 기자들은 큰 장애
가 되지 않았다. 휘발유 소동 때문에 탁대에게 시선이 쏠렸던 까닭

이었다.

"괜찮아요?"

숨을 돌린 박 수사관이 탁대에게 물었다.

"송 의원은요?"

"무사히 들어갔습니다."

탁대가 몸을 일으키자 무수한 카메라가 집중되었다. 탁대는 카메라를 밀며 묵묵히 청사를 향해 걸었다.

"국민영웅 공무원 조탁대 씨죠? 오늘 또 참사를 막으셨군요!"

기자들의 멘트가 쏟아졌지만 머리에 들어오지 않았다. 탁대의 머릿속에는 송 의원이 들어 있다. 휘발유 사건 따위는 생각할 겨를도 없었다.

"수고했네."

윤 검사실로 찾아온 권태술 차장과 위 부장이 탁대를 격려했다. 만약 송 의원 몸에 불이라도 붙었다면? 그거야말로 검찰의 책임으로 귀결될 것임은 자명한 일이었다.

다행히 송 의원도 그걸 큰 문제로 삼지 않았다. 보수단체가 던진 무리수. 잘하면 야당의 동정론 부각에 도움이 될 수도 있다고 판단하는 모양이었다.

"괜찮겠어요? 지금이라도 정무학을 쪼아 물증을 이끌어내는 게?"

조사실 앞에서 윤 검사가 물었다.

탁대는 가만히 고개를 저었다. 송 의원을 택한 것. 영웅심리나 스타 의식 같은 게 아니었다. 어차피 이 일의 대미는 송 의원이 장식해야 했다. 그가 바로 몸통이었기 때문. 그렇기에 탁대는 그 본체를 상대하는 게 마땅하다고 생각하고 있었다.

"저희 수사관입니다. 잠시 의원님께 확인해야 할 게 있어
서⋯⋯."

송 의원에게 탁대를 소개한 윤 검사가 바로 뒷말을 이었다.

"확인하시죠. 단, 불법적인 질문은 절대 안 됩니다."

윤 검사는 그 말을 강조하고 문을 나갔다. 그는 곧 옆문을 열 것
이다. 그 안에는 위 부장과 다른 검사들이 자리를 잡고 있다. 그들
은 그 유리 너머에서 상황을 지켜볼 예정이었다.

"처음 뵙겠습니다."

탁대는 일단 정중한 목례로 시작했다.

"자네가 조탁대인가?"

"예."

"화염병 위험에서 나를 구한 것도 자네였다고?"

"⋯⋯."

"일단은 고맙네."

"청사 보안이 허술한 점 이해해 주시기 바랍니다."

"괜찮네. 설마하니 검찰이 나를 태워죽이도록 놔둘 것도 아닐 테
고."

"이해해 주시니 감사합니다."

"뭐, 할 수 있나? 우리나라 보수주의자들의 수준이 그런 것을."

"⋯⋯."

"듣자니 유도 심문에 능하다고?"

"⋯⋯."

"그렇다고 잔재주로 국정을 흐리면 곤란하지. 혹시 자네 뒤에 누

가 있는 건가?'

배후가 누구냐? 송 의원의 의도는 그것이었다.

배후······.

"제 뒤에는······."

탁대는 잠시 숨을 고른 후에 또박또박 뒷말을 이었다.

"국민들이 있습니다."

"국민?"

"의원님도 마찬가지겠지요. 국회의원도 광의의 공무원인 것이
니."

"나하고 말장난을 하겠다?'

표정을 고친 송 의원. 묵직한 어투에서 국정의 한 축을 담당하는
야당의 간판다운 카리스마가 흘러나왔다. 자칫하면 압도될 만한
포스였다.

"이미 아시고 왔겠지만 이길형 피의자의 살인과 불법 로비 자금
수수를 밝혀낸 게 접니다. 아울러 정무학에게서 로비를 시인받은
것도······."

"푸하하핫!"

거기까지 듣고 있던 송 의원이 너털웃음을 터트렸다.

'여유를 가장한 허세.'

탁대는 신경 쓰지 않았다.

"그게 검사들이 아니고 자네 작품이라면 정녕 최고였네. 하지만
그 다음부터가 문제야."

'문제?'

"그들이 나 몰래 범죄를 저지른 걸 밝혀낸 건 국회의원의 한 사

람으로서 치하할 일이군. 그러나 작금의 현실을 직시하게. 자네가 쾌거를 올린 그 가증스러운 불법 로비라는 누명 말일세. 그게 지금 어떻게 이용되고 있나? 저 정치 검사들에 의해 대한민국의 미래를 목 조르고 있네. 그게 마치 내가 사주한 일처럼 꾸미고 부풀려져서 말이야!"

송 의원은 당당했다. 너무 당당해 탁대는 자신도 모르게 순간 독심을 걸었다. 송 의원의 생각은 말쑥했다. 심지어는 자부심까지 넘실거리고 있었다.

'정말 정무학과 이길형만의 커넥션?'

한순간 탁대는 흔들렸다. 마법이라고 해서 퍼펙트할 수만은 없었다. 그러니 탁대 자신의 오류도 고려해야 할 것 같았다.

"……."

"……."

두 개의 침묵이 소리 없는 아우성을 내며 들끓었다. 두 사람은 한참 동안 눈으로 신경전을 펼쳤다. 그래도 송 의원의 프라이드는 조금도 꺾이지 않았다.

'다시 한 번 전체를 복기해 볼 필요가 있겠어.'

탁대는 마음을 정리했다. 혹시라도 탁대의 오류라면 그 또한 걷잡을 수 없는 일이기 때문이었다.

"잠깐 나갔다 오겠습니다."

이 보 전진을 위한 일 보 후퇴.

결단을 내린 탁대가 문으로 걸을 때였다. 탁대의 귀에 비웃음 소리가 들려왔다. 자부심에 불타던 송 의원. 뭔가 부조화라고 생각한 탁대가 걸음을 늦추며 순간 독심을 재현했다.

—저런 놈에게 당하다니… 멍청한 인간들.

—보아하니 검사들도 두 손을 든 것 같으니 잘하면 내 뜻대로 무마되겠어.

손잡이를 잡았던 탁대가 벼락처럼 돌아섰다.

"존경스럽군요."

탁대의 입가에 미묘가 미소가 스쳐 갔다.

"그런 말은 무수히 들었네만."

"과연 그렇겠군요. 그토록 완벽한 두 얼굴을 가지셨으니."

"무슨 뜻인가?"

"미안하지만 의원님 뜻대로는 안 됩니다. 검사들은커녕 저조차 손을 들지는 않았으니까요."

"……?"

눈빛이 살짝 흔들리는 송 의원. 탁대는 거기서 바로 승부수를 띄웠다.

"다시 본격 질문을 하겠습니다. 불법 로비 자금은 어디서 어떻게 받았습니까?"

"그런 적 없네만."

송 의원은 노련한 정치인답게 표정을 바꾸었다.

"정무학이 준 5억, 의원님은 그 돈을 이길형 보좌관과 함께 받아 착복했습니다."

"명예 훼손이야."

송 의원이 테이블을 내려쳤다.

"그럼 저랑 내기를 할까요?"

"내기?"

"돈 받은 장소를 생각나는 대로 말씀해 주십시오. 백 개, 천 개라도 좋습니다. 단 진짜 돈 받은 장소가 포함되어야 합니다."

"감히 나하고 장난질을 하자는 것인가?"

"대신 저는 딱 한 번의 기회만 쓰겠습니다."

"나는 불법 로비 자금 따위를 받은 적이 없어."

"상관없습니다. 그냥 말씀해 주십시오."

"내가 왜 검찰의 이따위 제의에 장단을 맞춰야 하지?"

"솔직히 말씀드리죠. 사실 검사님들은 지금 결정적인 단서를 잡지 못하고 있습니다. 그래서 제가 최후의 보루로 투입된 거죠. 그러니 제가 포기하면 이 사건은 의원님이 원하는 대로 흘러갈 수 있습니다."

그 말을 하며 탁대는, 유리 너머로 시선을 돌렸다. 그 너머에서 황당한 표정을 지을 위 부장과 검사들이 느껴졌다.

하지만 그들의 반응은 탁대의 생각보다 더 전격적이었다. 바로 조사실 문이 열리며 윤 검사가 들이닥친 것이다.

"잠깐 봅시다."

윤 검사의 목소리는 까칠하기 그지없었다. 위 부장의 엄명을 받고 탁대를 끌어내려 온 게 틀림없었다.

"죄송하지만 방해하지 말아주십시오."

"조 실장!"

윤 검사가 목청을 높이자 탁대는 하는 수 없이 그를 따라나섰다. 그렇지만 딱 복도까지 만이었다. 그곳에 윤 검사를 순간 접착으로 붙여놓는 순간 위 부장과 검사들이 쏟아져 나왔다. 그들까지 몽땅 순간 접착으로 제압한 탁대가 다시 조사실로 들어섰다.

송 의원은 그 소란을 지켜보고 있었다. 동시에 그것은 탁대에 대한 재평가의 계기가 되었다. 일개 수사관이 검사의 지시조차 무시하고 있다.

'그렇다면 청와대의 지지를 받는 수사관일지도?'

거기까지 생각하자 고개가 끄덕여졌다. 조탁대는 국민영웅으로 불리는 공무원. 그건 송 의원도 사전에 알고 온 상황이었다.

"계속할까요?"

탁대의 말과 함께 순간 독심이 발현되었다.

—이놈…….

—맥락을 보니 분명 뒤에 밀어주는 사람이 있다.

—그렇다면 이놈이 포기하면 검찰도 손을 들 일…….

"좋아. 딱히 응할 필요도 없지만 자네 체면을 생각해서 협조해주지."

계산을 끝낸 송 의원이 탁대의 제의를 수락했다.

"고맙습니다."

다시 허공에서 두 사람의 시선이 마주쳤다. 피식 웃음을 흘린 송 의원의 입이 열리기 시작했다.

"국회의사당!"

"청와대!"

"검찰청!"

송 의원의 입에 속도가 붙기 시작했다.

"서울시청, 광화문, 종합청사, 경복궁, 서울대학교, 지하도, 고가도로, 강변, 커피숍, 골프장, 지역구 축제장, 노조시위현장, 시장, 마트, 백화점, 공연장, 승마장, 한강……."

송 의원은 생각나는 대로 마구잡이로 장소를 열거해 나갔다. 그
때마다 탁대는 사력을 다해 집중했다.

"인쇄소, 자서전 사인회장, 의정활동 보고장, 후원회 환영
장……"

100여 개에 달하는 장소를 한달음에 쏟아놓고서야 송 의원의 입
이 닫혔다.

"끝났네만……."

"아주 쉽군요."

탁대는 아련한 미소를 머금은 채 송 의원을 바라보았다.

"쉽다고?"

"네. 의원님은 이제 끝났습니다."

모든 걸 알고 있다는 의미의 눈빛. 탁대가 그런 눈빛을 하자 송
의원의 가슴이 출렁거리기 시작했다.

―이놈이 혹시 이런 방법으로 정무학과 이길형을?

―아니야. 말하는 동안 나는 표정 하나 흐트러트리지 않았어. 그러
니 신이 아니고서야…….

―이건 고도의 심리전이야. 평정심이 필요해.

"아뇨. 평정심하고는 아무 상관이 없습니다."

"……?"

"이제부터 셋을 세는 동안에 진실을 밝혀드리겠습니다."

―셋을 세는 동안에?

"하나!"

―그걸 알 수 있단 말인가? 백 가지도 더 말한 거 같은데?

"둘!"

―아니야. 이놈의 장난질이야. 이렇게 해서 제풀에 자백하게 하려는…….

"셋!"

바로 셋을 센 탁대가 송 의원을 바라보았다. 그러고는 바로 절망에 겨운 표정으로 고개를 떨어뜨렸다. 순간, 승리를 확신한 송 의원의 뇌리에 생각 한 줄이 스쳐 갔다. 그걸 읽은 탁대가 고개를 들었다. 탁대의 절망은 엷은 미소로 바뀌어 있었다.

'해제.'

복도로 나와 접착 마법을 해제하자 윤 검사가 목청을 높였다. 사안이 사안이다 보니 발이 바닥에 붙었던 것쯤은 개의치 않는 모습이었다.

"대체 어쩌려고 독단적인 행동을!"

그 뒤에 선 위 부장과 검사들의 눈초리도 심상치 않았다. 탁대는 개의치 않고 천천히 입을 열었다.

"5억은 자서전 박스로 위장해 호텔 기념회장에서 받았습니다."

"……?"

"확인시켜 드리죠."

탁대는 위 부장과 검사들을 데리고 조사실로 들어섰다.

"이제 치졸한 정치공작을 끝내는 거요?"

승리를 확신한 송 의원이 빙그레 웃으며 물었다.

"손을 드는 건 의원님입니다."

탁대가 앞으로 나섰다.

"건방진!"

발끈하며 눈살을 찌푸리는 송 의원. 탁대는 그의 오만한 얼굴에 대고 결정타를 확인시켜 주었다.

"호텔 사인회장, 당신은 거기서 자서전 박스로 위장한 5억을 수수했습니다!"

"……?"

"너는 끝났어. 이 위선자야!"

탁대는 참았던 한마디를 송 의원의 귀에 대고 속삭여 주었다.

송 의원의 얼굴이,

A4용지를 움켜쥐었다 놓은 듯 한없이 구겨졌다.

"지금 수사관들을 호텔로 급파했으니 CCTV 뒤지면 결과가 나올 겁니다. 그 사이에 커피라도 한 잔 드시겠습니까?"

마무리는 윤 검사의 몫이었다. 송 의원의 눈이 절망에 휩싸인 채 탁대에게 옮겨갔다.

"이… 이……."

송 의원의 목소리는 속절없이 떨었다. 차기 대권을 꿈꾸던 야당의 별. 그 별이 추락하는 순간이었다.

텅 빈 사무실.

고개를 드니 적막마저 느껴졌다. 검사들과 직원들이 분주하다 못해 밥 먹을 시간도 없는 것과는 대조적이었다. 탁대는 잠시 생각에 잠겼다.

검찰은 봉황시와 달랐다. 이 거대한 로비 사건. 정국을 강타한 대사건의 한 축을 해결한 탁대.

하지만 봉황시처럼 탁대는 부각되지 않았다. 언론의 스포트라이트도 없었다. 탁대가 받은 관심은 위 부장과 양 과장의 격려 한마디. 나머지 공은 전부 수사검사들에게 돌아갔다.

'공을 바라고 한 건 아니니까.'

진심이었다.

탁대는 다음 타깃의 자료를 뒤적였다. 애당초 함께 수사선상에 오른 여당 백영규 전 원내총무. 이제 곧 그의 차례가 될 판이었다.

따르릉!

수사과 전화기가 울렸다.

"수사과 노경선입니다."

경선이 응대를 했다. 그러고 보니 검찰은 일반 공무원과 전화응대가 조금 달랐다. 좋게 보면 간결하고 나쁘게 보면 권위의 냄새를 풍긴다.

"조 실장님!"

경선이 탁대 책상으로 전화를 돌려주었다. 전화를 건 사람은 공무원 교육원장이었다.

"어, 원장님!"

―어이구, 우리 조탁대 실장. 무척 바쁜가보군?

"아, 죄송합니다. 제가 전화드려야 하는 건데……."

탁대는 그제야 결혼식 주례를 떠올렸다. 주례로 모셔놓고 그 뒤로 연락하지 못한 것이다.

―괜찮아. 요즘 검찰청도 눈코 뜰 새 없는 모양이던데…….

"죄송합니다. 정말 죄송합니다."

―지금은 어떤가? 사건이 크던데?

"저는 잠깐 여유가 생겼습니다."

―다행이군. 잘못하면 결혼식도 미뤄지는 거 아닌가 하고 걱정

했다네.

"어쩌면 그럴 뻔도 했습니다."

―아무튼 대단해. 자네가 자랑스럽고…….

"제가 뭐 한 게 있어야죠. 저야말로 원장님께서 선뜻 주례를 허락해 주셔서 고마울 뿐입니다."

"그럼 식장에서 보세."

"예. 원장님!"

탁대는 천천히 전화기를 내려놓았다.

공무원교육원.

잠시 망중한을 틈타 그날을 떠올렸다. 입소식 날 보았던 주차 공간의 개똥. 그걸 치우면서 인연을 맺게 된 교육원장. 탁대가 원장에게 주례를 부탁한 건 우연이 아니었던 셈이다.

표강일, 대학 지도교수, 아버지 친구…….

탁대는 주례를 부탁할 몇 사람을 떠올렸었다. 하지만 마땅치 않았다. 표강일은 부탁하면 해줄 사람이었지만 서로 부담스러운 일이 될 수 있었다. 그러다 원장이 떠올랐다. 탁대의 뇌리에 목민관의 상징인 정약용처럼 각인된 사람. 그가 바로 탁대에게 바른 공무원의 가치를 심어주지 않았던가?

개똥 초심!

개똥을 치우는 첫 마음으로 업무에 임하라.

그 마음으로 시민을, 국민을 대하라.

탁대는 그 신념을 양식 삼아 달려왔다. 고단하고 서글픈 날, 혹은 공직 사회의 찌든 현실에 마음이 내려앉을 때마다 가만히 꺼내보면서……

그러고 보니 결혼식은 이제 고작 닷새가 남아 있었다. 내친 김에 혜자에게 문자를 찍을 때, 핸드폰이 진동했다. 고동길 기자였다.

─이어, 조 실장!

고 기자의 목소리는 언제나처럼 반가웠다.

"죄송합니다. 요즘은 너무 바빠서요."

그러나 탁대는 고 기자의 약속에 응하지 않았다. 별다른 뜻은 없었다. 송길웅 사건 종료 때까지 사적으로 기자를 만나지 말라는 지검장의 엄명이 떨어진 탓이었다.

'괜히 미안하네.'

인간적인 친분이 남다르다 보니 마음이 편치 않았다. 하지만, 공무원은 기관장의 명령에 복종할 의무가 있었다.

3장
권력의 문고리들

"으아, 술맛 죽인다!"

7시 무렵에 퇴근한 탁대는 혜자를 만나 생맥주를 넘겼다. 목 안이 칼칼하게 느껴지는 시원함이 좋았다. 그나마 약속을 정하는 데는 어 계장의 공이 컸다. 결혼 준비할 게 많을 테니 들어가라고 등을 민 것이다. 그렇지 않았다면 검찰청 분위기로 보아 혼자 일찍 나오기는 어려웠을 것이다.

"요즘 너무 바쁘죠?"

혜자가 얼굴을 디밀며 물었다. 사실 그녀에게 온 문자도 바로 답하지 못하던 탁대였다.

"이제 좀 살 만해."

"어휴, 오빠는 안 떨려요? 요즘 신문 방송, 인터넷에 맨날 오빠네 검찰청 얘기던데……."

"나 떨려 죽겠어. 한 번 안아줄래?"

탁대가 엄살을 부렸다.

"나 농담 아니에요."

"나도 아니거든."

탁대가 팔을 벌리자 혜자가 얌전하게 안겨왔다.

"아, 좋다. 혜자 품에서 잠 좀 푹 잤으면……."

그건 사실이었다. 날 밤을 샌 날이 많다 보니 포근하고 안락한 품이 그립기도 했다.

"그럼 자요."

"정말?"

"피이, 자지도 않을 거면서."

"그래도 다행이야. 우리 신혼여행 갈 여유는 생길 거 같아서……."

"진짜죠?"

"그럼. 내가 신혼여행 가려고 얼마나 기를 쓰고 수사를 도왔는데?"

"그 범인들 증거… 진짜 오빠가 밝혀낸 거예요?"

혜자의 시선이 탁대에게 향해 있다. 묻는 이유가 있었다. 단순 자살 사건으로 끝날 뻔한 초유의 로비 사건. 그걸 해결하기 위해 검찰이 투입한 특수 인력이 언론에 공개된 것이다 그들 중에 물론 탁대도 끼어 있었다.

"나야 뭐, 그냥 대충……."

탁대는 말을 아꼈다. 그렇잖아도 노심초사하는 혜자에게 걱정거리를 안겨주고 싶지 않았다.

"아무튼 오빠가 자랑스러워요. 엊그제 명하고 윤아 언니 만났는데 다들 오빠 얘기하더라고요. 봉황시청에서는 시장님도 관심이 많대요."

"으아, 이거 가문의 영광이네."

"그러고 보면 나만 걱정하면서 사나 봐요. 너무 잘난 남자를 만나서 그런가?"

괜히 손해를 보는 것 같다며 귀엽게 눈을 흘기는 혜자.

"아무튼 사건이 하나 해결되어서 시원섭섭하다. 나 이제 검찰에서 짤릴 일은 없을 거야."

"오빠 짜르면 내가 그냥 둘 줄 알아요?"

"그냥 안 두면?"

"확 검찰청을 폭파시켜 버릴 거예요."

"좋았어. 그 정신으로 파이팅!"

탁대가 손바닥을 내밀자, 혜자의 손이 짝 소리를 내며 바람을 갈랐다.

"발령은 확인했어?"

자연스럽게 혜자 쪽 상황으로 주제가 옮겨갔다.

"결혼식 끝나고 3주 후니까 걱정 없어요. 집 안 정리까지 다 할 수 있을 거 같아요."

"아깝다. 발령받고 결혼하면 5일 특별연가인데……."

"쳇, 고참이라고 약 올리는 거예요?"

"아니, 좋아서 그래."

"하긴 이게 다 오빠 덕분이죠 뭐."

혜자가 얼굴을 붉혔다.

"No, 그건 전부 반혜자 님 덕분입니다. 나야 뭐 그냥 충동질한 거밖에 없지요."

"아니에요. 그때 오빠가 격려해 주지 않았으면 공무원 시험에 도전할 엄두도 못 냈을 거예요. 그럼 지금쯤 불법주정차 단속하면서 민원인들에게 홈빡 깨지고 다닐 테고……."

"생각할수록 잘했지?"

"네, 그래서 오빠가 늘 자랑스러워요."

혜자가 기대왔다. 특별히 화려하지도 않고, 특별히 모자라지도 않는 수수한 혜자. 그러면서 새록새록 정이 붙는 여자. 탁대는 혜자를 당겨 가만히 입술을 포갰다.

술은 실컷 마셨다.

하지만 수컷의 갈증은 풀지 못했다.

"오늘은 안 되는 날이에요."

술집을 나온 탁대가 모텔을 바라보자 혜자가 고개를 저었다.

"왜?"

탁대가 물었다. 그녀의 주기를 아는 탁대였으니 안 될 이유가 없었다.

"신혼여행 가는 날이 하필 그날이더라고요. 그래서 약을 먹어서 주기를 바꿨더니 이틀 전부터……."

"그럼 나한테 말을 해야지. 내 걸 왜 네 마음대로 하는데?"

괜한 아쉬움에 생떼를 써보는 탁대.

"이럴 때 보면 꼭 애기 같더라. 그럼 오빠 거니까 아예 업고 다니지 그래요?"

"그럴까?"

탁대는 넙죽 등을 내주었다. 혜자는 기다렸다는 듯이 업혔다. 죽이 척척 맞는다. 차를 세워둔 곳까지 걸으며 탁대는 먼 미래를 생각했다. 우리는 백년해로할 수 있을까? 서로의 머리에 서리가 하얗게 내려도 이렇게 애틋하게 사랑할 수 있을까?

"무슨 생각해요?"

등에서 혜자가 물었다.

"응? 우리 혜자가 또 내 등에다 오바이트하면 어떡하나 하는 생각?"

"오빠, 그 얘기는 다시 안 하기로 했잖아요!"

혜자의 목소리가 밤하늘을 흔드는 사이에 탁대는 자가용 앞에 도착했다. 대리기사의 전화가 울린 것도 그때였다.

깜박 졸고 일어나니 집이 코앞이었다. 옆을 돌아보니 혜자는 없었다. 아까 중간에 내려준 걸 깜박한 것이다.

"고맙습니다."

대리비를 챙겨주고 돌아설 때였다. 주머니의 전화기가 멜로디를 울렸다. 혜자인가 싶었지만 발신자는 고 기자였다.

"이 밤에 웬일이세요?"

탁대가 묻자, 뜻밖에도 고 기자의 목소리가 등 뒤에서 들려왔다.

"나 여기 있어."

고 기자가 손을 들어 보였다. 그 옆에는 또 다른 사람 두 명이 함께 서 있었다.

"여기는 시민단체 곽 간사님이고 이쪽은 인터넷 방송 마 피디님."

가까운 호프집에 자리를 잡자 고 기자가 같이 온 사람들을 소개해 주었다.

"안녕하세요? 조탁대입니다."

탁대는 가벼운 인사를 건넸다.

"미안, 기자 접촉금지령 내렸지?"

고 기자가 맥주잔을 들며 말했다.

"네. 그래서⋯⋯."

"우리도 알고 있어. 그래서 찾아온 거야."

"예?"

탁대가 고 기자를 바라보았다. 금지령이 내려졌는데 찾아왔다? 어쩐지 앞뒤가 맞지 않는 말이었다.

"이번 사건⋯ 조 실장이 핵심 부분을 맡았지?"

고 기자가 돌직구를 날려 왔다.

"제가요? 에이⋯ 검찰에 인물들이 얼마나 많은데요?"

"자네 곤란하게 하려는 게 아니니까 터놓고 말하자고."

고 기자는 진지해 보였다. 그걸 보니 탁대도 입장이 난처해졌다. 이런저런 사건 때마다 큰 도움이 되었던 고 기자. 그런 그였으니 개 닭 보듯 건성으로 대할 일은 아니었다.

"내가 괜히 기자야? 검찰에 날고 기는 친구들이야 많지. 그런데 생각해 보자고. 그 친구들이 외부에서 인력을 끌어들이는 경우는 딱 두 가지야."

'두 가지?'

"하나는 귀찮은 일 부려먹으려고. 또 하나는 자기들 능력이 미치지 않는 특별한 분야의 일."

고 기자의 진단은 적확했다.

"조 실장은 국민스타야. 그런 유명 인사를 데려가 귀찮은 일에 부려먹을 수는 없지. 그랬다가는 국민적 비난을 살 수도 있으니까."

무슨 말을 하려는 걸까? 맥주로 입술을 적신 탁대는 계속 고 기자를 주목했다.

"사실 나도 짐작은 했었어. 그런데 지난번에도 말했지만 이번 사건 범위가 너무 커."

"……."

"고 차장이 염려하는 건……."

침묵하던 곽 간사가 끼어들었다.

"조 실장님의 미래입니다."

'내 미래?'

"아니, 어쩌면 벌써 현재가 되었을 수도 있지요."

"……?"

"내 말 오해하지 말고 잘 듣게나. 목숨을 걸고 말하는데 자네에게 기사감 소스를 빼내서 특종 하나 뽑자고 이러는 게 아닐세."

다시 고 기자가 대화의 바통을 받아들었다.

"저를 염려하시는 압니다만……."

"염려 수준이 아니야. 자칫하면 자네가 매장될 것 같아서 이러는 거야."

'매장?'

탁대는 들었던 잔을 내려놓았다. 이건 단순한 염려로 넘기기에는 수위가 너무 높았다.

"말해주게. 자네가 이번 사건의 키 역할을 한 거 맞지?"

"그렇습니다만……."

"물론 성공했을 테고?"

"네……."

"현재 발표된 의원들 말고 다른 국회의원들도 수사선상에 올라 있지?"

"……."

"그것도 자네가 맡게 되나?"

"필요에 따라서는……."

"손 떼게."

"네?"

"내 말은… 키 역할을 하지 말고 보조만 하라는 말이야. 검찰 중에는 정치적인 인물들이 많네. 그런 인물들은 봉황시장 만큼도 직원들을 지켜주지 않아."

"무슨 말씀인지……."

"정치적… 정치적이라는 거 모르나? 법 위에 정치, 조직 위에 정치, 규정 위에 정치란 말일세."

"고 기자님……."

"그건 생물이야. 게다가 바이러스처럼 변이가 무쌍해서 예측불가라네. 자네가 아무리 국민영웅 공무원이라고 해도 정치의 소용돌이에 휘말리면 함께 오염되고, 결국은 추악한 이미지로 전락하여 옷을 벗게 될 거라는 말이야."

"……!"

탁대는 고 기자에게서 눈을 떼지 못했다. 그의 진심이 고스란히 느껴졌다. 동석한 두 명도 비슷한 표정이었다. 의기투합한 세 사람, 고맙게도 탁대에게 현실을 각성시키러 온 모양이었다.

하지만!

탁대는 생각했다. 이 가보지 못한 길. 동시에 운명처럼 주어진 길. 더구나, 이미 한 발을 담갔다. 송길웅 사건으로 제대로 시동을 건 입장.

"여기요!"

탁대는 갑자기 손을 들어 알바생을 불렀다.

"맥주 네 잔 더 주세요. 시원한 걸로요!"

"조 실장……."

"고 기자님, 그리고 두 분……."

탁대는 담담한 시선으로 뒷말을 이었다.

"저를 염려해 주셔서 진심으로 감사합니다. 하지만 저는 이미 검찰 직원입니다. 그러니 제게 맡겨지는 일이 어렵고 힘든 것이라고 해도 충실할 수밖에 없습니다. 그게 공무원의 자세라는 거. 그것밖에 드릴 말씀이 없습니다."

탁대의 눈에서 맑은 빛이 새어 나왔다. 한 치의 가감도 없는 마음. 그렇기에 작심하고 달려온 고 기자조차도 그 신념에 끼어들 여지는 없었다.

"젠장, 이래서 내가 조 실장을 좋아할 수밖에 없다니까."

탁대를 막을 수 없다는 걸 깨달은 고 기자가 잔을 치켜들었다.

쨍!

네 잔의 유리가 허공에서 청량하게 부딪쳤다.

'로르바흐!'

오랜만에 그 이름을 불렀다. 이름은 곧 현실이 되었다. 그가 꿈으로 탁대를 이끈 것이다. 그때마다 탁대는 감탄을 숨기지 못했다. 이 꿈은 탁대의 것이다. 탁대가 주인이다. 그런데 로르바흐는 이 꿈 안에서 숙주를 방해하지 않은 채 그의 세계를 이루고 있다.

물론, 그가 원한 것은 아니다. 그렇지만 하나의 의식 안에 또 다른 세계가 있다는 게 신비로웠다. 인간은 알수록 신묘한 존재였다.

"정신이 없겠군."

푸른 연기 위에서 로르바흐가 말했다. 오늘은 슈리아도 보이지 않았다.

"조금 그랬습니다."

"나날이 진보하는 모습이 보기 좋아."

"그렇긴 한데 그만큼 힘도 듭니다."

"당연하지. 세계란, 나의 의식과 의지가 넓어지는 만큼 소용되는 노력과 에너지도 커지는 거니까."

"그래서 문득 궁금해졌습니다. 대마법사님의 의식은 얼마나 무량무한한지……."

"모든 것은 상대적이라네. 개미나 벌의 관점이라면 그대도 무량무한한 것이니……."

"그렇군요."

탁대가 조용히 웃었다.

"새 직장은 마음에 드나?"

"잘 모르겠습니다."

"높은 가치를 가진 곳은 인간의 욕망도 덩달아 높아지는 법. 눈에 보이는 것보다 보이지 않는 것까지 고려함이 마땅할 걸세."

"대마법사님도 그런 말씀을 하시는군요."

"사실 그대의 꿈속으로 유배된 뒤에야 느낀 건데……."

로르바흐는 잠시 말을 멈췄다가 다시 이었다.

"세상에 유토피아는 없더군."

"그런 말씀은 의외로군요. 대마법사님이라면 그런 가치를 다 초월한 줄 알았는데……."

"가당키나 한 말인가? 내가 처음에 그대 꿈속에서 자행한 일들을 생각하면……."

로르바흐의 입가에 헐렁한 미소가 스쳐 갔다.

"새 직장에 대한 기대감이 컸는데 사실 봉황시청보다 인간적인 면은 좀 소홀한 것 같기도 합니다. 다들 직진이거든요."

"누구를 말함인가? 부서장? 아니면 부서 구성원?"

"검찰이라는 게 워낙 우리나라에서는 최고의 권력기관이고 검사들도 초엘리트에 속합니다. 게다가 수사관은 검사를 지원하는 입장이라……."

"자주성이 없다?"

"조금은……."

"그대가 바라는 건 인간 중심의 조직이로군?"

"보통 사람들의 바람이 그렇지 않을까요?"

"글쎄… 내가 보기엔 좀 아닌 것 같네만……."

"어째서죠?"

"소위 인간 중심이라는 말은 시대를 초월하여 범용되고 있지. 하지만 그 말에는 이율배반적인 본성이 숨겨져 있네. 왜냐면 자율성이란 게 말이네, 조직의 목표와 성과를 무력화시키려는 성질이 있거든."

"그 말씀은?"

"인간 중심이라는 건 조직이나 체제에서 일정부분 배제되어야 하는 게 필연이라는 것이네. 그건 인간성이 품고 있는 커다란 결함 때문이니… 나태, 탐욕, 편견 등이 바로 그것이지."

그 말은 마음에 와 닿았다. 한 조직 안에도 무수한 형태의 가치관이 존재한다.

누구는 인정받기를 원하고, 누구는 승진을 원하며, 누구는 보신을 바란다.

"대저 조직에는 열정과 노력, 헌신 외에 탐욕과 부패, 사리사욕이 함께 공존한다는 말씀이군요?"

"그래서 리더가 중요한 것이지. 모든 분야에서……."

"그럼 좋은 리더란 무엇입니까?"

"그대는 이미 답을 말했네."

로르바흐가 탁대를 바라보았다.

"제가요?"

"리더, 그게 바로 답이라네."

"무슨 말씀인지?"

"더러는 아주 가까운 곳에 답이 존재하고 있지. 아니 때로는 단어 자체가 답일 경우가 있으니 리더도 그에 다름 아니라네."

"리더가 답이라고요?"

"리더는 좋은 상사라는 뜻이네. 풀어서 말하자면 상사는 단순히

나보다 나이가 많거나 직급이 높은 사람을 뜻하고 리더는 부하에게 방향을 제시하고 키워주는 사람을 뜻하지. 그러면 이해가 되겠나?"

"아!"

탁대의 입에서 감탄이 새어 나왔다. 짧지만 딱 맞춤한 설명이었다.

"잡념이 많아졌나?"

"조금은요."

탁대가 고개를 주억거렸다. 딱히 고 기자 일행 때문만은 아니었다. 검찰로 자리를 옮긴 지도 꽤 되었지만 위 부장은 물론이고 양 과장과도 정을 나눌 기회가 없었다.

수사 때문에 자주 접하는 두 검사도 마찬가지다. 쾌활하고 적극적인 윤 검사와 신중하지만 한편으로는 차가운 방 검사. 수사 때문에 바쁘기도 했지만 소탈하게 소주 한잔 나눌 기회도 없었던 것이다.

"나의 세계가 타인의 세계와 공감을 이루는 일은 어쩌면 느닷없는 일이기도 하다네. 그러니 기다리시게. 그대의 가치관이 또렷하니 천천히 이루어질 걸세. 그대가 바라는 대로!"

"그랬으면 좋겠네요."

"이 빛을 받으시게. 피로가 한풀 가실 걸세."

로르바흐의 손바닥에서 아련한 빛무리가 배어 나왔다. 빛에 감싸인 탁대는 몸이 가뜬해지는 걸 느꼈다. 바로 그때 핸드폰 소리가 울렸다.

딩도로랭동댕!

전 직원 비상출근령.

핸드폰이 전한 건 속보에 다름 아니었다. 지검장이 전 직원을 호출한 것이다. 탁대는 주스 한 잔으로 술이 찬 간 배를 달래며 시동을 걸었다. 어두운 골목을 나설 때까지 마더의 눈길이 따스하게 따라왔다.

*　　*　　*

삼엄!

탁대는 진돗개 하나가 걸린 군 생활 이후 처음으로 그 단어를 실감했다. 청사에는 다시 의경들이 쫙 깔려 있었다. 검사와 간부급 공무원을 제외한 직원들은 정문 출입까지 통제되었다.

탁대는 후문에서 의경들에 의해 신분증 제시를 요청받았다. 마치 영화에서 본 계엄령 장면이 떠오를 정도였다.

검찰청이 살벌해진 건 국회의원 무더기 소환 때문이었다. 첫 주자로 야당의 국회의원이 들어섰다. 대기하고 있던 취재진들 사이에 법석이 일어났다.

"한 말씀 해주시죠?"

"의원님은 결백합니까?"

"로비로 5천만 원을 수수했다고 하던데 어떤 입장이십니까?"

기자들은 포토라인 앞에서 막혔다. 노련한 수사관들의 제지를 받은 것이다.

두 번째 국회의원이 도착하자 또다시 소란이 일었다. 조사실이 있는 3층은 직원들도 관계자 외에 통행이 금지되었다. 그 안에는 탁대도 포함되어 있었다.

　제일 먼저 마무리가 된 건 이길형 사건이었다.

　사건의 얼개는 탁대가 그린 대로 적중했다. 그는 송길웅의 지역
구를 물려받을 생각이었다. 그러기 위해서 송길웅의 위세를 업고
실탄 마련에 나섰다.

　송 의원은 애당초 받은 5억 이외에는 마음을 두지 않았다. 그때
변화가 일어났다. 이길형과 정무학이 여당 백영규에게도 접근하고
있다는 것을 눈치챈 것이다. 그래서 슬쩍 엄포를 놓았다. 정무학은
별 의심 없이 추가로 5억을 더 공수하겠다고 전해왔다.

　여기서 심경의 변화가 왔다고 한다. 처음에는 2~3억만 착복하
고 송 의원에게 건넬 생각이었다. 그런데 뒤탈 없이 거금을 먹기에
흔치 않은 기회. 때마침 장만술이 허접한 청탁 사건에 송 의원 이름
을 팔고 다니다 이길형에게 덜미를 잡혔다.

　장만술이 받아먹은 돈은 꼴랑 300만 원. 일이 이렇게 풀릴 요량
이었던지 그 돈은 사설 도박에 탕진한 후였다. 원래 장만술은 경마
에 빠진 경험이 있던 사람. 알고 보니 아직까지도 틈만 나면 도박을
즐기고 있었다.

　이길형은 계획을 바꾸었다. 5억을 통째로 먹기 위해 장만술을 이
용하려고 마음먹은 것이다.

　이길형은 로비 자금 수수 장소에 장만술을 보냈다. 장만술은 지
하 주차장에서 정무학에게 과일 박스 두 개를 받아왔다. 넘겨받은
이길형은 장만술에게 후원의 밤 접수를 맡겼다. 본래 손버릇이 착
하지 않던 장만술은 이길형이 빠뜨린 것처럼 가장하고 방치한 돈

2천만 원을 챙겼다.

장만술이 그 돈을 도박에 탕진하자 이길형은 본색을 드러냈다. 정무학에게 받아온 박스가 '대형사고'가 났다며 장만술을 다그쳤다. 그가 결백을 주장하자 후원의 밤에서 사라진 2천만 원을 올가미로 내밀었다. 장만술은 결국 이길형의 덫에서 빠져나올 수 없었다.

이후 과일 박스에서 3억을 빼놓은 뒤에 정무학에게 박스를 반환했다. 정무학은 '억' 소리 한 번 못 하고 3억을 다시 채워줄 수밖에 없었다.

그리고 송 의원을 만나 장만술의 이권 개입과 기부금 착복 사실을 보고했다. 송 의원은 격노했다. 그 분위기를 이용해 장만술을 한강변으로 불러 위로하는 척 소주를 권했다. 분위기상 그는 주는 대로 마실 수밖에 없었다. 종이컵으로 받아든 한 잔을 비웠을 때 장만술이 잠에 빠졌다.

이길형은 남은 소주를 까서 장만술에게 털어 넣었다. 그리고 그의 핸드폰을 빌려 자살을 암시하는 문자를 적은 후 준비한 연탄에 불을 붙이고 1억을 트렁크에 넣은 것이다.

7억은 그렇게 이길형의 것이 되었고 정무학에게는 도박에 빠진 장만술이 중간에 배달 사고를 친 것으로 통보했다. 정무학은 이번에도 당할 수밖에 없었다. 장만술은 죽었다. 그러니 그에게 구린 불법 로비 자금을 주었다고 고발할 처지도 아니었기 때문이었다.

호가호위.

이 사건을 계기로 탁대는 그 말뜻을 절감했다. 실세에게 이어지는 문고리들. 그들조차 자신이 실세라고 착각하고 있으니 호가호

위의 표본인 사건이었다.

"조 실장님!"

한바탕 인터뷰를 마친 윤 검사가 수사과에 들어섰다.

"예."

"8번 조사실에 현직 공무원 사기범이 들어왔는데 염 수사관과 함께 심리에 좀 참가해 주시겠어요?"

"그러죠."

"그리고……."

윤 검사는 부드러운 미소와 함께 말꼬리를 이었다.

"어젯밤에 기자들 만났죠?"

"네?"

수사 노트를 챙기던 탁대가 고개를 들었다.

"개인플레이는 곤란해요. 지검장님 엄명 잊었습니까?"

"그게 아니라……."

"여긴 검찰입니다. 봉황시에서 하던 식으로 행동하지 마세요. 더구나 지금은 아주 중대한 시점이라……."

"……."

"사기범 쟁점은 재산 은닉이니까 참고하세요."

말을 마친 윤 검사가 사무실을 나갔다. 황당했다. 우선 탁대의 행적을 꿰고 있다는 사실. 그건 유쾌한 일이 아니었다.

나를 감시하는 건가?

탁대의 생각이 멀찌감치 질러 나갔다. 하지만 깊게 생각하지는 않았다. 어쨌든 지시를 어긴 건 탁대였고 윤 검사의 태도로 보아 우정 어린 조언 같았기 때문이다.

8번 조사실 피의자에 대한 조사는 오래가지 않았다. 그는 잔머리의 대가였고 생각이 너무 많았다. 그 생각에서 핵심을 골라내는데 시간이 걸렸지만 그뿐이었다. 생각이 많은 자, 그건 탁대에게는 고마운 존재에 속했다.

"저기 염 수사관님."

함께 조사에 참여한 염홍석을 바라보는 탁대. 점심시간이 코앞이었다.

"왜 그러시죠?"

"점심 먹어야죠? 같이 가시죠."

"아, 저는 윤 검사님하고 선약이 있는데?"

"그래요?"

"그럼 다음에……."

염 수사관이 피의자를 데리고 나갔다.

'다들 바쁘니…….'

탁대는 구내식당에 앉았다. 그때 낯익은 사람이 옆으로 다가왔다.

"방 검사님?"

"왜 혼자 드세요?"

"그러는 검사님은요?"

"아직 상황 파악 못 했어요? 나 원래 왕따입니다."

방 검사의 말투는 늘 그렇듯이 사무적이었다.

"왕따요?"

"우르르 몰려다니는 게 싫어서요."

자기 할 말만 툭툭 던져 대는 어투. 이러니 누가 살갑게 붙을까?

"저는 다들 바쁘다기에……."

"식사나 하시죠."

"아, 예."

"여기 어때요?"

오이무침을 집어든 방 검사가 물었다. 여전히 정겨운 음성은 아니었다.

"덕분에 잘 적응하고 있습니다."

"다행이군요."

"저번 CCTV 분석은 굉장했습니다. 나중에 보니 그 양이 어마어마했더군요."

"범인 잡았으면 됐죠, 뭐."

"저어… 여당 쪽 수사는 언제 시작되는 건가요?"

"그런 말 함부로 하면 좋지 않을 텐데요."

방 검사의 목소리가 더 딱딱하게 변했다.

"왜… 요?"

"수사 회의 때가 아니면 그런 얘기 꺼내지 말아요. 괜히 다칠 수 있으니까."

"저는 단지……."

"윤 검사가 통보 안 했습니까?"

"무슨?"

"오후에 백 의원 비서관 올 겁니다. 아마 바빠서 깜박한 모양이니 준비나 하세요."

"오늘 오후에요?"

"다들 정신없잖아요."

"그렇긴 하지만……."

"사건 수사하랴 정권 입맛 맞추랴. 나라도 눈코 뜰 새 없지."

뜬금없는 말과 함께 방 검사가 일어섰다. 그새 밥을 다 먹어치운 모양이었다. 식사가 끝나면 커피라도 한잔하자고 할 요량이었던 탁대로서는 살짝 황당한 마음까지 들었다.

'생각보다 더 괴팍하네. 뭐 차차 친해지겠지.'

서두르지는 않기로 했다. 천성은 하느님도 고치기 힘드니까.

수사과로 돌아온 탁대는 여당 쪽 자료를 꺼내들었다.

여당 전 원내총무 백영규!

이름을 보는 순간 또다시 싸아한 전율이 밀려들었다. 그러나 송길웅을 대비할 때만큼 긴장되지는 않았다.

'학습 효과야.'

탁대는 피식 웃음을 흘렸다. 경험만큼 좋은 스승은 없다. 처음에는 장막처럼 까마득하게 느껴지던 거물들. 하지만 한 번 겪고 보니 조금은 면역이 된 모양이었다.

백영규의 혐의도 송길웅과 유사했다. 다른 점이라면 처음 수수한 돈이 7억이고 추가로 간 듯한 게 3억이라는 점이 다를 뿐.

'여당이라 조금 더 써서 7억으로 시작한 걸까?'

그럴 수도 있었다. 더구나 이익단체가 노린 법안의 위원회 구성원도 여당이 우세한 편이었다.

'닮은 꼴 DNA……'

송 의원과 백 의원을 비교하니 입맛이 씁쓸해졌다. 둘 다 거물.

둘 다 대권을 꿈꾸는 사람들. 그리고 둘 다 앞서거니 뒤서거니 로비 자금을 꿀꺽한 사람들……

'이쪽도 4급 보좌관 문기찬이 로비의 문고리 역할……'

탁대는 검찰보고서를 정독해 나갔다. 보고서가 주목한 곳은 강남의 고급 일식집이었다. 그곳에서 로비 자금을 주고받은 정황이 있다. 보고서는 거기서 끝나고 있었다.

다시 앞으로 돌아와 보고서 제목을 보고 있을 때 어 계장이 들어섰다.

"계장님!"

"어, 조 실장… 식사했어?"

"예."

"미안, 내가 좀 챙겨야 하는데 수사 지원에 눈코 뜰 새 없는 탓에……"

"괜찮습니다. 그보다……"

"뭐? 할 말 있나?"

"이 보고서 말입니다. 후속편은 없나요?"

탁대가 백영규 보고서를 들어보였다.

"글쎄… 그건 윤 검사 소관일 텐데?"

"그래요?"

때 마침 윤 검사가 들어섰다.

"오, 마침 우리 영감님이 오셨네. 직접 물어보지 그래?"

어 계장이 윤 검사를 보며 말했다.

"뭐 말입니까?"

만면에 미소가 가득한 윤 검사가 탁대와 어 계장을 돌아보았다.

"'?-2'로 표시된 인물 말입니다. 오후에 소환된다기에 준비를 하는 중인데 아쉬운 게 있어서요."

"아, 그 수사는 박 수사관과 염 수사관이 맡기로 했습니다."

기다렸다는 듯이 윤 검사의 말이 튀어나왔다.

"예?"

"박 수사관과 염 수사관이 맡기로 했다고요. 그러니까 실장님은 조사실에 들어가지 말고 지원이나 하면 될 겁니다."

"······?"

"아, 그리고 그 보고서는 저 좀 주세요."

"이건 검사님이 주신 건데?"

"부장님 회수령이 떨어졌어요."

"그래요?"

"이거 따로 복사하거나 하지 않았죠?"

"예······."

할 말을 끝낸 윤 검사는 서류를 흔들며 수사과를 나갔다.

"어허, 그 새 또 상황이 바뀌었나보네?"

어 계장이 어색한 공기를 깨뜨리려는 듯 어깨를 으쓱하며 중얼거렸다.

"증거가 보강된 건가요?"

"글쎄… 별다른 소식은 못 들었는데······."

기분이 묘했다.

열심히 준비하고 있는데 발표 차례를 박탈당한 기분. 하지만 수사의 중심은 검사들이니 달리 할 말이 없었다.

"아마 조 실장 배려 차원일 수도 있어. 이번 주말이 결혼식이잖아?"

"네……."

"잘됐지 뭔가? 아예 신경 끄고 신혼여행 다녀와. 어차피 단서 잡
았으니 조 실장 아니어도 슬슬 풀려 나갈 거야."

어 계장은 위로의 말을 두고 자기 자리에 앉았다.

'배려라?'

그렇게 생각하니 고마운 일이었다. 임무도 중요하고 사건 해결
도 중요하지만 결혼 역시 그에 못지않게 중차대한 일. 그러니 혹여
사건에 휘말려 결혼식이 연기된다면 그 또한 문제가 아닐 수 없었
다.

가볍게 받아들인 탁대가 복도로 나왔을 때였다. 저만치 복도 끝
의 조사실에서 문기찬이 나서고 있었다. 그 뒤로 윤 검사와 박 수사
관, 그리고 염 수사관이 보였다.

"그럼 수고하십시오."

"예, 다음에 다시 뵙겠습니다."

화기애애하게 인사를 나누는 윤 검사와 문기찬. 생각보다 분위
기가 좋아보였다. 둘은 계단이 가까운 지점에서 헤어졌다. 윤 검사
일행은 조사실로 되돌아서고 문기찬은 계단 쪽으로 걸은 것이다.

그러다!

계단 앞에서 문기찬이 윤 검사를 돌아보는 게 보였다.

'순간 독심!'

그 순간, 탁대가 마법을 날렸다. 수사 진행에 대한 호기심의 발로
였다.

―자식들…….

—송길웅 엮어서 국가에 충성했으면 됐지 뭘 더 바라?

—아무리 날고 뛰어봐라. 백 의원님은 코털도 건드릴 수 없을 테니까.

—우린 라인이 다르거든.

문기찬의 오만은 송길웅 보좌관의 그것보다 도도하고 깊어보였다. 알 수 없는 분노가 치밀었지만 그냥 넘겼다. 대한민국 검찰은 물이 아니니까.

암!

이제 다음 곡소리의 차례는 명백히 여당이었다.

*   *   *

공무원 사기범 사건의 마무리는 결혼을 하루 앞두고서야 마무리가 되었다. 사기범의 위세는 대단했다.

처음부터 끝까지 의도된 거짓말이었지만 아귀가 맞았다.

그는 기능직에 불과했지만 실세들 세단 앞에서 사진을 찍었고, 몇몇 실세들과는 함께 찍은 사진도 있었다.

다만 일방적이었다.

말하자면 직무로서가 아니라 보조하는 사이에 얼굴을 디민 것이다. 그런 다음에 악수하는 장면을 포샵한 사진과 더불어 제시하며 피해자들에게 과시했다.

단 한 장이라면 유심히 볼 수도 있을 일이지만 이런저런 광경이 동반된 사진을 10여 장씩 들이미니 의심하는 사람도 별로 없었다.

고위직과의 막역한 사이.

그것만으로도 그의 사기 행각은 솔솔 봄바람을 탔다.

'어이가 없군.'

탁대의 소감은 그것이었다. 왜 이렇게 부정한 엘리베이터에 타려는 사람이 많은 걸까? 고위직이라면, 청와대 고위인사라면, 뒷구멍으로라도 일확천금의 사업이 쏟아질 것으로 믿는 사람들… 결국 그 대가는 피땀 흘려 번 돈의 탕진이었다.

"하여간 사기꾼들의 머리는 연구 대상이란 말이지."

점심시간이 지날 무렵, 어 계장이 보고서를 챙기며 혀를 찼다.

"나는 그런 사람들의 심리를 족집게로 집어내는 조 실장님 머리가 더 궁금한데요?"

노경선이 호기심 가득한 눈으로 탁대를 바라보았다.

"그거야 두말하면 무얼 할까?"

어 계장은 무한 공감의 눈빛이었다.

"그거 진짜 선천적인 겁니까? 미국 연수 다녀온 베테랑인 박 수사관님도 두 손을 들던데?"

키보드를 두드리던 황독대까지 끼어들었다.

"아무래도 제가 신기가 있나봅니다. 무당으로 전업할까 봐요."

"어머, 그럼 저랑 동업해요. 내 친구들만 보내도 바로 대박날 거예요."

탁대의 말에, 노경선이 쌍수를 들며 환영했다.

"어허, 잘나가는 국민영웅에게 무슨 무당? 괜히 신부가 들으면 뼈도 못 추리려고?"

어 계장이 슬쩍 경선에게 딴죽을 걸었다.

"저기 궁금한 게 있는데요?"

그럼에도 불구하고 탁대를 바라보는 경선.

"뭔데요?"

"혹시 연애할 때 신부 마음도 다 파악하고 교제한 건가요?"

"그런 재주가 있으면 진짜 미아리에 돗자리 폈게요?"

탁대는 쿡 터져 오르는 웃음을 참았다.

"그 거짓말 진짜예요?"

"거짓말이라고요?"

"그렇잖아요. 같이 사는 신랑이 내 마음을 다 들여다본다? 그것만큼 오싹한 일이 어디 있겠어요?"

경선은 몸을 바짝 웅크렸다.

"오, 듣고 보니 그러네? 나도 우리 마누라가 내 속을 다 들여다보고 있으면 같이 못 살지. 비자금 감춘 것도 알고 아가씨 나오는 술집 간 것도 알면 뼈나 추리겠어?"

어 계장도 어깨를 으쓱해 보였다.

"에이, 그럴 능력도 생각도 없지만 개그맨도 집에서는 안 웃기는 거 모르세요?"

탁대는 직원들의 관심을 가볍게 받아쳤다.

이런저런 잡담을 주고받을 때 윤 검사가 들어섰다.

"조 실장님!"

그는 오늘도 친절해 보인다. 이럴 때보면 성형하는 사람들이 공감이 되었다. 인상이란, 이렇게 중요한 역할을 하고 있다.

"내일 결혼이라면서요?"

"네……."

"으아, 신혼 첫날밤… 무지하게 부럽다."

윤 검사는 탁대 옆의 책상에 엉덩이를 걸치고는 너스레를 떨었다.

"그렇죠? 우리 때는 결혼해야 고작 북악스카이웨이나 저 아래 온양온천에서 하룻밤 자면 그만이었는데……."

어 계장이 윤 검사의 말에 꼬리를 붙였다.

"죄송합니다. 바쁘신데 돕지도 못하고……."

탁대는 머쓱하게 대답했다. 이제 본격적으로 백영규 수사에 돌입해야 하는 시점. 하지만 결혼식이다 보니 며칠은 자리를 비울 수밖에 없었다.

"걱정 말고 신혼여행이나 달콤하게 보내고 오세요. 밀린 사건들은 우리가 산뜻하게 작살내 놓을 테니까요."

윤 검사는 자신만만했다. 하긴 일단 실마리를 푼 사건이었다. 게다가 중요한 피의자인 정무학을 엮어놓았으니 큰 무리가 없을 것 같기도 했다.

"이거 받으시죠."

윤 검사가 봉투 몇 개를 내밀었다.

"뭐죠?"

"축의금입니다. 우리 팀이 눈코 뜰 새 없잖아요? 미안하게도 내일 식장에도 못 갈 것 같습니다."

"사건이 중요하지 제 결혼식이야……."

"에이, 그건 아니죠. 조 실장님이 얼마나 중요한 분인데요."

"아무튼 혼자 쉬게 되어 죄송합니다."

"됐으니까 깨나 팍팍 볶고 오세요. 끄라비에서 여기까지 폴폴 풍기도록 말입니다."

윤 검사가 손을 내밀었다. 탁대는 그 손을 잡았다. 그에게서 후끈 열정이 느껴졌다.

하지만!

봉투는 다소 실망이었다.

5만 원, 5만 원, 3만 원, 5만 원, 10만 원.

다섯 개의 봉투는 죄다 5만 원 이하였고 위 부장이 보낸 것만이 10만 원이었다.

'푸헐~!'

탁대는 혼자 소리 없는 웃음을 터트렸다. 공무원들은 상조금 상한선이 있다. 따라서 어지간한 친분 관계가 아니면 죄다 3만 원, 5만 원이다. 검찰도 공무원. 그러니 그 규정에 충실한 것은 당연하다.

검찰도 공무원.

아주 간단한 명제를 깜박 착각한 게 우스워 피식거리는 탁대의 귀에 어 계장의 핀잔 소리가 파고들었다.

"어허, 결혼이 저렇게 좋나? 우리 조 실장, 아주 입 찢어지네. 찢어져!"

아무튼, 봉투는 좀 아쉬웠다.

아쉬운 건 또 있었다.

로르바흐!

그를 만나지 못하고 아침을 맞았다. 퇴근 후에 소소하게 조율할 일이 많았던 탓이었다. 그래도 기분은 좋았다. 혜자를 비롯해, 양가의 부모님들도 좋아할 일이었다. 탁대는 그렇게 믿었다.

아침은 미역국에 한우 갈비, 그리고 탁대가 좋아하는 김치찌개가 나왔다.

"누구 생일이에요?"

기지개를 켠 탁대가 마더에게 물었다. 식탁을 차리던 마더는 대답도 없이 다가와 탁대를 껴안았다.

"왜, 왜 이러세요?"

"아무것도… 그냥 좀 있어."

탁대를 안은 채 마더가 숨소리를 골랐다. 탁대는 그제야 알았다. 마더의 숨소리가 다른 날과 달리 무척 고조되어 있다는 걸.

"어디 보자. 우리 아들……."

마더가 젖은 시선을 들었다. 탁대는 엉겁결에 물러섰던 발을 당겨 제자리에 섰다. 그냥 넘어갈 분위기가 아니었다.

"고맙다. 이렇게 늠름하게 자라서줘서……."

"마더……."

"그동안 엄마 때문에 속상한 일도 많고 원망한 적도 많았지?"

"……."

"엄마는 다 너 잘되라고 그랬던 거야. 그랬는데도……."

마더의 눈가에 기어이 이슬이 밀려나왔다.

"속이 상해. 왜 더 잘해주지 못했나 하고……."

"마더……."

"우리 아들, 이제 어엿한 가장으로 잘살 거지?"

마더의 두 손이 탁대의 볼을 감싸 쥐었다.

"그럼요."

탁대의 손도 마더의 손으로 옮겨갔다.

"세상이 많이 변했지만 인간의 가치관은 변하지 않았을 거야. 남자답게 색시한테 잘해주고."

"네."

"속상하다고 괜히 불뚝거리지 말고. 여자는 남자가 속상해 하면 가슴이 무너져."

"네."

"화가 나면 세 번 참아. 30년 가까이 다른 환경에서 살다가 만난 사람들은 매번 세 번씩 이해하면서 서로의 주파수가 닮을 때까지 기다려야 해."

"네."

"사랑한다. 우리 아들!"

"마더……."

"엄마랑… 마지막으로 찐하게 포옹 한 번 해볼까? 옛날 우리 탁대가 어릴 때, 엄마가 그리웠던 날처럼."

"물론이죠."

마더와 시선이 마주친 탁대가 마더의 등을 당겼다.

마더의 체온, 마더의 체취…….

탁대가 자라는 사이에 마더의 향기는 변했다. 부드럽고 알싸하던 향이 아니라 그립고 아슴푸레하게 바뀌어 있었다. 탁대도 콧날이 시큰해졌다. 부모님이 시든 건 그 알짬을 탁대에게 내준 탓이리라. 그 팽팽하던 젊음을 바쳐 자식을 길러낸 마더…….

"고맙습니다. 늘 마더 말씀 간직하면서 살게요."

"그래. 그래야 내 아들이지."

마더의 애잔한 눈물이 웃음 속에서 밀려나왔다. 탁대는 흥건해진 콧물을 킁 들이마셨다.

"어이구, 이거 나만 왕따구만."

언제 다가왔는지 동환이 볼멘소리를 냈다.

"아버지!"

"야야, 됐다. 엎드려 절 받기 싫으니까 밥 식기 전에 먹자."

"이이는, 지금 그런 게 문제예요?"

무안해진 엄마가 괜히 목청을 높였다.

"아니면? 탁대 먹이려고 새벽부터 일어나서 소란 떤 거 아니야?
그러니 식기 전에 먹어야지."

"어유, 진짜 분위기 하고는… 알았으니까 자리에 앉아요."

마더는 마음에도 없는 소리를 톡 내쏘고는 식탁으로 향했다.

아버지, 조동환.

마더와는 달리 가만히 다가와 탁대의 어깨를 묵직하게 잡았다.
그리고 두어 번 흔든다. 그게 끝이었다. 절제된 신뢰, 그것으로 뜨
거운 부정을 대신하는 것이다.

"아버지도 고맙습니다."

"알았다. 잘살아라."

한마디를 남긴 동환이 탁대를 식탁으로 끌었다.

"많이 먹어."

마더는 연실 음식을 탁대 앞으로 밀었다. 그것도 모자라 반찬을
수저 위에 올려주기까지 했다. 그러면서 또 눈물을 톡 떨군다.

"아, 진짜… 제가 무슨 외국으로 영영 이민 가는 것도 아니
고……."

"알았어. 엄마도 먹을게."

핀잔을 듣고서야 겨우 한 수저를 뜨는 마더. 그것도 오래가지는 않았다. 또 탁대를 바라보는 것이다. 이 세상, 모든 어머니의 마음이 저럴까? 어차피 멀지 않은 곳에 차린 신방. 그런데도 참을 수 없는 애잔함이 녹아나는 모양이었다.

'그건 알지만, 내게는 내 새끼에게 주는 마지막 아침밥이거든. 넌 이제 내 아들이 아니라 반혜자의 남편인 거란다.'

마더의 눈은 그렇게 말하고 있었다. 탁대는 한우 갈비 한 점을 마더의 수저 위에 올려놓았다. 그리고 거의 10여 년 만에 밥을 더 청했다. 배는 이미 불렀다. 하지만 탁대 역시 미혼의 마지막 밥이기에 마더에게 보람을 안겨주고 싶었다.

결국,

탁대는 과식했다.

뽁!

별수 없이 마더 몰래 소화제 두 병을 해치웠다. 그 직후부터 전화기에 불이 나기 시작했다. 결혼식장에서 만날 사람들과 친구들, 심지어는 유치원 아이들의 부모도 있었다.

신부는 순백이었다.

메이크업을 마친 혜자를 본 탁대는 눈을 의심했다. 여자의 화장은 어쩌면 마법이었다. 원래는 수수했던 혜자. 그런 그녀도 공들인 메이크업을 만나니 스타에 필적할 정도로 우아한 모습이었다.

"신랑님 좋겠어요."

메이크업을 마친 미용실 원장이 윙크를 날려 왔다. 그녀의 뒤에 선 미용사들이 박수까지 보태왔다. 원장은 탁대가 구해준 유치원

아 학부모 중의 한 명. 탁대 소식을 챙기던 그녀는 결혼 소식을 듣자마자 메이크업 전반을 책임지겠다고 나섰다.

처음에는 사양했지만 다른 학부모들까지 가세하니 더는 어쩔 도리가 없었다.

"우리 딸 목숨을 구해줬는데 이 정도 보답도 못 해요?"

원장의 고집에는 애정이 가득했기에 탁대와 혜자는 신세(?)를 지게 되었다.

"뭐해요? 대한민국 최고의 신랑 신부님을 모시지 않고?"

원장이 직원들에게 소리쳤다. 직원들은 먼저 나가 차 문을 열어주었다. 신부가 오르고, 이어 탁대가 운전석에 올랐다.

"식장에서 봐요."

원장은 인도까지 나와 손을 흔들었다. 베풀면서도 고마워하는 원장. 그걸 보니 탁대와 혜자의 마음은 더 없이 맑아졌다.

사람은 많았다. 좌석이 부족하자 식장 쪽에서 간이의자까지 깔아주었지만 그래도 역부족. 더구나 탁대의 하객들은 눈도장 찍기에 바쁜 게 아니라 대다수가 예식을 참관했다.

검찰청의 직원들은 많지 않았지만 봉황시에서는 시청을 통째로 옮겨놓은 듯 많은 직원이 몰렸다.

"자자, 이쪽으로 오세요!"

식장 질서와 안내는 탁대의 9급 임용 동기들이 맡았다. 팔호는 접수를 책임졌고 안내는 은돌이 팔을 걷고 나섰다. 여자 동기들은 한복을 차려입고 입구에 도열했다. 여기에 고등학교 동창들과 대학 친구들도 가세했다. 분위기만 봐서는 엄청난 정치인 자제가 결혼하는 풍경처럼 보였다.

축제 분위기를 바짝 끌어올린 건 어린이 연주단이었다. 그런데 풍경이 진기했다.

"장애아들이잖아?"

"어머어머!"

합창단을 본 하객들이 웅성거리기 시작했다.

"죄송합니다. 잠깐만 비켜서 주세요."

은돌과 재광, 용일과 성기갑 등이 장애아들을 인도했다. 청바지에 흰 티를 입은 소박한 연주단. 그들 중 네 명은 휠체어를 타고 있었다.

"지금 이 자리에 선 친구들은 신랑 조탁대 군이 유치원 참사를 막아낸 후에 받은 원아들의 감사 편지를 묶은 책에서 인세를 기부받고 있는 보육원 친구들입니다. 자기들의 후원자에게 보답하기 위해 불편한 몸을 이끌고 아름다운 연주를 하러 왔으니 뜨거운 박수로 맞아주시기 바랍니다."

"와아아!"

삐이익!

함성과 함께 박수, 휘파람이 울려 퍼졌다.

다라랑동동디당동!

연주가 시작되었다. 낡은 기타와 낡은 바이올린, 그리고 하모니카. 몸이 뒤틀리고 입이 돌아간 친구들도 보였지만 그들은 천사의 마음으로 사력을 다해 축하곡을 연주했다.

아직 식이 시작되기 전, 탁대는 혜자와 함께 입구에 서서 연주를 지켜보았다. 그들의 연주에 대한 예의였다.

짝짝짝짝!

두 곡이 끝나자 장내는 박수의 도가니에 묻혀 버렸다. 탁대는 앞으로 걸어가 장애아 친구들과 하나하나 포옹을 했다. 그를 국민영웅으로 만들어준 그날. 그 꽃들이 보낸 편지가 또 하나의 아름다운 꽃을 피워낸 것이다.

"신랑 입장!"

장애아들의 연주가 끝나자 본격적으로 식이 진행되었다. 주례석에는 교육원장이 자리 잡고 있었다.

짝짝짝!

우레 같은 박수가 울려 퍼졌다. 늠름하게 자리를 잡은 탁대는 하객들을 향해 꾸벅 인사부터 올렸다. 그리고… 그녀, 반혜자가 탁대 장인에게 이끌려 식장에 들어섰다.

"와아아!"

함성의 주인공은 혜자의 친구들과 교통과 직원들이었다. 교통과 직원들의 중심에는 윤아가 서 있었다. 이미 사직을 하고 서울시 공무원이 된 혜자. 그리고 윤아 또한 감사과 직원. 하지만 둘은 아직 간간히 만남을 가지고 있기에 윤아가 주동이 된 모양이었다.

개똥 초심!

원장의 일성은 그것으로 시작되었다. 하객들 사이에서 웅성, 짧은 소란이 일었지만 바로 그쳤다. 개똥 초심에 얽힌 사연 때문이었다.

'개똥 초심……'

탁대는 그날로 달려갔다.

인간의 몸은, 어제 먹은 음식이 좌우한다.

마찬가지로 인간의 운명은 어제 한 일이 좌우한다.

인생에 우연은 없다. 모든 우연들은 언젠가 필연이 되는 것이다.

주례사는 오래가지 않았다.

"이 세상에서 가장 훌륭한 주례란!"

핵심만을 설파한 원장이 뒷말을 이었다.

"가장 짧은 주례입니다. 고맙습니다!"

짝짝짝!

원장도 많은 박수를 받았다. 질질 끄는 주례가 아니라 완전히 다이어트 된 주례. 그것으로 탁대의 결혼식을 빛낸 것이다.

주례사가 끝나자 뒤쪽이 웅성거리기 시작했다. 좁은 문으로 들어선 아이들은 바로 탁대가 구한 유치원생들이었다. 이제 훌쩍 자라 초등학생이 된 아이들. 상의를 빨간색으로 맞춰 입은 아이들이 탁대의 눈에 쪽 빨려들어 왔다.

"다음은 신랑 조탁대 군이 봉황시에 재직 중, 참사에서 구한 유치원생들의 축가가 있겠습니다. 참고로 다들 건강하게 자라 초등학생이 되었습니다."

사회가 멘트를 날리자 식장 안은 또 한 번 술렁거렸다.

축가는 아름다웠다.

질 뻔한 목숨을 아름답게 피워낸 어린이들.

이보다 아름다운 꽃이 어디 있으랴!

축가가 끝나자 아이들은 저마다 두 송이의 꽃을 들고 차례 지어 들어섰다. 한 송이는 신부 혜자에게, 또 한 송이는 신랑 탁대에게 주어졌다. 탁대는 꽃 한 송이, 한 송이를 정성껏 받았다. 그 순간 한쪽에 도열해 있던 장애아들이 다시 연주를 시작했다.

탁대는 행복했다.

작은 베풂이 위대한 행복으로 돌아온 이 순간. 그러나 탁대의 베풂은 이 결혼식에도 남아 있었다.

식장비와 식대를 제외한 전액을 보육원에 기부!

그건 혜자와 탁대가 꾸민 신혼의 첫발이었다.

부부 공무원. 게다가 둘 다 건강한 탁대와 혜자.

둘의 결심을 들은 양가의 부모들도 지지를 선언했다. 그랬기에 탁대는 윤 검사 팀의 봉투가 얇은 것이 아쉬웠던 것이다.

끄라비!

태국 남부의 휴양도시.

알고 보니 푸켓에서 그리 멀지 않은 곳이었다. 방콕에서 비행기를 갈아탄 탁대와 혜자는 마침내 아담한 공항에 도착했다.

"호뗄, 호뗄~!"

입국장을 나서기 무섭게 빡센 억양의 영어가 들려왔다. 태국에 온 게 실감나는 순간이었다. 동남아 중에서도 태국은 영어 발음이 빡세기로 손꼽히는 국가였다. 처음에는 잘 알아듣기 어렵다.

하지만 인간은 환경의 동물.

몇 번 들으면 바로 적응이 되니 걱정은 NO였다.

탁대와 혜자는 택시에 올랐다. 픽업 차량도 요청하지 않은 것이다. 혜자의 바람대로 호텔만은 쓸 만한 걸 잡았지만 그 밖의 모든 것은 자유여행이었기 때문이었다.

후덥지근!

태국의 날씨는 그랬다. 공기도 맑은 편은 아니었다. 하지만 가슴은 이내 뻥 뚫렸다.

해방!

해방이었다. 비록 며칠이지만 부담스러운 업무와 일상에서의 해방. 게다가 옆에는 신부를 품은 탁대. 그것으로 충분했다. 그것으로!

"야호오!"

택시 문을 연 탁대가 환호를 질렀다. 검은 피부의 운전사가 돌아보지만 씩 웃을 뿐이다. 택시가 속도를 올리자 왼편으로 바다가 모습을 드러냈다.

먼 바다는 그래도 깨끗하게 보였다. 휴양지답게 서양인들도 많았다.

"어때?"

탁대가 혜자의 어깨를 당기며 물었다.

"좋아요."

"우리도 대충 내일부터 벗고 다닐까?"

"뭐, 못 할 거 없죠."

"혜자는 비키니?"

"미쳤어요?"

그 말에는 바로 눈을 흘기는 혜자.

"뭐 어때? 서양 애들도 비키니 많구만."

"됐어요. 오빠나 손바닥 팬티 입고 활개 치든가."

"그래도 돼?"

"그러기만 해봐요. 확!"

"확 뭐?"

콧등을 구기는 혜자에게 짓궂게도 얼굴을 들이대는 탁대.

"다른 방 얻을 테니까! 돈 내가 가지고 있는 거 알죠?"

헐!

그건 굉장한 협박이었다.

"아, 뭐야? 벌써부터 쥐고 흔들려고?"

"누가 그렇대요? 이상한 말만 하니까 그렇지."

"농담도 못 하냐? 조크다 조크!"

"아무튼 품위 유지. 오빠는 국민 공무원이라는 거 명심하세요."

품위 유지!

아름다운 말이지만 혜자조차도 그 말에는 책임을 지지 못했다. 호텔에 들어선 탁대가 바로 혜자의 옷을 벗겨 버린 것이다.

"오빠!"

탁대는 앙탈을 못 들은 척 혜자를 안고 침대로 넘어갔다. 그들의 뜨거운 신혼이 스타트되는 순간이었다.

남녀불문 세 명.

탁대네 가족계획이다. 정부의 시책에 적극 협력하는 공무원 부부라서가 아니었다. 탁대도 혜자도 외둥이로 자란 까닭. 자라면서 형제자매가 있는 친구들이 부러웠으므로 자연스럽게 합의가 되었다.

하지만 로르바흐의 얘기는 하지 않기로 했다.

숨기려는 것은 아니었지만 설명이 난해했다. 더구나 탁대 안에 또 다른 남자가 있다는 것. 그건 혜자에게 유쾌할 리가 없었다.

"오빠!"

"쉿!"

탁대는 열심히 여체를 탐닉했다. 전에는 혹시라도 임신을 걱정해야 했다. 요즘이야 태아가 혼수(?)라지만 그래도 늘 부담이 되었던 것만은 사실.

좌삼삼우삼삼.

속된 섹스 스킬에 그런 말이 있다. 여기에 더 하면 나인티식스도 있다. 모르면 애들이다. 애들은 가라. 신혼밤에 미성년자는 꼬이지 않는 게 좋다.

그런데 옛날 스킬은 좀 다르다.

소꼬리 스킬, 조리질 스킬, 그리고 명태 스킬.

소꼬리 스킬은 소가 파리를 쫓을 때 꼬리를 빙글빙글 돌리는 스킬로 교접하라는 것이다. 다음으로 조리질은 상하로 움직이는 스킬이다. 과거 어머니들은 쌀에 돌이 많아 조리로 물에 아래위로 빠르게 까불어 돌을 골라냈으니 그것의 응용이다.

마지막으로 명태 스킬은 활기차다. 막 건져진 산 명태의 몸짓. 상상만 해도 역동적이지 않은가? 물통이 다 부러지도록 미친 듯이 날뛰니 말이다.

탁대는 세상을 날아다녔다.

그 어떤 술맛이.

담배 맛이.

음식 맛이.

이 쾌감을 따라올 것인가? 더구나 상대는 사랑하는 혜자였다. 탁대와 혜자를 태운 구름은 아릿한 느낌으로 흔들렸다. 뒤를 잇는 짜릿함과 벅찬 희열. 탁대는 머릿속으로 카운트다운을 세었다.

셋!

둘!

하나!

마침내 화산에 필적할 황홀함이 분출되었다. 화산은 기껏해야 용암을 뿜을 뿐. 그러나 탁대가 뿜은 건 위대한 생명이었다. 그것도 자그마치 1억이 넘는…….

그리고 둘은 서로를 꼭 안은 채 꿈속으로 직행을 했다.

첫날 여정은 에메랄드 호수 투어로 시작했다. 입구에서 티켓을 끊었다. 그때 한 상인이 탁대를 보며 물건을 흔들었다.

"쌈씹, 쌈씹밧."

30바트.

한국말과 비슷해서 신기했다. 태국어로 3이 쌈이다. 10은 씹. 그러니 얼핏 들으면 유사한 것이다. 한참을 걸어 에메랄드 호수에 닿았지만 홍보사진만큼 멋진 곳은 아니었다.

그래도 사람은 많았다. 특히 유럽 젊은이들이 많았다. 수영장 시설이 된 것도 아니지만 다들 물장구를 치느라 바쁘다. 탁대도 혜자와 함께 뛰어들었다.

두어 바퀴를 돌고 나왔다. 자연림 속에 저절로 생긴 에메랄드 호수. 그리 큰 규모는 아니지만 꽤 높은 인기를 구가하고 있었다. 그 호수에서 올려본 하늘에 햇살이 짤랑거렸다.

다음으로 레일레이 섬으로 향했다.

끄라비에서는 4섬 투어가 인기 상품이다. 쓸 만한 섬 4개를 묶어 도는 여정이다. 그중에서 가장 유명한 게 레일레이. 탁대와 혜자는 단일 여행을 택해 레일레이에 내렸다.

안내서에서 본 맹글로브 숲을 찾아갔다. 숲은 바다를 향해 발을 뻗고 있었다. 마침 물이 빠져 제대로 볼 수 있었지만 그리 장관은 아니었다.

'여행지들이란……'

거품이 심하다. 아름답게 홍보해서 사람을 끄는 건 이해가 간다. 하지만 사진의 장난은 너무 심했다. 실제로 보면 별것도 아닌 것을 너무 과장하는 것이다.

그래도 냉커피 한 잔은 맛났다. 탁대는 옆에 있는 혜자의 어깨를 당겼다. 먼 타국에서 함께 하는 이 순간. 낯선 이국이라 그런지 다른 건 아무것도 생각나지 않았다. 마음이 편했다.

탁대는 혜자의 입에 쫌부 하나를 디밀었다. 오가는 거리에서 산 태국 과일. 사과 맛에 피망 맛이 더한 것 같은 붉은 과일은 탁대의 입맛에 딱 맞았다.

'이 맛처럼……'

탁대는 붉은 쫌부를 보며 뒷말을 이었다.

'우리의 결혼도 달콤하기를!'

야자빵에 구운 바나나를 먹었다. 거리에서 쌀국수도 질리도록 사먹었다. 그러다 술이 생각나면 쌤쏭을 마셨다. 태국 소주로 불리는 쌤쏭은 스프라이트에 타 먹으니 입맛에 맞았다.

태국이 자랑하는 사원들. 그 사원에 향불도 피웠다. 그러는 사이에 여행은 끝 날을 맞이했다. 돌아갈 날이 다가오자 피로도 밀려왔다.

새로운 풍경을 즐기느라 들뜬 마음이 가라앉자 몸이 처지는 것이다.

마지막 날은 주로 쇼핑을 했다. 사실 기념품은 마땅히 살 것이 없었다. 토산품은 기호 문제라 고르기 어렵고 보약이나 보석 같은 것은 가짜가 많아서 더욱 그랬다.

방콕에 내려 태국이 자랑하는 에메랄드 사원을 돌고 난 탁대는 혜자와 함께 강 투어를 했다. 물은 탁했지만 그걸 즐기는 태국인들은 인상 깊었다.

그리고 다시 선착장으로 돌아왔을 때였다. 여행자의 천국이라는 카오산으로 가려고 관광경찰에게 다가갔다.

"까올리?"

경찰이 반색을 했다. 그러더니 예의 톤 높은 영어로 격하게 보석 광고를 해댄다. 오늘이 세금 없이 싸게 파는 날이니 신혼부부라면 신부에게 하나 사주라는 요지였다.

교통경찰, 즉 공무원의 권유.

탁대의 귀가 솔깃했다. 지나가는 사람이나 관광 가이드가 그랬다면 쳐다보지도 않았겠지만 상대는 정복의 관광경찰이었다. 탁대가 호감을 보이자 그는 친절하게 툭툭이까지 잡아주는 성의를 보였다.

"한번 가볼까?"

그렇게 해서 탁대는 예정에 없는 보석상점으로 가게 되었다. 그런데 이게 웬일, 낡은 툭툭이 가는 길에 퍼져 버렸다. 상대는 YES, NO, THANK 밖에 모르는 중년 기사. 그래도 손님은 놓치지 않으려고 오래 걸리지 않는다는 사인을 온몸으로 보내왔다.

이것도 추억이겠지 싶어 기다리는 탁대. 그때 멀쩡한 신사 한 사람이 다가왔다. 그러더니 유창한 영어로 어디로 가던 길이냐고 묻는다. 보석상점이라고 하자 그도 입에 침이 튀도록 자랑질을 해댄다.

'오늘 사면 진짜 싼가 보네?'

갑자기 기대감이 폴폴 솟기 시작했다.

결과만 말하자면 혹시나는 역시나였다. 툭툭이 멈춘 곳은 소위 단체관광객을 상대로 하는 전문 보석상점. 진열대 안의 보석들은 동그라미가 엄청나게 붙어 있었다.

"No, Thanks!"

탁대는 입에 침이 튀도록 설명하는 지배인을 뒤로 하고 나왔다. 태국인들의 기묘한 상술, 전 국민적인 상술에 찬사를 보내면서.

수완나폼 공항에서 탁대와 혜자는 인천행 비행기에 올랐다.

돌아간다!

그렇게 생각하니 또 피로가 조금 가신 것 같았다. 탑승할 때 챙긴 신문을 등받이에 찔러 두고 담요를 맞춤하게 접었다.

"괜찮았어?"

그걸 혜자에게 주며 물었다.

"오빠는?"

"유럽 못 가서 미안해."

"피이, 그건 다음에 가면 되지."

"그러네."

"오빠, 우리 이제 한국에 내리면 알콩달콩 잘 살아요."

"그래야지."

"약속!"

혜자가 손가락을 내밀었다.

"그 약속은 이따가 비행기 뜨면 하자. 하늘 높은 곳에서 약속하면 하느님이 보우하실지도 모르잖아?"

"어머, 진짜 그러네요."

뒤이어 비행기가 이륙했다. 그리고 안전고도에 접어들었을 때 혜자가 다시 손가락을 내밀었다. 하늘 가까운 곳에서 약속을 한 탁대는 승무원이 내미는 물을 받아들고 신문을 펼쳤다.

'어디 보자. 그동안 코리아에는 무슨 일이 일어났나?

5일 동안 완전히 잊고 살았던 한국······.

'응?

1면을 본 탁대의 눈자위가 확 구겨졌다.

"무슨 대형 사고라도 났어요?"

면세품 책자를 뒤적이던 혜자의 눈길이 건너왔다. 탁대는··· 대꾸하지 못했다. 커다란 1면 활자에 꽂히듯이 박힌 탁대의 시선은 소리 없이 떨고 있었다.

검찰—여야 거물 불법 로비 사건 종결.

대제목 아래로 소제목이 이어졌다.

여당 거물 백영규 무혐의 결론에 야당 봐주기 수사 반발!

무혐의?

*　　　*　　　*

주말은 바빴다.

양가에 다시 인사를 해야 했기 때문이다.

처갓집!

하룻밤을 자는 것에 불과했지만 불편했다. 특히나 장인이 그랬다. 그나마 장인이 탁대에게 관심이 있어서 나았다. 묻는 말을 중심으로 대답만 하면 되었기 때문이었다.

고마운 건 혜자였다. 탁대의 불편함을 알아 적재적소에서 중재를 해줬다. 결혼은 남자와 여자의 사랑이 아니라 두 집안의 만남이라더니 그 말을 절감한 탁대였다.

"조혜자!"

집으로 인사를 가자 마더가 혜자 손을 잡았다. '조' 혜자? 마더가 혜자의 성을 잊은 건가 했지만 그건 아니었다.

"내가 왜 반혜자가 아니고 조혜자라고 부른 줄 아니?"

마더가 혜자를 바라보았다. 혜자는 가만히 집중하고 있었다.

"조씨 집안에 왔으니 조씨 집안을 위해 살라고 하는 게 아니야. 딸 하나 더 생겼다고 생각하려는 거지."

"어머니……."

"나도 여자잖니? 저 양반에게 시집오고 나니 모든 게 낯설고 어색했어. 지금 세대는 다르다지만 인간관계라는 게 어디 가겠니? 그러니 시어머니다 며느리다 선 긋지 말고 엄마처럼, 딸처럼 친하게 지내자."

"고맙습니다. 잘할게요."

혜자의 눈가에 이슬이 맺혔다. 마더는 그때까지도 마주 잡은 혜자의 손을 놓지 않고 있었다.

신방 정리를 끝낸 탁대는 차 한 잔을 타 들고 본가에서 모아온 신문을 펼쳤다.

송길웅 의원은 기소가 되었다. 야당의 거물을 엮었으니 일대 사건. 신문은 그 과정을 수사관보다 더 치밀하게 재구성해서 보도하고 있었다.

야당의 반발은 엄청났다. 국회에서 임시회가 소집되어 검찰총장을 출석시킬 정도였다. 대통령의 성역 없는 수사 지시도 떨어졌다. 검찰은 명예를 걸고 투명하고 엄정한 수사를 하겠다는 의지를 천명했다.

그리고 이틀 후!

여당 거물 백영규에 대해 무혐의가 발표되었다. 그 기사 또한 엄청난 분량을 할애하고 있었다. 읽어보니 어이가 없을 정도였다.

혐의 액수는 고작 1억.

그것조차 비서관이 잘못 알고 받아온 것.

액수에서는 동그라미가 하나 빠졌고 백영규에 대한 혐의는 처음부터 의도적으로 축소되어 봐주기 수사의 흔적이 역력했다.

'말도 안 돼!'

탁대는 백영규의 비서관을 떠올렸다. 그는 분명히 검사들을 비웃고 있었다. 그런데 이렇게 흐지부지 끝내 버리다니? 목에 가시라도 걸린 것 같아 어 계장 번호를 띄웠다가 지웠다.

급할수록 돌아가야 한다.

그게 바로 세상의 순리다. 궁금했지만 참았다. 어차피 내일은 다 가을 것이므로!

끼익!

검찰청. 탁대는 부드럽게 브레이크를 밟았다. 사이드를 단단히 당기고 심호흡을 했다. 신혼여행 후의 첫 출근. 이제는 익숙해질 만도 한 검찰청이었건만 여전히 남의 집 같은 느낌은 어쩔 수 없었다.

"이어, 새신랑!"

제일 먼저 탁대를 반겨준 건 어 계장이었다.

"어머, 얼굴 많이 타셨네?"

노경선도 반색이다.

"몸이 많이 축갔네? 신혼이라고 너무 무리한 거 아니야?"

양 과장은 조금 사무적인 어투였다.

탁대는 끄라비에서 골라온 작은 기념품을 내밀었다.

"아무튼 듬직하구만. 남자는 역시 장가를 가야지."

어 계장은 기념품을 받아들고 뒷말을 이었다.

"지검장님에게 인사 가야지. 내가 같이 갈까?"

"그러시면 고맙죠."

탁대가 웃자 어 계장이 자리에서 일어나 앞장을 섰다.

"저기… 계장님……."

복도를 걸으며 탁대가 입을 열었다.

"혹시라도 불법 로비 사건 이야기라면 입도 벙긋하지 말게."

"예?"

"입도 벙긋하지 말라고!"

어 계장은 탁대를 바라보며 입술에 대고 손가락을 쭉 밀었다. 지퍼를 채우라는 뜻이었다.

결혼 인사는 간단히 끝났다. 지검장은 바빴으니 덕담은커녕 그저 악수 한 번을 했을 뿐이다. 권 차장도 검찰청에 갔다며 자리에 없었다.

"이제 승진도 하고 2세도 낳고 해야지? 열심히 하게나!"

그마나 의례적인 덕담이라도 해준 건 위 부장이었다.

"아이고, 얼굴이 훤하시네?"

윤 검사는 여전히 밝았다. 피의자 조사를 서둘러 마친 그는 서둘러 소파를 권했다.

"신혼여행지가 어디라고 했지요?"

"끄라비입니다. 태국⋯⋯."

"이야, 나도 외국 좀 가서 한 열흘쯤 푹 쉬고 싶네."

"연가내고 가시면 되잖습니까?"

탁대가 말했다.

"에이, 그게 마음대로 됩니까? 사건이 꼬리를 무는데⋯⋯."

"그럼 두 분이 얘기 나누세요. 나는 보고서 작성해야 해서⋯⋯."

탁대 뒤에 서 있던 어 계장이 탁대의 어깨를 토닥이고는 검사실을 나갔다.

"그런데 방 검사님이 안 보이던 데요?"

"아, 방 검사⋯⋯."

바로 응대하는 윤 검사의 표정이 굳어졌다. 뭔가 좋지 않은 느낌이 탁대에게 건너왔다.

"설마 과로로 쓰러지거나한 건 아니죠?"

"그럴 리가 있나요."

"그건 그렇고 검사님!"

"말하세요."

"로비 사건이 다 종결된 겁니까?"

탁대는 참고 있던 질문을 쏟아냈다. 윤 검사야 말로 불법 로비 수사의 핵심 검사였으므로 누구보다 상황을 잘 파악하고 있을 사람이었다.

"어 계장님이 얘기 안 하던가요?"

다시 표정이 굳어버리는 윤 검사.

"아직 말씀 나눌 시간이 없었습니다."

"종결 맞습니다."

"백영규 의원 쪽 수사도 끝난 거란 말씀입니까?"

"네."

"이상하군요. 신문 보도를 봤더니 액수도 맞지 않고 혐의도 없는 것으로 나왔던데?"

"혐의 없습니다!"

"검사님!"

"아무튼 그 사건은 끝났습니다. 그리고 워낙 파장이 큰 사건이라 지검장님 함구령까지 떨어졌으니 다시는 거론하지 말기 바랍니다."

"……?"

"나가보세요."

"뭔가 잘못된 거 아닙니까? 제가 보기엔……."

텅!

순간 윤 검사가 테이블을 내려쳤다. 돌연한 행동에 놀란 탁대가 고개를 들었다.

"당신이 검사야? 그렇다면 그런 줄 알아!"

윤 검사가 뾰족 각을 세우며 말했다. 지금까지 한 번도 볼 수 없었던 태도였다.

"검사님······."

"나가요!"

윤 검사의 손이 문을 가리켰다.

'뭔가 있군.'

탁대는 더 말하지 않고 일어섰다. 문까지 고작 몇 걸음 되지 않았지만 운동장이라도 걸어나오는 듯한 기분이었다.

탁대는 할당된 수사 업무를 받아들었다. 당장 지원해야 할 업무는 관리관 뇌물 사건. 하지만 마음이 가지 않았다. 탁대는 가만히 분위기를 살폈다. 수사과의 분위기는 크게 다르지 않았다. 탁대만 예외였다.

'말로만 듣던 편파수사······.'

탁대는 점점 골똘해졌다. 처음에는 여의도에 경종을 울리겠다며 야심차게 출발한 불법 로비 사건. 그러나 수사는 용두사미로 끝났다.

야당의 거두 송길웅을 엮고, 야당 의원 세 명과 여당 의원 두 명을 추가로 기소하는데 그쳤다. 그나마 여당 의원들은 경미한 금액의 혐의였으니 구색 맞추기 수사의 표본이었다.

참 황당했다.

검찰의 칼날은 엄정해야 한다. 대통령은 또 뭐란 말인가? 성역 없는 수사가 어쩌고저쩌고하더니 모두 헛구호였다.

탁대가 계속 멍을 때리자 어 계장이 다가왔다. 탁대는 그를 보지 않았다.

"새 조사 업무야. 설명해 줄 테니 따라와."

어 계장이 다른 서류를 들고 앞서 나갔다. 그래도 탁대는 움직이지 않았다. 어 계장은 문앞에 서서 탁대를 바라보았다. 빨리 나와. 그의 눈은 그렇게 말하고 있었다.

찌익!

어 계장은 4번 조사실로 들어가더니 손에 든 서류를 찢어서 쓰레기통에 넣었다.

"……?"

"그런 눈으로 볼 거 없어. 자네 부르느라고 핑계를 만든 거뿐이니까."

"……."

"왜 그래?"

"……."

"불법 로비 사건 때문이지?"

"……."

"사람, 고집하곤……."

어 계장이 탁대 앞에 자리를 잡고 앉았다. 그러더니 흐음 하고 긴 한숨을 뽑아냈다.

"뭐가 불만이야? 얘기나 해봐."

"……."

"할 말 없으면 그렇게 뚱한 얼굴 하지 말고."

"저는……."

침묵하고 있던 탁대의 입이 천천히 열렸다.

"검찰은 엄정한 법 집행을 통해 범죄를 처벌하는 사회적 정의의 수호자로서 범죄에 대한 국가적 대응이라는 본연의 임무를 충실히 수행하는 데 전력하고 있습니다."

"무슨 소리야?"

"검찰의 사명 아닙니까? 엄정한 법 집행……."

"돌리지 말고 핵심을 말하게."

"백영규 의원 말입니다. 어째서 무혐의입니까?"

탁대가 눈빛을 들었다.

"역시 그거 때문이군."

"제가 조사한 바로는 틀림없이 로비 자금을 받았습니다."

"무슨 소리야? 자네는 조사에 참가한 적이 없지 않나?"

"있습니다!"

탁대가 잘라 말했다.

"있다고? 언제?"

"공적인 것만이 조사는 아닙니다. 처음 백 의원의 보좌관이 소환되어 왔을 때 개인적으로 심리 조사를 했었습니다."

사실이다. 그때 복도에서 그의 마음을 읽었던 탁대였다.

"정말인가?"

"그들은 돈 먹었습니다."

"쉬잇!"

탁대의 목소리가 높아지자 어 계장이 입을 막았다.

"왜죠? 어째서 무혐의로 종결되었는지 설명해 주십시오."

"큰일 날 사람이군."

"예?"

"여긴 검찰일세. 검찰에서 수사의 중심은 검사지 우리가 아니야.

그러니 자네가 개인적으로 조사에 임했다는 것 자체도 직무 위반일세."

"계장님!"

"여긴 봉황시하고 차원이 다르네. 봉황시야 지자체 행정기관이지만 검찰은 사법기관이 아닌가? 그것도 이 나라 최고의."

"최고라면 최고답게 행동해야지요."

탁대는 눈빛을 꺾지 않았다.

"한 번 더 말하지만 검찰에서는 모두가 꽃이 아니라 검사가 꽃이네. 우린 보좌만 열심히 하면 돼."

"잘못된 걸 알면서도요?"

"그 사건은 국회의원들이 연관된 사건이었네. 그러니까 정치적이라는 뜻이야."

"무슨 말인지 이해가 안 됩니다."

"정치에는 정답이 없다는 뜻일세."

"무슨 궤변입니까? 죄가 있으면 밝혀내고 죄에 따라 처벌하면 그만 아닙니까?"

"썩은 기둥을 다 뽑아내자는 말이군."

"당연한 일 아닙니까?"

"두 기둥이 썩었네. 하지만 둘 다 뽑으면 집이 무너질 수도 있어."

"......!"

"이 일은 오래 끌 수 없는 일이었네. 게다가 백영규 의원 쪽은 결정적인 단서도 약했어. 그러니 국가의 정상화를 위해서라도 빠른 매듭이 필요했어. 또… 위에서도 바라는 일이었고."

'위?'

"검찰 조직도 정치에 휘말리는 건 원치 않는다네. 윤 검사 팀도 최선을 다했고."

"계장님!"

"거국적으로 생각하시게."

"이건 아닙니다. 송길웅 의원의 경우와 너무 다르지 않습니까?"

"위에서 결정된 일이야."

"지검장님 말입니까?"

"그것까지 알아야겠나?"

"제가 가서 뵙겠습니다. 백 의원은 혐의가 있습니다."

"조탁대!"

어 계장의 손이 테이블을 후려쳤다. 끝이 바락 올라간 목소리가 탁대의 귀를 울려왔다.

"그만 해. 자네 공은 나도 인정해. 하지만 그렇게 눈치 없이 나서면 다쳐."

"계장님!"

"방 검사도 수사 종결에 이의제기하다가 칼 맞은 거 모르지?"

'방 검사가?'

탁대의 눈이 휘둥그레졌다. 방 검사? 방 검사가?

"지금 여러 비리로 직무 정지된 채 내사를 받고 있어. 그러니 분위기 파악 좀 하라고."

"……."

"4번 조사실 들어갈 시간이야. 국토개발을 둘러싼 관리관 뇌물 사건… 이 사건도 보통 사건은 아니네."

어 계장은 그 말을 끝으로 일어섰다. 탁대가 침묵하자 가까이 다가온 어 계장이 탁대의 어깨를 두어 번 두드려 주었다.

탁!

문 닫는 소리가 들렸다. 몸 안에서 불덩이가 일렁거렸다. 어쩐지 돌변한 윤 검사의 태도. 게다가 바른 말을 하다 된서리를 맞은 방형기 검사.

'빌어먹을!'

탁대도 두 손으로 테이블을 내리쳤다. 이건 아니었다.

암!

이건 아니지.

'윗물이 맑아야 아랫물이 맑은 법!'

탁대의 눈빛이 이글거리기 시작했다.

4장
행동 개시!

"시작하겠습니다."

형사2부의 서찬욱 검사가 포문을 열었다. 6번 영상조사실 안에는 네 사람이 있었다. 정부 개발과 관련해 지구단위계획 결정에 영향권을 행사한 유 관리관과 서찬욱 검사, 윤천수 검사, 그리고 탁대였다.

사건은 형사부 소관인데 특수부가 지원하는 형식이었다.

유경일 관리관.

관리관이라면 직업공무원의 최상위에 위치한 1급 공무원이다. 공무원의 참모총장쯤 되는 하늘같은 직급이다. 관리관이 되려면 행정고시나 5급 간부로 들어와도 바라보기 어려운 자리다. 능력도 능력이지만 관운을 타고 나야만 오를 수 있는 자리.

그런 사람이 4억 뇌물 수수혐의로 조사를 받고 있다. 탁대는 착잡했다. 하위직들을 상대로 조사를 할 때 느끼던 것과는 또 다른 비애였다. 대체 저 자리에서 뭐가 아쉬워 비리에 연루된단 말인가?

"지구단위결정 과정에서 담당 사무관과 서기관에게 압력을 주셨죠?"

서 검사는 신사적으로 시작했다.

"그런 적 없습니다."

"관련자들 육성 녹음하고 음식점 회동 장면 다 확보하고 있습니다."

"그래도 모릅니다."

"그럼 음식점에서 만난 사람은 실장님이 아니고 귀신입니까?"

"나는 음식점에서 부하들 하고 밥도 못 먹습니까?"

"민감한 시기에 민감한 사람을 만났으니 하는 말 아닙니까?"

"우리는 전혀 민감하지 않았습니다."

거기서 윤 검사가 힐금 탁대를 바라보았다. 탁대는 노트를 끼적일 뿐 반응하지 않았다.

"납골당 업자 선정에도 관여하셨더군요."

"그런 사실 없습니다."

"그쪽 사업자를 만난 목격자도 확보하고 있어요."

"지인이라 만난 것뿐입니다. 나는 그 양반이 납골 사업을 하려는 자체도 몰랐어요."

"이렇게 나오시면 곤란한데……."

서 검사가 뜸을 들이자 윤 검사의 시선이 다시 탁대를 재촉했다. 그럼에도 불구하고 탁대는 순간 독심을 걸지 않았다. 그럴 기분이 아니었다.

나는 즐겁게 일했다.

탁대는 엉뚱한 생각을 머리에 그리고 있었다.

검찰청에서 주인공이 될 생각은 없지만 하나의 밀알이 되고자 노력했다.

그러나 검사들이 바라는 건 밀알이 아니라 소모품에 불과했다.

까라면 까고 박으라면 박는 그런 건 군대에서 개념 없는 선임에게 당한 걸로 충분했다.

"조 실장님!"

보다 못한 윤 검사가 탁대의 옆구리를 쿡 찔렀다.

"예?"

탁대가 의례적인 반응을 보이자 윤 검사의 콧등이 구겨졌다. 결국 잠깐의 휴식이 결정되었다.

"나온 거 없습니까?"

복도의 끝에서 윤 검사가 물었다. 부드러운 솜털처럼 나긋하던 윤 검사의 말투는 이제 간 곳이 없다. 까라면 까라는 싸가지 상실한 군대선임의 모습, 딱 그런 태도였다.

"오늘은 감이 안 오는군요."

"아니, 지금 감으로 일합니까?"

윤 검사의 목청이 높아졌다.

"나는 그렇습니다만……."

"허, 속 편하네."

"……."

"물 한 잔 마시고 정신 차리고 들어와요. 지금 이렇게 한가할 때가 아니라고요."

퉁명스럽게 쏘아붙인 윤 검사가 먼저 조사실로 들어갔다.

다시 조사가 재개되었다.

서찬욱이 정황 증거를 들이대고 압박을 했지만 유 관리관은 매번 부정을 했다. 시간이 지나자 초조한 쪽은 오히려 검사들이었다.

탁대는 중간에 슬며시 순간 독심을 걸었다. 윤 검사가 마음에 들지 않지만 그래도 업무는 업무…….

―변호사가 무조건 모르쇠로 일관하라고 했지?

―그러다 혹시라도 확정적 증거가 나오면 그것만 인정하라고 했고…….

―아, 올해 토정비결에서 흙 조심하라더니…….

관리관의 속마음이 읽혀지자 탁대는 소리 없는 한숨을 쉬었다. 그가 결백하기를 바랐던 탓이었다.

두 시간 가깝게 조사가 이어졌지만 진전은 없었다. 결국 또 휴식을 갖게 되었다.

"아직도 감이 안 오는 겁니까?"

조사실을 나온 윤 검사가 까칠하게 쏘아붙였다.

"예…….'

"나참, 무슨 여자들 멘스하는 것도 아니고…….'

윤 검사는 짜증을 내며 자기 방으로 걸어갔다.

"괜찮습니다. 아직 시간 많으니까 신경 끄시고 편안하게 하세요."

서 검사는 당근을 던졌다. 얼굴을 많이 본 사이도 아니기에 탁대는 가벼운 목례로 응수했다. 이어 서 검사가 화장실로 들어가자 탁대는 조사실 문을 열었다. 손에는 커피 한 잔이 들려 있었다.

"드시죠.'

잠시 긴장을 풀고 있는 관리관에게 커피를 내밀었다.

"고맙소."

"하필이면 호랑이 검사님에게 걸리셨어요."

탁대는 슬쩍 관리관 편을 들었다.

"검찰청 자체가 호랑이지요. 하지만 죄가 없는 데야 어쩌겠소?"

"정말 결백하신가요?"

"아니면? 증거를 들이대고 구속하면 될 것 아니오?"

관리관의 입가에 조용한 미소가 스쳐 갔다.

"혹시 말입니다."

탁대는 말문을 열어둔 채 관리관을 바라보았다. 관리관은 뒷말이 궁금한지 시선을 돌리지 않았다.

"토정비결에서 숫자 4를 조심하라는 말은 없던가요?"

마침내 넌지시 압박의 포문을 연 탁대.

"……?"

관리관의 손에 든 커피가 출렁 흔들렸다. 토정비결이라는 단어가 그를 흔든 것이다. 순간 독심, 탁대는 가볍게 마법을 펼쳤다.

―지금까지는 떠보기였나?

―역시 검찰에서 증거를 갖고 있는 것?

―아니야. 이종길 국장 이름이 안 나오는 걸 보면 얘들은 증거가 없어.

―그놈도 1억이나 챙긴 주제에 나요 하고 손들었을 리도 없고…….

이종길 국장. 1억.

탁대는 두 가지 정보를 뽑아냈다. 하지만 더는 진행하지 않았다.

3차 조사가 시작되었다. 그래도 소득은 없었다. 서 검사가 관리관을 데리고 나가자 탁대가 윤 검사를 바라보았다.

"오늘 시간 좀 됩니까?"

"시간은 왜요?"

"술 한잔 쏘려고요. 저번 결혼식 때 모아주신 봉투도 그렇고……."

"바쁩니다. 다른 사건 때문에 조사 나가야 할 것도 있고."

윤 검사가 일어섰다.

"저런. 같이 술 한잔 마시면 방금 사건에 대한 감이 좀 올 것도 같은데……."

탁대는 아쉬운 듯 허공을 향해 중얼거렸다. 그 말을 들은 윤 검사가 문 앞에서 돌아보았다.

탁대는 빈 조사실로 자리를 옮겼다. 집중해야 할 일이 있었기 때문이었다.

'문기찬 보좌관…….'

탁대는 불법 로비 사건 보고서를 펼쳤다. 양 과장의 책상에 있던 것을 복사한 것이었다. 일단은 사건이 어떻게 종결되었는지를 알아야 했다. 이 인간도 위세가 대단했다. 아는 사람은 안다. 실세 의원의 보좌관이 어떤 권력을 휘두를 수 있는지.

우선 국회의원은 총 9명의 비서진을 둘 수 있다. 4급에 준하는 보좌관 2명에서부터 인턴 2명까지 아우른다. 이들이 막강한 건 행정관서에 대한 영향력에서도 여실히 입증된다. 실세 보좌관이라면 1급 공무원 엿 먹이는 건 일도 아니다.

예컨대 금요일 오후에 폭탄 자료를 요청하는 게 그것이다. 이렇게 되면 해당부서 직원들은 전부 휴일 없이 자료를 준비해야 한다.

마음만 먹으면 언제든지 의원의 권세를 등에 업고 갑질이 가능한 게 보좌관들이었다.

한참 집중하는데 아랫배가 살살 아파왔다.

'아침을 잘못 먹었나?

고개를 갸웃거린 탁대는 안쪽의 화장실 문을 열었다. 아무래도 한 방 밀어내야 할 듯싶었다.

끄응!

배에 힘을 주면서도 시선은 보고서로 향했다. 탁대는 화장실에서 뭔가를 읽는데 익숙했다. 어떤 때는 집중도 잘 되었다.

팔랑, 종이를 넘길 때 딸깍 소리와 함께 조사실 문이 열리는 소리가 들렸다. 탁대는 모았던 힘을 뺐다. 누굴까?

스케줄이 없는 방으로 들어왔지만 기분은 좋지 않았다. 똥 싸는 걸 들켜서 좋을 사람은 없었다.

"주말에 시간 좀 내게."

걸쭉한 목소리가 들려왔다. 귀를 기울여보지만 위 부장이나 양 과장의 것은 아니었다.

"저도 가는 겁니까?"

두 번째 목소리는 금세 감이 왔다. 윤 검사였다.

"당연하지. 이번에 자네 공이 얼마나 컸는데."

다시 귀를 기울이는 탁대. 그제야 감이 왔다. 이 목소리의 주인 공은 권태술 차장이었다.

"골프는 아직 초보라······."

"그러게 내가 틈틈이 배워두라고 하지 않았나? 요즘은 골프도 실력이야."

"그게 노력을 해도 잘 안 됩니다."

"강 수석과 끈을 이어두려면 내 말 듣는 게 좋아. 자네도 평검사로 썩을 사람은 아니잖아?"

강 수석?

탁대로서는 처음 듣는 이름이었다.

"그 양반, 머잖아 총장 자리 차고 나올 거야. 그때가 되면 나랑 같이 대검으로 옮겨가자고."

"차장님……."

"자네가 굉장한 애국을 한 거야. 자칫하면 나라가 광풍에 휘말릴 뻔하지 않았나?"

"저야 차장님 지시대로……."

"똥인지 된장인지 모르는 친구들은 법대로 가자지만, 법이 중요한가 나라가 중요한가? 아무튼 자네가 말귀를 알아들어서 다행이었네."

"감사합니다."

"방 검사는 어떤가?"

"아직도 삐딱선인 것 같습니다."

"어리석은 친구. 그렇게 말했으면 알아들어야지."

"방 검사는… 어떻게 하실 겁니까?"

"그 친구는 모르지?"

권 차장의 목소리가 살짝 낮아졌다.

"수첩 말입니까?"

"그래. 자네가 찢기 전에라도 본 게 아닌가 싶어서……."

'수첩?'

탁대의 뇌리에 정무학의 수첩이 스쳐 갔다. 일부가 훼손되었던 로비 수첩… 그걸 찢은 게 윤 검사인 모양이었다.

'이런 개자식!'

하마터면 문을 박차고 뛰어나갈 뻔했다. 탁대는 들썩거린 엉덩이를 다시 양변기 위에 내려놓았다.

"제 손으로 끝낸 일입니다. 아무도 모릅니다."

가증스럽게도 윤 검사의 목소리는 꽤나 비장하게 들렸다.

"그럼 원안대로 밀어붙여. 조직에 반발하는 사람은 필요 없어."

"그렇게 하겠습니다."

"일이 조용해지면 백 의원 쪽에서도 보은하려 할 거야. 그 양반은 송 의원과 달리 검찰을 대우하는 사람이니까 이번 기회에 인연을 이어가라고."

"예, 차장님!"

"난 화장실 좀 가야겠군."

말을 마친 권 차장이 탁대가 들어간 화장실을 바라보았다. 안에 있던 탁대는 숨소리조차 내지 않았다. 뜻하지 않게 엿듣게 된 밀담. 그러니 그 존재를 들켜서는 안 될 일이었다.

저벅저벅!

권태술이 화장실로 다가왔다. 그는 손잡이를 돌렸지만 문은 열리지 않았다.

"이게 왜 이래?"

"잠겼습니까?"

뒤쪽에서 윤 검사가 물었다.

"그런 모양인데? 꼼짝도 안 해."

"제가 한 번 해보겠습니다."

권 차장이 비켜서자 윤 검사가 손잡이를 잡았다. 그래도 태산처럼 꿈쩍도 않기는 마찬가지였다.

"고장인 모양인데요?"

"나 참, 이놈의 업자들이 얼마나 챙겨먹었길래 벌써 이 모양이야?"

"밖으로 가시죠. 여긴 제가 총무과에 연락해서 수리하도록 하겠습니다."

"그러세!"

그 말고 함께 발소리가 멀어졌다.

탁!

이어 문 닫는 소리도 들렸다. 탁대는 복도를 향해 투시 마법을 펼쳤다. 두 사람이 멀어지고 있었다. 그제야 조심스럽게 화장실에서 나오는 탁대. 잠시 잘라두었던 응아는 잊은 지 오래였다.

'그랬군.'

혼자 남은 조사실. 탁대의 온몸에서 솜털이 삐죽거렸다. 그제야 탁대는 여당 의원에게 무혐의라는 선물이 돌아간 이유를 알았다. 위에서 눌렀다.

강 수석!

뉘앙스로 봐서 청와대 쪽 사람 같았다. 검찰총장으로 나올 사람이라면 검사 출신이다. 생각이 조금 더 이어지자 나머지는 안 봐도 알 것 같았다.

'정권의 개들……'

탁대는 입술을 깨물었다. 교모하게 찢겨 나간 로비 수첩. 그것으로 말미암아 수사망을 빠져나간 백영규 의원.

그렇다면!

이건 편파 수사가 아니라 '조작'이었다.

쉿!

국민을 뭘로 알고!

―수사 업무 밀려서 늦음. 저녁 먼저 먹어.

혜자에게 문자를 보낸 탁대는 윤 검사와의 약속 장소로 향했다.

황해참치.

평범한 술집 골목의 참치 횟집. 그래도 여기로 정한 건 검사의 체면을 사준 것이었다.

윤 검사는 조금 늦게 나타났다.

"더 좋은 데로 모시지 못해 죄송합니다."

탁대는 의례적인 인사로 그를 맞이했다.

"내가 사죠."

참치집의 바에 앉자 윤 검사가 메뉴판을 집어 들었다.

"제가 산다고 했을 텐데요?"

탁대가 웃자,

"저번 사건 해결에 조 실장님이 큰 힘이 된 것도 있고… 결혼식 못 간 죄도 있고…….내가 사는 게 맞습니다. 여기 주방장 특선으로 주세요."

윤 검사는 일방적으로 주문장을 던졌다. 자그마치 12만 원짜리 주방장 특선. 메뉴판 위의 사진에서 탁대가 경험하지 못한 부위들이 선명한 빛깔을 뿜내는 게 보였다.

역시 돈이 갑이었다.

주방장 특선 참치회는 살살 녹았다. 빛깔도 선명했다. 동시에 아쉬웠다. 좋은 음식은 좋은 사람과 먹어야 맛이 배가(倍加)되는 법. 유감스럽게도 이 자리는 그런 자리가 아니었다.

'나중에 좋은 일 생기면 혜자한테 쏴야겠네.'

눈덩이에 달린 부드러운 살을 넘길 때 윤 검사가 먼저 입을 열었다.

"이제 잃어버린 감이 옵니까?"

"네? 무슨 감요?"

탁대는 시치미를 떼고 되물었다.

"왜 이러십니까? 농담 아니라는 거 알면서……."

"아, 관리관 뇌물 사건요. 아까보다는 기분이 좀 업되는데요?"

"오래 끌 시간 없습니다. 밀린 사건 한둘이 아니에요."

"그렇죠?"

가볍게 맞장구를 치는 탁대. 그 사이에 윤 검사는 사케를 홀짝 들이켰다.

"실은 내가 한잔하자고 한 건……."

"아직도 로비 사건에 미련 가지고 있습니까?"

탁대가 운을 떼자 윤 검사가 말을 자르고 들어왔다.

"종결 사유 말입니다. 좀 깔끔하지 않아서요."

"깔끔하지 않다고요?"

윤 검사의 눈자위가 살짝 구겨졌다.

"무혐의 확신하신 겁니까? 아니면 증거가 불충분해서……."

탁대는 윤 검사가 후자를 택해주기 바랐다. 철저하게 입을 맞추고 나왔을 정치인들. 그렇다면 제아무리 날고 기는 검사라고 해도 증거를 확보하기는 쉽지 않았을 일. 그런 차에 외압과 회유가 들어 왔다면 인간적으로는 이해할 수 있는 일이었다.

하지만 윤 검사는 전자 쪽이었다.

"무혐의 확실해요!"

윤 검사가 차갑게 대꾸했다.

"근거는 로비 수첩인가요?"

천천히 압박을 시작하는 탁대.

"로비 수첩?"

"수첩이 조금 찢겨 나가 있었죠?"

"……?"

윤 검사가 인상을 찡그렸다. 바로 그 순간,

"그걸 찢은 사람을 내가 압니다!"

조탁대.

결국 칼을 뽑고 말았다.

시선 충돌!

탁대와 윤 검사의 눈빛이 허공에서 마주쳤다. 한순간, 탁대는 망설였다. 여기서 끝장을 보아야 하나? 윤 검사 하나 상대하는 건 일도 아니었다.

But!

문제는 윤 검사가 아니다. 따지고 보면 윤 검사도 봉황시의 이팔호와 유사한 경우였다. 권세를 누리려는 헛된 욕망에 사로잡힌 몸통들. 그들이 문제인 것이다.

"누구라는 겁니까?"

윤 검사의 목소리는 잔뜩 고조되어 있었다. 이쯤에서 순간 독심을 날려야 하지만 어쩐지 탁대는 얼굴 근육을 풀고 미소 작전으로 바꿨다.

"로비 단체의 여직원이죠."

"……?"

잔뜩 각을 세웠던 윤 검사의 표정이 저절로 풀렸다.

"여직원?"

"심문할 때 그런 말이 나왔던 거 같습니다. 보아하니 정무학 씨의 지시였겠지만 사건 본질과는 상관없는 거 같아서 말씀드리지 않았습니다만."

탁대는 살짝 옆길로 새었다. 전략이었다.

'휴우~!'

윤 검사의 입에서 소리 없는 날숨이 새어 나왔다. 탁대는 못 본 척했다.

"그런데 조사 대상자를 보니 여직원은 빠져 있더군요."

"그것 때문에 깔끔하지 않다는 겁니까?"

"그렇지 않습니까? 그 란에 뭔가 중요한 단서가 있을 수도 있고……."

"그건 내가 확인했어요. 단지 메모 오류였고 그래서 찢었던 겁니다."

"그래요?"

탁대는 완전한 수긍의 눈빛으로 바꿨다. 그러자 윤 검사도 피식 웃음을 터트렸다.

"이제 보니 그것 때문에 오해를 하고 있었군요?"

"제가 검찰 초보 아닙니까? 딴에는 열심히 도왔는데 구멍 하나가 뚫린 거 같아서……."

"나 참, 조 실장님도 이제 보니 결벽주의가 있군요. 원래 검찰 수사란 게 말이죠……."

완전히 긴장을 푼 윤 검사가 무용담을 늘어놓기 시작했다.

"대어를 낚기 위해서 잔챙이는 봐주는 것도 수사기법입니다. 사건의 본질을 봐야지 그렇게 소소한 일에 목숨 걸면 곤란해요."

"이번 일로 많이 배웠습니다."

"아, 이거 급 술 땡기네. 방장님, 여기 사케 한 병 더 까세요."

윤 검사가 술을 추가로 주문했다.

"자자, 결혼 축하합니다. 앞으로도 저번처럼만 도와주세요. 그럼 여기서도 인정받을 겁니다."

"검사님이 많이 코치해 주세요. 저야 모든 게 다 낯선 거 투성이라……."

탁대는 슬슬 윤 검사의 비위를 맞추기 시작했다.

"그럼 두말 말고 지검장님과 권 차장님께 잘 보이세요. 그거면 끝입니다."

"공길두 차장님은 아니고요?"

여기서부터는 탁대의 의도가 담긴 질문이었다. 검찰청, 이곳 역시 사람이 사는 조직. 그러니 조직의 권력 관계에 얽힌 지도를 파악할 필요가 있었다.

"그 양반은 일밖에 모릅니다. 그런 사람에게 붙었다가는 절대 승진 못해요."

"그럼 위 부장님은요?"

"부장님도 마찬가지예요. 아, 대한민국이 어떤 나라입니까? 일만 잘한다고 대접받아요? 절대 아니죠. 김중광 검사 보면 알잖아요."

술이 더 들어가자 윤 검사의 입이 술술 잘도 열렸다.

"아, 그래서 위 부장님이 저번 수사발표 때도 밀린 거로군요?"

"우리 청에서는 권태술 차장님이 실세예요. BH에도 인맥이 짱짱하거든요."

"BH요?"

"BH 모릅니까? 미국엔 WH, 한국엔 BH. 즉 Blue House 청와대 말입니다."

'청와대?'

"놀라시긴. 검찰이 뭐 동네 좀도둑이나 잡는 조직인 줄 압니까? 대한민국 최고의 범죄를 다루지 않습니까?"

"……"

"자자, 한 잔 받으세요. 그리고 앞으로 잘해봅시다."

윤 검사가 술병을 내밀었다. 처음보다는 취기가 많이 오른 상태였다.

"그럼 저는 윤 검사님만 믿겠습니다."

살짝 아부까지 곁들이는 탁대.

"솔직히 운 좋은 줄 아세요. 사실 나는 이번 조 실장 태도가 마음에 안 들었거든요. 내가 비록 평검사지만 청에서는 권 차장님 오른팔 격이에요. 내 말 한마디면 조 실장은 이겁니다."

윤 검사가 손으로 제 목을 긋는 시늉을 했다. 탁대는 갑자기 술맛이 똑 떨어졌다.

공직 사회의 슬픈 자화상.

그게 검찰에도 있었다. 공조직을 사유화하려는 못된 공직관……

"죄송합니다. 앞으로는 주의하겠습니다."

탁대가 슬쩍 고개를 조아리자,

"됐어요. 이제 내가 조 실장님 속을 알았으니까 걱정 마십시오. 어 계장? 양 과장? 그 친구들이 까면 나한테 말하세요. 내가 다 눌러 줄 테니까요."

평상시에는 서글서글한 인상에 엄정한 법 집행을 하는 것 같은 윤 검사. 그의 본성도 술 한잔과 아부 몇 마디에 바닥을 드러내고 있었다.

"그런데 방 검사님 말입니다……."

"에이, 그 친구 얘기는 꺼내지도 말아요."

탁대가 운을 떼기 무섭게 윤 검사가 손사래를 쳤다.

"그냥 궁금해서요. 워낙 인상이 안 좋은 분이긴 했지만……."

"그 친구는 어려워요. 아, 위에서 까라면 까지, 지가 무슨 검찰총장이라도 됩니까? 게다가 비리도 있는 주제에!"

"비리라면……."

"지금 내사 중이잖아요? 그 친구 정의로운 척하지만 알고 보면 똥 묻는 개라고요. 개!"

'개는 너지. 정권의 개.'

그 말이 입안에 돌지만 그냥 넘겨 버리는 탁대.

"비리는 무슨 혐의로?"

"이거하고 이거죠. 알죠?"

윤 검사의 손가락이 돈을 상징하는 동그라미에 이어 여자를 상징하는 새끼손가락을 펴보였다.

"성추행… 요?"

"구린 게 있으니 입을 안 열고 있어요. 그래봤자 이미 그 인간은 눈 밖에 난 상황이라고요."

"그럼 제가 한 번 조사해 볼까요?"

탁대가 넌지시 제안을 날렸다.

"조 실장님이?"

"제가 심리파악에는 일가견이 있지 않습니까?"

"아, 그렇지!"

윤 검사가 쾌재를 불렀다. 그리고 긍정적인 대답도 나왔다.

"기분 괜찮은데 2차 갑시다. 내가 뜨면 황제 대접을 해주는 룸싸롱이 있거든요."

밖으로 나온 윤 검사가 탁대의 팔을 끌었다.

"아, 아닙니다. 제가 신혼 아닙니까?"

탁대는 부드럽게 거절했다. 그걸 얻어먹으면 오바이트를 안 하고는 못 견딜 것 같았다.

"아, 그렇지. 집에는 꽃다운 신부가 기다리고……."

"아무튼 오늘 정말 고마웠습니다. 검사님!"

"뭘요. 들어가세요."

탁대의 등을 툭툭 친 윤 검사가 휘파람을 불며 발길을 옮겼다. 보아하니 혼자라도 2차를 갈 모양이다. 휘적거리는 꼴을 보니 뒤통수에 화염이라도 한 방 작렬시키고 싶었지만 참았다.

소탐대실!

지금은 그 반대가 필요했다. 대탐소실…….

'권태술 차장… 그리고 BH라?'

탁대의 머리가 서늘해졌다.

'서서히, 그리고 치밀하게…….'

그걸 위해 첫 포석을 놓았다. 검찰청 부패의 문고리 역할을 하고 있는 윤천수 검사. 그리고 평검사들을 장악하고 정권의 문고리 역할을 하고 있는 고위검사들.

봉황시에서 느끼던 긴장감과는 차원이 달랐다. 봉황시에서라면 실수한다고 해도 기껏 징계를 먹으면 끝난다. 그러나 이 일은 자칫 직(職)이 아니라 목숨이 날아갈 수도 있었다.

'그래도 남자가 칼을 뽑았으면…….'

썩은 무라도 잘라야지.

탁대의 머리 위에서 서울의 밤이 소리 없이 깊어가고 있었다.

아침은 지각도 없이 찾아왔다. 혜자에게 모닝 키스를 날린 탁대가 차에 올랐다. 작은 아파트 단지. 24평 반전세로 시작한 신혼 생활에는 아무런 불만이 없었다.

출근 길, 사고가 났다.

사람이 다치는 사고가 아니라 교통 혼잡 사고였다.

'왜 이렇게 막히는 거야?'

의문은 곧 밝혀졌다. 영화 촬영 때문이었다. 봉황시에는 고풍스러운 뒷골목이 있다. 그걸 배경으로 찍는 영화. 문제는 촬영을 구경하기 위해 나온 시민들이었다. 그걸 보면서 탁대는 생각했다. 연예인들은 참 대단하다고.

인기가 있다는 건 엄청난 권력이다. 세계적으로도 증명이 된다. 과거 영국의 비틀즈가 상징적이다. 오죽하면 음모론에도 빠지지 않는다. 그들이 젊은이들의 메시아가 되는 걸 막기 위해 국가적인 공작으로 해체시켰다는 것.

덕분에 탁대는 처음으로 지각을 했다. 그나마 다행인 건 출근 점검이 없다는 것.

"조 실장!"

탁대가 들어서자 어 계장이 먼저 일성을 질렀다.

"죄송합니다."

노경선에게 문자는 보냈었다. 그렇다고 해도 지각이 합리화되는 건 아니었다.

"거 다음부터는 서둘러. 높은 양반들보다는 일찍 일찍 나와야 지."

양 과장이 넌지시 핀잔을 던졌다. 그때 구세주가 나섰다. 바로 윤 검사였다.

"아, 거 좀 늦을 수도 있지 그런 걸 가지고 그럽니까?"

윤 검사의 손에는 드링크가 들려 있었다. 그걸 가지고 오더니 하나를 탁대에게 내민다.

"마셔요."

"아, 네······."

남은 한 병은 윤 검사의 입으로 들어갔다. 꼴깍 꼴깍 다 두 모금 이었다.

"아, 거 의리 없게 두 사람끼리만 먹습니까?"

어 계장이 볼멘소리를 냈다.

"우리가 어제 한잔했거든요. 이해하세요."

윤 검사는 농구를 하듯 빈 병을 던졌다. 병은 노경선 옆자리의 쓰레기통에 골인이었다.

"그건 더 의리 없네. 나도 요즘 술 고픈데……."

이번엔 콧등까지 실룩거리는 어 계장.

"그럼 언제 날 잡으세요. 제대로 한 번 달려보죠 뭐."

윤 검사의 목소리는 맑았다. 어찌 보면 햇살처럼 점잖은 목소리. 이런 사람의 이면에도 사욕이 가득하다는 게 믿기지 않을 정도였다.

"어 계장님, 조 실장님 담당업무 있죠?"

"그런데요?"

"그거 방형기 조사 끝날 때까지 박 수사관에게 넘기세요."

"예?"

"내가 부장님께 재가 받았으니 그렇게 아세요. 가시죠."

통보를 끝낸 윤 검사가 탁대를 돌아보았다. 탁대는 엉거주춤 윤 검사를 따라나섰다. 윤 검사는… 자기 방으로 가지 않았다. 그가 걸음을 멈춘 곳은 바로 권태술 차장의 방이었다.

"여긴?"

"아침에 차장님과 미팅할 때 조 실장님 얘기를 전했거든요. 그랬더니 기특한 사람이라고 칭찬하시더군요. 방 검사 조사도 바로 위부장님께 지시했고요."

"……."

권 차장은 방에 있었다. 하지만 그는 일어선 채 누군가와 통화를 하고 있었다. 바짝 긴장한 얼굴과 경직된 몸. 모르긴 해도 상대가 초고위층인 것만은 확실해 보였다.

"어, 미안……. 마침 중요한 분에게 전화가 와서 말이야."

통화를 끝낸 권 차장은 그제야 미소를 머금었다.

"조 실장을 데리고 왔습니다. 오후부터 조사 투입하려고요."

"어, 그래. 자네가 송길웅 혐의 파악에도 활약했다지?"

"그쪽으로는 우리 전문 검사들보다도 탁월합니다."

"그럼 부탁하네."

짧은 한마디 당부로 권 차장의 격려는 끝났다. 한순간, 탁대는 그에게 순간 독심 마법을 걸었다. 생각은 느껴지지 않았다. 그의 마음은 그저 둥실둥실 부풀어 있을 뿐이었다.

"차 한 잔 줘요?"

검사실로 자리를 옮긴 윤 검사가 물었다.

"아뇨. 조금 전에 드링크 마셨잖습니까?"

"차장님 어때요?"

"존경스럽더군요."

좀 역겹지만 탁대는 공손히 말했다.

"장담하건대 지검장님보다 차장님이 더 높이 오를 겁니다."

역시 살짝 들뜬 윤 검사가 서류를 내밀었다. 방형기 검사에 대한 내용이었다.

'연예기획사 비리와 연예인 성관계?'

조서의 제목을 본 탁대의 미간이 구겨졌다. 난데없이 연예인이라니?

"오후에 재조사 들어갈 겁니다. 그때까지 검토하고 전략 구상하세요."

"그런데 웬 연예인이죠?"

"그러니까 얌전한 고양이 부뚜막 난동이라는 거죠. 그 친구… 호박씨 까기의 명인입니다."

윤 검사의 목소리가 야릇하게 변했다. 방 검사를 견제하는 느낌이 고스란히 탁대에게 전해왔다.

"쟁점은 기획사에서 받은 1억이고요, 그걸 빌미로 연예인과 동침을 한 점입니다."

'1억… 그리고 연예인과 동침?'

"담당검사는 김중광 검사입니다. 오전에 찾아가서 설명을 더 들으세요. 내가 조 실장님 한번 믿어보라고 했으니 염려할 건 없습니다."

"신경 써주셔서 고맙습니다."

"그리고 이건 비밀인데……."

윤 검사는 저만치의 염 수사관을 의식한 듯 나지막이 뒷말을 이었다.

"김 검사도 권 차장님 모시는 검사입니다. 잘 알아두면 큰 도움이 될 겁니다."

"아, 네……."

"쉽지는 않겠지만 가능하면 빨리 끝내주세요. 권 차장님도 빨리 처리하고 싶어 하거든요."

"최선을 다하겠습니다."

탁대는 공손한 대답을 남기고 검사실을 나왔다.

연예인 동침, 1억 수수.

한숨이 나왔다. 백영규의 무혐의에 딴죽을 걸었다기에 나름 기대를 했던 방형기 검사. 그 또한 안으로는 썩은 공무원이었단 말인가? 1억과 함께 나신을 한 연예인의 몸매가 뒤섞여 지나갔다.

세상 참 개판이네.

탁대는 김중광 검사실을 향해 걸음을 옮겼다.

김중광 검사는 화끈한 사람이었다. 군소리도 없었고 군림하려는 태도도 아니었다.

"잘 좀 부탁합니다. 그렇잖아도 동료 조사하기가 찜찜하던 판인데……."

탁대는 그가 내미는 손을 잡았다.

"이건 중간 보고서인데 한번 읽어나 보세요."

김중광이 보고서를 내밀었다. 탁대는 선 채로 보고서를 스캔해 나갔다.

1억 수수 혐의 부인.

연예인 동침 혐의 부인.

위압 행사, 부분 인정.

검사의 품위 손상, 부분 인정.

보고서의 핵심은 파악되었다. 윤 검사 말대로 중요한 사항이 해결되지 않은 것이다.

점심은 모처럼 어 계장, 위 부장과 함께 먹게 되었다. 위 부장이 식사 초대를 해왔고 탁대가 응했다. 장소는 중국요리점. 요리 한 접시와 짬뽕이 나왔다.

"들게!"

위 부장이 먼저 젓가락을 집었다. 탁대는 가볍게 목례를 한 후에 짬뽕을 먹기 시작했다.

"우리 조 실장 말입니다……."

두어 젓가락을 퍼 넣었을 때 어 계장이 말문을 열었다.

"검찰에 오더니 촌티를 쫙 벗은 거 같죠?"

"그렇군."

위 부장이 입을 닦으며 웃었다.

"이제 일할 만하지?"

어 계장이 탁대를 돌아보며 물었다.

"네. 덕분에……."

"검찰 일이 좀 복잡하긴 하지만 그래도 봉황시보다는 나을 거야. 보람이 있잖아?"

"……."

"그래도 부장님 눈이 정확했습니다. 덕분에 송 의원 사건도 해결 되었고……."

뒷말은 슬쩍 흐리는 어 계장.

"송 의원 소환한 날 휘발유 사건도 컸지. 송 의원 때문에 슬쩍 묻혀갔지만……."

위 부장이 탁대를 바라보았다.

"맞습니다. 그거 다른 사건 같았으면 큰 문제가 되었을 사건 아닙니까?"

"고맙네. 조 실장!"

위 부장의 시선은 아직 탁대에게 꽂혀있다. 탁대는 또 한 번 꾸벅 목례로 답을 대신했다.

"그런데……."

잠시 침묵하던 위 부장의 조심스레 말을 꺼냈다.

"자네가 방 검사 조사에 참여하게 되었다고?"

"아, 네……."

"게다가 스스로 자원했다고 하던데?"

"그게……."

"정말 자원인가?"

위 부장의 목소리는 지독히도 담담해서 조금은 쓸쓸한 느낌까지 들었다.

"심리파악은 제 업무기에……."

"나쁜 사람 아닐세."

"네?"

"방형기 말이야. 워낙 까칠하고 강직한 게 탈이긴 하지만……."

"……."

"조사는 자네가 알아서 하겠지만 무리수는 두지 말게. 다 내가 인덕이 부족해서 생긴 일이니……."

"부장님, 무슨 말씀을……."

물을 마시던 어 계장이 끼어들었다.

"그렇지 않은가? 절반의 성공이요 절반의 실패니……."

위 부장의 입에서 한숨이 새어 나왔다. 거기서 탁대의 순간 독심이 발현되었다.

─방 검사, 미안하이.

위 부장의 머릿속에 농무(濃霧)처럼 빼곡한 한 문장. 그는 방 검사를 염려하고 있었다.

'위 부장과 방 검사는 같은 정서.'

탁대는 일단 그 둘을 권태술 차장의 반대편에 올려놓았다.

방형기 검사.

탁대보다 살짝 많은 35살의 검사. 사법고시를 네 번만에 붙은 그는 저돌적인 일꾼이었다. 그러나 역량에 비해 대우를 받지 못했다. 그건 천성 탓으로 보였다.

방형기는 윤천수와 대조를 이루는 성격이었다. 일에는 광적이지만 말투에서부터 많은 손해를 봤다. 덕분에 주요 부서에는 갈 수 없었다. 높은 양반들을 다루는 정관재계 쪽 수사에는 맞지 않기 때문이었다.

'이 양반은 진짜 공무원인가?'

진짜 공무원!

탁대가 말하는 건 직무 때문이었다. 공무원은 열심히 일하는 게 우선이었다. 국가나 지자체로부터 위임받은 일을 성실히 수행해야 한다. 기타의 항목은 그 다음이었다.

그런데 조직에서는 그 반대를 미덕으로 삼는 경우가 많았다. 일을 못하더라도 잘 비비고 아부하느라 손가락 지문이 닳은 직원들이 우대 받는 못된 풍토가 있는 것이다.

그러나!

일단 선입견은 복도에 내려두었다. 아직은 방형기에 대해 잘 모르는 상황. 그러니 이제부터 확인하면 되었다.

그가 신념에 불타는 검사인지.

아니면 그 역시 직위를 이용해 자기 영리를 추구하는 불량공무원인지.

탁!

문소리와 함께 김중광 검사가 나갔다. 조사실 의자에 앉아 있는 방 검사가 탁대의 시야를 가득 채웠다. 오늘따라 네 개의 의자가 너무 많아 보였다.

"안녕하세요?"

탁대는 의례적인 인사를 건넸다.

"안녕하지는 못하지요."

저쪽에서도 의례적인, 그러나 평소보다 더 뻬딱한 목소리가 건너왔다. 탁대는 의자를 당겨 앉았다. 의자 끌리는 작은 소리도 귀에 거슬렸다.

"윤천수가 조 실장 밀었습니까?"

자세를 잡기도 전에 방 검사의 일격이 날아왔다.

"아닙니다."

탁대는 기다렸다는 듯이 대답했다. 또렷한 목소리. 그건 영상조사실의 녹화를 끈 덕분이었다. 직원의 비리를 조사하는 자리. 그러니 굳이 녹화까지 할 필요는 없었다.

"그럼 그 윗대가리?"

방 검사의 목소리에서 조직에 대한 염증과 멸시가 풍겨 나왔다.

"제가 원했습니다."

"조 실장님이?"

"네."

"왜요? 나 한 번 더 밟아서 영웅되시게?"

"아뇨. 검찰청에서 제가 날고뛴다고 영웅 되겠습니까?"

"아니 다행이군."

"1억 수수하고 그 대가로 연예인과 동침… 좀 놀랐어요."

"그래서요?"

"다 부인하고 계시던데……."

"나는 더 할 말 없어요. 그러니 마음대로 징계 처분하라고 하세요."

"방 검사님!"

"조 실장님, 이건 당신이 개입할 일 아닙니다. 그러니까 끼어들지 마세요."

"이미 늦었습니다."

"늦어?"

"이미 이렇게 마주하지 않았습니까?"

탁대는 시선을 가지런히 들었다. 아주 담담한 미소와 함께…….

"연예인 이름이 이상미더군요. 올해 24살……."

"조탁대 씨!"

이름이 나오자 방 검사가 두 손으로 테이블을 내려치며 일어섰다.

"……?"

"나가요. 난 더 할 말 없으니까!"

방 검사의 목소리가 높아졌다.

"검사님……."

"솔직히 당신한테는 쪽팔려서 마주보고 싶지도 않습니다. 그러니까 저 밑으로 좌천시키든 정직시키든 마음대로 하라고 하세요!"

"이제 알겠네요. 그러니까 지금처럼 대드셨군요? 청의 실세 간부들에게."

냉혹하게 가라앉은 탁대의 목소리. 그걸 들은 방 검사의 눈빛이 흔들리는 게 보였다.

"그리고 결국 백영규 의원 수사는 물 건너갔고 검사님은 미운털이 박힌 거지요."

"당신……."

"아직도 모르십니까? 내가 검사님을 구하러 왔다는 거."

"무슨… 소리를 하는 거야?"

"물론 무시하겠지요. 검사도 아니고 일개 6급 공무원… 하지만 백지장도 맞들면 낫다지 않습니까?"

준엄한 눈빛을 던지며 조탁대, 순간 독심을 발현시켰다.

─이 친구, 대체 왜 이러는 거야?

─누구의 사주를 받고서…….

"말했잖아요? 누가 시켜서가 아니라 자발적으로 왔다고."

"……."

"1억 수수… 연예인 동침부터 말해주세요. 일단은 이걸 알아야 검사님과 제가 한편이 될 수 있습니다."

"당신……."

"받았나요? 잤나요?"

탁대는 우묵하게 깊은 눈으로 방 검사를 쏘아보았다. 이번에는 강철처럼 단단한 눈빛. 마치 방 검사의 뇌를 꿰뚫어버릴 듯한 기세였다.

─이 친구… 표정을 보고 마음을 읽어내는 재주가 있었지?

─그럼 내 안에 있는 생각들을 죄다 읽어내는 건가?

─차라리 말해 버려? 1억은 상미가 못 받은 계약금이었고, 그녀는 한때 내 사랑이었다고?

─아니야. 진실 따위가 무슨 소용인가? 이미 고위층에서 징계하려고 마음먹고 찍은 판에…….

출렁, 방 검사의 마음을 읽어낸 탁대의 눈동자가 흔들렸다. 하지만 표시내지는 않았다.

"저를 믿지 않는군요."

"당신이 나라면 믿겠나?"

"안 믿지요."

"내 마음을 읽었나?"

"…네."

탁대는 잠깐 간격을 두고 대답했다.

"넘겨짚는 거겠지?"

"확인은 이미 저번에 해드린 것으로 아는 데요?"

"……?"

"한 가지만 더 묻겠습니다."

"……?"

"완전히 헤어진 게 아닌가요? 1차 조서랑 모순이 보이고 있습니다."

"당신……."

방 검사의 눈동자가 휘둥그레졌다. 헤어졌다? 그 단어가 증거였다. 마음을 엿보지 않았다면 결코 나올 수 없는 단어였다.

"그것만 설명해 주시죠."

"……."

"제가 비록 힘은 없지만 그래도 누군가 한 사람이 검사님 편이라는 게 중요한 거 아닐까요?"

"……?"

"검사님!"

"좋아. 말하지요."

운을 뗀 방 검사가 다시 의자에 풀썩 주저앉았다.

"이상미. 몇 해 전에 기획사 계약 건 분쟁으로 내가 맡았던 사건이었습니다. 나이 차이가 났지만 호감을 갖게 되었고 그래서 만났지요. 하지만 서로 신분이 판이한 관계로 오래가지 못했습니다. 그러다가 최근에 다시 만나게 되었는데……."

방 검사는 물을 한 모금 마시고 말을 이었다.

"기획사 쪽에서 당시에 약속한 계약금 이행을 하지 않는다는 겁니다. 다시 소송을 걸기는 부담스럽다며 부탁을 해왔어요. 매몰차게 거절할 입장이 아니었기에 그녀 대신 법적인 소견을 전달하고 계약 불이행금 1억 원을 돌려받도록 도왔습니다. 그 건으로 그녀와 저녁 식사를 한 게 전부입니다."

"1억 원은요?"

"당연히 그녀 쪽 통장으로 들어갔죠."

"대가는 없었고요?"

"맹세코!"

방 검사가 두 눈을 부릅떴다. 다시 한 번 확인차 날아가는 순간 독심. 탁대는 오래지 않아 마법을 거두었다. 방 검사는, 결백했다.

탁대는 오금 쪽으로 의자를 밀어내며 일어섰다. 더 확인할 것도 없었다.

"보고서는 제가 임의로 몇 자 적어내겠습니다."

"……?"

"방형기 검사님, 경솔한 행동을 많이 후회하고 있다. 하지만 자존심 때문에 차마 입 밖에 내지 못한다!"

"무슨 의미입니까?"

"걱정 마세요. 대신 제가 여기서 들은 말은 영원히 무덤으로 가지고 갈 테니……."

"조 실장님!"

"대신 한 가지 묻고 싶은 게 있습니다."

"무슨?"

"제가 무모하게도 백영규 의원 수사를 혼자라도 진행하고 싶은데 동참하시겠습니까?"

탁대는 바른 시선으로 방 검사를 응시했다. 잠깐 흔들리던 방 검사의 눈이 초롱초롱해지는 게 보였다. 탁대는 돌아섰다. 굳이 대답을 들을 필요는 없었다. 독심 마법도 필요 없었다. 눈은 마음의 창. 그것으로 충분했다.

"자존심?"

김중광 검사 옆에서 보고서를 본 윤 검사가 코웃음을 쳤다. 탁대는 대꾸하지 않았다.

"하긴 그 친구가 프라이드는 갑이잖아? 맡은 사건은 보름 밤낮을 세워서라도 다 해결할 정도로……."

"그런 적도 있나요?"

김중광의 말에 탁대가 꼬리를 물었다.

"그럼요. 일에 빠졌다 하면 아주 불도그입니다. 물면 안 놓죠."

"지금 조사 담당 검사가 누굴 두둔하는 거야?"

방 검사에 대한 칭찬이 나오자 윤 검사가 눈살을 찌푸렸다.

"뭐 틀린 말은 아니잖아. 우리 조 실장님 분석이 딱이네. 경솔과

자존심. 그 친구 돌직구 같은 말투 때문에 미운털 박혔지만 사실 윤 검사가 해치운 송길웅 의원 건도 그 친구의 집념 때문에 일궈낸 개가 아니야? 그 많은 CCTV 확인을 컵라면 까먹으면서 같이 찾았다고 하던데?"

"그만해. 김 검사도 미운털 박히고 싶어?"

"오케이. 아무튼 이대로 보고 올라간다. 더 좌도 나올 거 없다는 거 윤 검사도 알지?"

김중광은 서류를 흔들며 자기 방 쪽으로 향했다.

"진짜 반성 중입니까?"

김 검사가 멀어지자 윤 검사가 물었다.

"예. 그걸 보니까 검사님들이 좀 딱하네요. 일반 공무원하고는 프라이드 자체가 다른 것 같으니……."

탁대는 슬쩍 검사들을 띄워주었다.

"검사도 검사 나름이지… 아무튼 수고했습니다."

"아닙니다. 덕분에 저도 좋은 경험했습니다."

의례적인 인사를 나눈 탁대는 위 부장 방으로 향했다. 가는 길에 같은 보고서 한 부를 더 꺼내 들었다. 이건 위 부장을 위해 여분으로 준비한 것이었다.

위 부장을 만나기 위해서는 20여 분 가까이 기다려야 했다. 그 역시 새로운 사건 지휘로 자리를 비우고 있었다.

"조 실장, 여긴 웬일인가?"

한참 후에 돌아온 위 부장이 탁대를 맞이했다.

"주제넘은 부탁이 있어서 왔습니다."

부장실 안으로 들어선 탁대가 운을 뗐다.

"무슨?"

"방형기 검사님 말입니다."

"조사가 끝났나?"

"예. 표면적으로는 이렇게 보고를 올렸습니다."

탁대는 준비한 보고서를 내밀었다.

"경솔한 행동을 반성하고 있다?"

"아시겠지만 제가 지어낸 말입니다."

탁대는 돌아가지 않았다. 정공법. 이건 위 부장의 마음부터 사야 하는 일이었다.

"진실은 다르다?"

위 부장이 서류를 돌려주었다. 탁대는 그걸 받아 결재판에 끼웠다.

"연예인 동침 건은 문제가 없었습니다. 뇌물 건 또한 연예인의 계약 불이행금을 받아준 것에 불과하고요."

"계속해 보게."

"한때 두 사람이 사귀던 관계였답니다. 하지만 여친이 연예인인 관계로 함구할 수밖에 없는 입장입니다."

"진실인가?"

"예!"

"나한테만 하는 말인가?"

"예!"

"이유는?"

위 부장이 묵직한 목소리와 함께 탁대를 바라보았다.

"진실 때문입니다."

"진실?"

"부장님은 백영규 의원의 무혐의에 대해 어떻게 생각하십니까?"

"조 실장!"

"말씀해 주십시오."

"백영규 의원……."

—부끄럽군. 검찰에서 잔뼈가 굵은 내가 이런 질문을 받게 되다니…….

—더구나 상대는 검사도 아닌 일반 공무원 출신…….

탁대는 부드럽게 집중했다. 순간 독심으로 재확인한 위 부장의 마음. 그는 역시 신뢰할 만한 검사였다.

"외람되지만 부장님!"

독심을 끝낸 탁대가 천천히 입을 열었다.

"방 검사를 도와주십시오. 그럴 사람은 부장님뿐입니다."

"조 실장……."

"제게 심리파악을 하는 능력이 있다는 거 믿으십니까?"

"물론이네. 그래서 자네를 스카웃한 거 아닌가?"

"그렇다면 이렇게 부탁드립니다."

탁대는 위 부장 앞에 무릎을 꿇었다.

"자네가 왜 이렇게까지?"

"그건 바로 방 검사가 검찰의 미래이기 때문입니다."

"검찰의 미래라고?"

"보신주의에 정권에 줄대기나 하는 검사들이 득세한다면 검찰의 미래가 있겠습니까? 방 검사 같은 분은 어떻게든 지키고 키워줘야 합니다. 부장님!"

조탁대.

진심이 담긴 그의 눈빛은 끝내 위 부장의 눈까지 흔들어 버렸다.

방 검사의 징계가 풀렸다. 위 부장이 권 차장에게 날린 읍소 덕분이었다. 부하를 위해 굽힌 위 부장. 탁대로서는 고마울 뿐이었다.

그러나 뒤끝이 있었다.

방 검사에게 난감한 사건이 배정된 것이다.

교도소 비리 사건.

이 사건은 이름대로 교도소와 관련된 비리 사건이었다. 교도관들이 재소자들에게 뒷돈을 받아먹고 각종 편리를 봐주는 위법을 저지른 일.

그런데 이 사건이 왜 난감하냐면, 바로 구조적인 문제 때문이었다.

바로 사건과장 길창대가 얽힌 것.

길창대 과장은 법무부에서 내려온 사람이다. 게다가 법무부 고위층이나 지검장, 권태술 차장과 막역한 관계였다.

그럼에도 불구하고 검찰이 수사에 나서야 하는 이유가 있었으니, 바로 재소자들이 집단으로 올린 투서에다 교도소 비리의 꼭대기에 길창대가 있다고 적시한 것이다.

후문으로 들려온 말에 의하면 이 사건이 접수되자 모든 검사가 난색을 표했다고 한다. 청와대까지 접수되어 내려온 수사 지시. 하지만 대상자는 현직 사건과장에 실세들과 가까운 사이. 범죄 연루 사실을 밝혀내도 욕을 먹을 판이고 대충 수사할 수도 없는 일이 분명했다.

"딸랑딸랑 충성심을 증명하라 이거군."

사건을 배정받은 방 검사가 토한 일성이었다. 그 말을 전해 들은 탁대 역시 착잡한 심정이 되었다. 검찰이라고 하나도 다르지 않은 조직의 생리. 그게 검찰에도 독버섯으로 자라고 있었다.

파워 게임!

탁대는 고개를 저었다.

점심시간, 채수웅 수사관과 구내식당으로 내려온 방 검사와 탁대의 눈이 마주쳤다. 방 검사는 탁대를 지나 멀찌감치 자리를 잡았다. 그의 배려가 느껴졌다. 왕따 검사가 되어버린 방형기. 혹시라도 탁대와 가깝게 보이면 탁대까지 고립될까 그러는 것이다.

"방 검사님!"

식사를 마치고 나온 방 검사를 탁대가 불렀다.

"커피 한 잔 어떠세요?"

탁대가 자판 커피를 들어보였다.

"나랑 마시면 재미없을 텐데?"

"언제는 인생을 재미로 사나요?"

탁대가 커피를 내밀자 방 검사가 받아 들었다.

둘은 바람이 서늘한 주차장으로 나갔다. 시동이 꺼진 차들은 숨을 죽이고 있었다.

"재미난 사건을 맡았다면서요?"

흰 승용차에 엉덩이를 기댄 탁대가 물었다.

"재미나지요."

"그냥 궁금해서요."

"어차피 정해진 각본이 있는 건이랍니다."

방 검사의 목소리가 허공에 싸하게 퍼져 갔다.

"그럼 각본에 따르시면 되잖아요."

"그러려면 검사 옷 벗어야지."

마음에 드는 소리가 튀어나왔다. 검사라면 저 정도 정의감은 있어야지. 너희가 왜 검사냐? 엘리트 대우를 받으면 거기에 합당한 신념이 요구되는 것이다.

탁대는 커피를 넘기며 씨익 웃었다.

"그나저나 재주 좋습니다."

"뭐가요?"

"나 구명한 거 말입니다. 그거 다 조 실장님 덕분이라는 거 알고 있습니다."

"그럴 리가요. 저는 그저……."

"아무튼 쪽팔립니다. 이래 가지고도 우리가 검사라고 할 수 있는 건지."

"쪽 안 팔리게 하시면 되잖아요."

탁대의 목소리가 너무 의미심장했을까? 방 검사가 돌아보았다.

"정말 그 미꾸라지 사냥할 겁니까?"

방 검사가 물었다.

"할 겁니다. 제가 보기엔 절대 유혐의거든요."

"젠장! 누가 검사고 누가 수사관인지."

방 검사는 종이컵을 구겨서 팽개쳐 버렸다.

"저는 그냥 공무원입니다. 수사관 이런 건 너무 거창해 보여요."

탁대의 시선이 허공으로 향했다.

공무원.

그 얼마나 그립고 간절하던 단어였던가? 지금 이 순간에도 도서관에서 뼈와 살을 태우며 꿈을 불사를 수험생들. 그들을 데려다 일을 맡기면 목숨을 바쳐 국익을 위해 일할 건 자명한 일.

그런데 이미 공무원이 된 사람들은 어떤가? 그들 중 일부는 그 숭고한 사명을 잊고 산다. 아니, 잊기만 하면 괜찮을 텐데 그걸 사욕의 도구나 발판으로 삼고 있으니…….

"어떻게 한다는 겁니까? 수사관은 현행범 검거가 아닌 다음에는 검사의 지휘 없이 사건에 관여하면 안 됩니다."

"알고 있어요."

"그런데 어떻게?"

"그냥 하는 데까지 해보려고요. 진실을 찾아내면 하늘이 도와주지 않을까요?"

탁대는 담담한 시선으로 방 검사를 바라보았다.

"조 실장님이 우리 검사들보다 낫군요."

"아뇨."

탁대는 가만히 고개를 저은 후에 온화한 목소리로 말을 이었다.

"대한민국의 검사님들… 다 그렇지는 않아요. 분명 숭고한 사명감에 불타는 검사가 있을 거예요. 저는 확신하고 있습니다."

진심이었다.

아니, 당연히 그래야 했다. 그렇지 않으면 이놈의 대한민국이 산으로 갈지도 모르는 판이니까.

"그리고 주제넘지만……."

탁대는 잠시 뜸을 들인 후에 마음에 담았던 말을 쏟아냈다.

"방 검사님도 외유내강으로 바꾸면 어떨까요?"

"외유내강?"

"너무 강하면 부러지잖아요."

"나보고 윤 검사 같은 인간처럼 아부나 떨며 윗선의 비위를 맞추라는 겁니까?"

"제가 검찰청 분위기를 보니까 검사님들은 피의자들과 빅딜을 잘하시더군요."

'빅딜?'

"자잘한 것들은 잘라주고 목적한 것을 취하는 수사기법 말입니다."

탁대는 잠시 숨을 멈췄다가 말을 이었다.

"같은 맥락 아닌가요? 작은 것을 버리고 큰 것을 취하기는."

"……?"

"죄송합니다. 저도 앞가림 못 하는 주제에 주제넘은 말을 해서……. 저는 그냥 방 검사님을 존경하는 마음에……."

탁대는 가벼운 목례를 남기고 돌아섰다. 그러면 알아들을 것만 같았다.

"아, 이런 사건은 말이죠……."

오후, 탁대는 윤천수 검사실에 있었다. 탁대는 일부러 질문거리를 만들어 염홍석 수사관을 찾아갔다. 벌써 세 번째 일이었다. 이유가 있었다. 수사나 업무에 대해 묻는 척하면서 친분을 쌓을 요량이었다.

"이야, 설명을 들으니까 금세 이해가 되는데요?"

탁대는 염 수사관을 팡팡 띄워주었다.

"한 일 년은 빡세게 고생할 겁니다. 저도 처음엔 그랬거든요."

칭찬에 고무된 염 수사관은 느긋한 자세를 취했다.

"염 수사관님도 그랬어요?"

"그럼요. 이건 비밀인데 사실 검사들도 처음에 오면 빌빌거려요. 우리한테 배운다니까요."

염 수사관의 긍지가 오버하기 시작했다. 그래도 그건 맞는 얘기였다. 행정기관의 경우도 그렇다. 갓 행정고시를 패스하고 온 사무관들은 꿔다 놓은 보릿자루들이다. 공부를 많이 했다고, 직급이 높다고 업무를 저절로 알게 되는 건 아니었다.

실무 경험!

이름하여 짬밥이 필요한 것이다.

"그런데 윤 검사님은?"

슬쩍 윤 검사의 빈 책상을 바라보는 탁대. 행선지도 알고 있지만 시치미를 떼며 물었다.

"아, 차장님 방에 가셨어요."

"우리 윤 검사님, 권 차장님 총애받으시죠?"

"어, 아시네?"

"뿐만 아니라 지점장님도 신뢰하는 것 같던데요?"

"물론입니다."

"흐음, 그러고 보니 윤 검사님은 팔방미인이란 말이죠. 수사도 잘하고 상하 인간관계도 좋고……."

"당연하죠. 평검사 중에서는 당연히 승진 일 순위입니다."

"그럼 염 수사관님도 총알 승진 맡아놨겠네요?"

"에이, 저야 뭐……."

염 수사관은 의례적인 손사래를 쳤다. 그 역시 떡고물을 기대한다는 방증이었다.

"오늘 저랑 소주나 한 잔하시죠. 맨날 신세만 져서……."

분위기가 고조되자 탁대가 넌지시 속내를 비쳤다.

"아이고, 오늘은 안 됩니다. 잠시 후에 현장 수사 나가야 되요."

"또요?"

"이거 별것도 아닌 게 경찰하고 경합이 되는 사건이라 미치겠습니다."

"경찰도 수사에 나섰습니까?"

"어떻게 그렇게 되었네요. 경찰 애들이 검찰과 관련된 거라면 쌍심지를 켜고 달려들어서……"

"그렇군요. 더구나 윤 검사님 자존심에 경찰에 밀리고 싶은 마음을 없을 테고."

"내일쯤이면 대충 마무리될 것 같으니까 그 후에 마시죠?"

"그럴까요?"

탁대는 흔쾌히 대답하고 윤 검사 방을 나왔다. 현장 수사… 귀가 솔깃한 단어였다. 왜냐하면 윤 검사의 방이 빈다는 뜻이므로.

반시간 후에 윤 검사가 수사관 둘을 이끌고 차에 오르는 모습이 보였다.

"조사실에 좀 가 있겠습니다."

노경선에게 소재를 밝힌 탁대가 슬쩍 일어섰다.

'잠겼을까?'

윤 검사 방의 출입구는 두 곳. 다들 출동했으니 방은 당연히 비어 있을 터였다.

뒤쪽 문.

'잠겼다.'

쉿! 입술이 꿈틀거렸다.

앞쪽 문.

두 여직원이 지나가는 동안 탁대는 복도를 내쳐 걸었다. 그러다 그녀들이 사무실로 들어가자 앞쪽 문의 손잡이를 돌렸다.

'열렸어!'

탁대는 재빨리 윤 검사 방으로 들었다. 탁대의 노림수가 통하는 순간이었다.

등잔 밑이 어둡다!

공무원 조직에서 왕왕 있는 일이었다. 많은 기관이 보안을 강조하지만 사실 내부 보안은 허술한 곳이 많았다. 봉황시에서도 점심시간에 사무실 문을 잠그지 않는 일은 비일비재했다. 공공기관이니 방심하는 면도 있고 직원들이 여럿이다 보니 서로 미루는 측면도 있었다.

탁! 문을 닫고 안에서 잠궈 버렸다.

'어디 보자……'

탁대가 노리는 건 윤 검사의 책상이었다. 그는 백영규의 문고리인 문기찬을 조사했었다. 더불어 기타 참고인들도 조사했고 정무학도 그 안에 포함되어 있었다.

최종수사결과는 무혐의라지만 그 과정이 궁금했다.

드륵! 가운데 서랍이 열렸다. 카드와 통장, 명함 등의 잡동사니가 보였다. 그 아래 서랍으로 시선을 옮겼다. 서랍은 고맙게도 살짝 열려 있었다.

다만 결과는 하나도 고맙지 않았다. 그 안에 가득한 건 다른 사건 수사에 대한 참고자료와 기초 조사 과정들뿐이었다. 마지막으로 남은 건 맨 아래 서랍.

그건 확실하게 잠겨 있었다.

그런데 구세주가 있었다. 가운데 서랍 앞 칸에 놓인 열쇠가 그것이었다. 탁대는 여러 번의 시도 끝에 딱 맞춤한 열쇠를 찾아냈다.

'있다!'

두툼한 서류 가운데서 백영규 관련 서류가 나왔다. 그걸 뒤적거린 탁대는 문기찬과 관련된 조서를 뽑아냈다.

찰칵찰칵!

급한 대로 핸드폰으로 찍었다. 그때였다. 누군가 앞문 손잡이를 돌리는 소리가 들려왔다.

'······?'

놀란 탁대가 투시 마법을 날렸다.

'윤천수 검사?'

탁대는 등골이 오싹해지는 걸 느꼈다. 다시 한 번 확인해도 윤천수가 분명했다.

"이거 왜 안 열려?"

잔뜩 상기된 윤 검사의 목소리가 안으로 들어왔다.

"저쪽을 보겠습니다."

염홍석이 뒷문으로 가는 모습도 보였다.

'아뿔싸!'

낭패였다. 이렇게 일찍 돌아올 줄은 꿈에도 몰랐던 탁대.

"열쇠 없어?"

윤 검사가 바락 소리쳤다.

"안에다 둔 모양입니다. 제가 방호실에 가서 마스터 키를 가져오겠습니다."

수사관 하나가 뛰어가는 소리가 들려왔다. 앞문은 윤 검사, 뒷문은 염 수사관. 이대로 있다가는 꼼짝없이 들킬 판. 창문을 바라보지만 그 또한 해결책은 아니었다. 슈퍼맨처럼 망토를 펄럭이며 3층에서 뛰어내릴 수도 없지 않은가?

갈등하는 사이에 방호실에 내려간 수사관이 돌아왔다. 탁대는 투시 마법으로 복도를 바라보았다. 윤 검사 쪽에 가까운 왼쪽 끝에 자리한 화장실. 그 앞의 휴지통에 시선이 닿았다.

'작렬하라. 불꽃이어!'

다급해진 탁대는 깊은 호흡을 들이마시고는 화염탄을 조준했다.

펑! 퍼엉!

화장실 앞에서 커다란 폭음이 거푸 일었다.

"뭐야?"

윤 검사가 불길이 치솟는 화장실을 돌아보았다. 놀란 수사관 둘이 그쪽으로 뛰었다. 소란을 들은 직원들도 이 방 저 방에서 튀어나왔다.

"비키세요!"

제일 먼저 진화에 나선 건 탁대였다. 소란을 틈타 뒤쪽 문을 통해 나온 탁대는 소화기를 집어 들고 자연스럽게 소란에 섞였다. 모양만 컸던 불꽃은 금세 사그라졌다. 벽이 그을리고 휴지통이 탔지만 피해랄 것도 없었다.

"누가 담뱃불을 버렸나 본데요?"

탁대가 윤 검사를 바라보며 중얼거렸다. 소란이 끝나자 윤 검사 일행은 키로 앞문을 따고 들어갔다.

"현장수사 가신다더니?"

탁대는 염 수사관을 따라 들어가며 물었다.

"그게 경찰 애들이 초를 치를 바람에 물 건너갔지 뭡니까? 오늘 일진 사납네."

염 수사관은 투덜거리며 의자에 앉았다. 윤 검사도 자기 자리에 앉았다. 다들 특별한 눈치는 없다. 탁대의 빙긋 미소를 머금고 윤 검사실을 나왔다. 이번에는 몰래 뒷문으로 나오는 게 아니라……

우아하게!

당당하게!

7시가 넘어 퇴근한 탁대는 홈으로 직행했다. 혜자와 가벼운 키스를 하고 밥도 대충 먹었다.

"업무 가지고 왔어요?"

탁대가 서재 겸 공부방으로 꾸며놓은 곳으로 들어가자 혜자가 물었다.

"응, 미안!"

"치잇, 그럼 그렇지. 어쩐지 일찍 들어오더라."

"이거만 해결하면 앞으로는 정시 퇴근 가능할 거야."

"에궁! 누가 그런 말 믿어요? 보아하니 검찰은 무지막지 바쁜 기관 같은데……"

"뭐, 좀 그렇긴 해."

"괜히 옮긴 거 아니에요? 쉴 새도 없이……"

혜자가 볼멘소리를 토한다. 그럴 만도 하다.

일이 많으면 일 때문에 늦고, 일이 뜸하면 회식이나 사람 만나는 일로 늦었다. 그러니 집에서 기다리는 혜자로서는 짜증이 날 수도 있었다.

"다음 주 임용이라며? 혼인신고서 가져왔으니까 그거나 좀 작성해 줘."

그 말을 남기고 문을 닫았다. 괜히 길게 끌어봤자 미안한 마음만 더할 판이었다.

'Son of bitch!'

윤 검사 방에서 나온 조사 초안을 살펴본 탁대는 치를 떨었다. 이건 왜곡된 여론조사와도 같았다. 일반적으로 믿어서는 안 된다는 세 가지 말이 스쳐 갔다.

장사꾼 밑지고 판다는 말. 노인 죽고 싶다는 말. 그리고 여론조사.

여론조사는 두 얼굴을 가졌다. 하지만 악용하려고 마음먹으면 얼마든지 조율이 가능했다. 설문 항목을 입맛대로 조절하면 끝인 것이다.

윤 검사의 조사 초안도 그랬다. 애당초 백영규를 잡으려는 의지가 엿보이지 않았다. 그저 요식 행위의 하나로써 '우리가 남이가?' 하는 식의 대화가 오간 것이다.

그나마 끼워 넣은 날카로운 질문은 전부 묵비권이나 모르쇠로 끝났다. 더 캐묻지도 않았다.

너 살인했지?

아뇨.

아, 너 안 했구나. 알았어.

마치 이런 식이랄까?

알아서 긴다.

그 말뜻을 제대로 체험한 탁대. 부아가 치밀어 서류 위를 손바닥으로 후려쳤다. 손이 종이에 빗맞자 서류가 확 흩어졌다.

'검찰이 무슨 동네 구멍가게도 아니고…….'

혼자 씩씩거릴 때 바닥에 흩어진 서류 중 하나가 눈을 차고 들어왔다. 뒤로 엎어진 백지에 뭐라고 메모가 되어 있는 것이다.

'B 강일권?'

B 강일권. 알파벳 하나와 이름 하나.

'강일권……?'

검찰 직원일까? 탁대는 일단 비상연락망을 뒤졌다. 검찰 직원은 아니었다. 그럼 누구지 싶을 때 혜자가 노크를 해왔다.

"왜?"

"깜박했는데 아까 고 기자님한테 전화 왔었어요."

"고 기자면 고동길 차장?"

"사무실로 전화하기 곤란해서 집으로 했다면서 퇴근하면 전화 좀 부탁한다고…….”

"알았어."

고개를 빠꼼 들이밀었던 혜자는 바로 문을 닫아주었다.

'고 기자라…….'

그렇잖아도 한 번은 연락을 해야겠다고 생각하던 탁대. 핸드폰을 들고 번호를 눌렀다.

추리닝?

탁대는 옷을 갈아입으면서 고개를 갸웃거렸다. 고 기자가 붙인 옵션 때문이었다.

'이유는 모르겠지만…….'

추리닝을 입고 집을 나섰다. 혜자에게는 사우나에 간다고 핑계를 댔다. 고 기자의 주문도 그랬다. 더 괴로운 건 수건까지 어깨에 걸치고 나오라는 것.

어기적어기적 걸어 나온 탁대는 도로에서 택시를 잡아탔다. 차도 이용하지 말라는 단서까지 붙었기 때문이었다.

"여기야!"

고 기자는 지난번에 본 마 피디와 함께 있었다. 셋은 시장통의 허름한 대포집을 찾아들었다.

"역시 나는 이런 데 체질이란 말이지."

고 기자가 너스레를 떨었다. 안주로는 콩나물에 버무리진 명태 찜이 나왔다.

"오면서 머리에 지진 좀 났지? 이 양반이 왜 이러나 하고?"

첫 잔을 비워낸 고 기자가 말했다.

"뭐, 조금은요."

"왜라고 생각하나?"

"송길웅 의원 때문입니까?"

"땡동댕!"

고 기자가 첫 글자를 강조했다.

"땡이면 땡이고 딩동댕이면 딩동댕이지, 땡동댕은 또 뭡니까?"

탁대가 볼멘소리를 냈다.

"절반은 맞고 절반은 틀렸다는 거잖아."

"절반요?"

"송길웅이 아니고 백영규야!"

"……?"

탁대는 들었던 술잔을 내려놓았다. 백영규라니?

"아닌가? 우린 그 일로 조 실장이 내부 감시를 받고 있는 걸로 알고 있는데?"

고 기자의 시선이 마 피디에게 향했다.

"내가 내부 감시를 받고 있다고요?"

그 말과 함께 탁대의 뇌리에 윤 검사가 스쳐 갔다.

'개인플레이는 곤란해요. 지검장님 엄명 잊었습니까?'

여야의 두 거물 수사로 기자 접촉 금지령이 내렸을 때 탁대의 행적을 짚어내던 매의 눈 윤 검사…….

'그럼 그때부터 나를?'

"오는 길에 미행 같은 거 못 느꼈어?"

"예…….."

"그럼 감시가 해제되었을 수도 있습니다."

이번에는 마 피디가 입을 열었다.

"아닙니다. 우리 연극이 적중했을 수도 있지요."

"연극이요?"

"추리닝에 수건… 누가 봐도 목욕탕 가는 차림 아닌가? 목욕탕 안까지 감시하기는 쉽지 않지."

고 기자가 설명을 했다.

"그러고 보니 검사들이 고 기자님을 만난 걸 알고 있었습니다."

"당연히 그렇겠지. 우리 정보가 그렇게 쓰레기가 아니라네."

고 기자는 빈 술잔에다 자작을 했다.

"윤천수로군요."

탁대의 입에서 쓴 웃음이 넘어왔다. 그러면 충분히 그러고도 남을 사람이었다.

"사실 오늘 보자고 한 건 백영규 때문이야."

주변을 둘러본 고 기자가 나지막이 입을 열었다. 탁대도 마 피디도 말은 없지만 긴장하기 시작했다.

"뭐, 이건 순전히 조 실장 자유니까 대답하기 싫으면 안 해도 돼."

"……."

"어때? 백영규… 정말 무혐의인가?"

고 기자의 눈이 진지하게 반짝거렸다. 탁대는 대답 대신 마 피디를 바라보았다. 그러자 탁대의 속내를 알아차린 고 기자가 정곡을 찔러왔다.

"그 친구 걱정은 안 해도 돼. 목이 칼이 들어와도 진실을 지킬 사람이니까."

"그럼 유혐의입니다!"

탁대는 또렷하게 대답했다. 고 기자라면 망설일 필요가 없었기 때문이었다.

"역시 그렇군. 검찰이 정권 앞에 벌벌 기고 있는 거야."

"죄송하지만 이제는 저도 검찰입니다."

비록 검사는 아니지만!

뒤에 걸려오는 그 말을 목구멍으로 밀어 넣는 탁대.

"미안, 하나의 사실을 일반화하면 안 된다는 걸 알면서도……."

"한잔 더 하실래요?"

새 병을 딴 마 피디가 술병을 들고 탁대를 바라보았다. 그는 옛날 사람도 아니면서 잔이 철철 넘도록 술을 따랐다.

"일부러 많이 따랐어요."

그러고는 잔잔한 미소 뒤에 말꼬리를 붙였다.

"조 실장님은 검찰 맞습니다. "

"……."

"대통령도 국민이고 9급 공무원도 국민이지요. 나아가 재벌도 국민이고 거지도 국민입니다. 세상은 크고 작은 것들이 조화를 이뤄야 지탱되는 법이니까요."

"……?"

"아까 고 기자가 강요하지 않을 것처럼 말하던데 나는 생각이 좀 다릅니다."

"어떻게… 말이죠?"

"조 실장님이 아는 대로 소스를 주세요. 이건 대충 가리고 넘어갈 사안이 아닙니다."

어느 새 마 피디의 목소리도 단단하게 변했다.

"사실은 내 생각도 같아."

거기에 가세하는 고 기자.

탁대는 소주병을 집어 들었다. 그리고는 고 기자와 마 피디의 잔에도 넘쳐흐르도록 술을 부었다.

"건배 한 번 할까요?"

탁대가 제의하자 둘은 말없이 술잔을 집어 들었다.

쨍! 모서리가 부딪치자 술이 흔들리며 서로 섞여들었다.

"조금만 기다리십시오!"

탁대의 입에서 단 한마디가 흘러나왔다. 고 기자와 마 피디는 더 묻지 않았다. 말없이 의기투합한 세 사람은 가득찬 술을 단숨에 비워냈다.

'기척?'

고 기자와 헤어진 탁대는 노점에서 딸기를 두 박스 사들였다. 그걸 검은 봉지에 담아 들고 휘적휘적 걸었다. 입으로는 휘파람까지 불지만 신경은 잔뜩 곤두섰다.

큰 도로에서는 별 느낌이 들지 않았다. 하지만 이면도로에 접어들 때 오싹한 느낌이 왔다.

'감시자!'

탁대는 어기적거리며 걷다가 담벼락 앞에 섰다. 그러자 나지막이 따라오던 발소리도 함께 멈췄다. 가만히 거리를 가늠했다.

'반대편 골목……'

확인하기 위해서 한 번 더 신경을 곤두세웠다. 따라오는 발소리는 규칙적이었다.

'확실하군.'

판단을 끝낸 탁대는 일부러 봉지를 떨어뜨렸다. 그리고 그걸 줍는 척하며 감시자의 머리 위에 화염탄을 작렬시켰다.

"억!"

비명은 짧고도 다급했다. 그러거나 말거나 탁대는 모른 척 휘파람을 불며 내처 걸었다. 확인할 필요도 없었다. 그건 내일이면 저절로 알 수 있을 테니까.

대신!

혜자에게 엄청 깨졌다. 봉지를 떨어뜨리는 통에 딸기가 작살난 것이다.

"어휴, 이런 걸 사오면 어떡해요?"

"미안……"

"어디서 샀어요? 내가 가서 바꿔 올게요."

"그, 그냥 먹자. 살짝 찌그러진 게 소화도 잘될 테고."

"이걸 어떻게 먹어요? 이런 건 돈 주고 사면 안 된단 말이에요."

혜자가 다그쳤지만 탁대는 귀담아 듣지 않았다. 그리고는 소파에 책상다리를 하고 앉아 딸기 두 봉지를 다 먹어치웠다. 혜자의 짜증을 고스란히 감당하면서.

"다시는 딸기 사오지 마세요! 돈 아깝게……."

'그래. 미안하다. 하지만 딸기 잘못이 아니야.'

탁대는 남은 딸기 세 알을 한입에 털어 넣었다.

오전은 바빴다.

수사 지원 상황이 꼬인 덕분이었다. 아침 9시에 소환한 참고인이 출석을 늦춰달라는 요청을 보내왔다. 담당검사가 승인해 주었는데 상대 쪽에서 또 변경을 원했다.

소환 풍경도 요지경이다.

평범한 사람은 시간보다 빨리 오는 모범생이 대부분이지만 소위 방귀 좀 뀌시는 분들은 요리조리 계산기를 두드리며 신경전을 펼쳤다.

덕분에 탁대는 다른 심리 지원에 참가하다가 중간에 불려나왔다. 더 웃긴 건 이 참고인이 복통이 심하다며 조사 중간에 가버린 사실. 특별한 소득 없이 동분서주하다 보니 정신줄이 안드로메다 근처에서 서성이고 있었다.

똑똑!

열한 시, 검사들의 회의가 끝난 후에 탁대는 윤 검사 방을 찾아갔다. 방에는 윤 검사와 이동륜 수사관이 서류를 검토하고 있었다.

'이 사람들은 아니고……'

두 사람의 모습을 확인한 탁대가 속으로 중얼거렸다.

"웬일입니까?"

윤 검사가 탁대를 보며 물었다.

"바쁘시네요?"

"아, 예… 차장님이 검토해 보라는 사건이 있어서……."

"잠깐 얘기 좀 할 수 있을까요?"

"말씀하세요. 그 정도 시간은 있으니까."

윤 검사는 들었던 서류를 내려놓았다.

"저기 문기찬 씨 말입니다. 백영규 의원님 수석 보좌관……."

"그 사람이 왜요?"

단번에 눈자위가 일그러지는 윤 검사.

"제가 한 번 사적으로 찾아뵐까 하고요."

"문기찬 씨를요?"

윤 검사는 다리를 꼬며 자세를 바꾸었다.

"다른 건 아니고 그때 소환되어 왔을 때 저랑 복도에서 만났거든요. 그때 결례를 좀 한 거 같아서……."

탁대는 그럴 듯하게 시나리오를 붙였다.

"결례라면……."

"그때는 백영규 의원님이 혐의가 있는 줄 알고… 일이 이렇게 되고 보니 자꾸 마음에 걸립니다."

"사과하시려고?"

"안 될까요?"

"뭐 안 될 거 없죠."

윤 검사의 입가에 미소가 스쳐 갔다. 마음에 드는 일인 모양이었다.

"고맙습니다."

탁대는 가벼운 목례를 남기고 돌아섰다. 그때 마침 송무과에 다녀오던 염 수사관을 만나게 되었다.

"……?"

염 수사관을 본 탁대의 눈자위가 사납게 구겨졌다. 짧게 자른 염 수사관의 머리 스타일과 경미한 화상 때문이었다.

"이발했어요?"

탁대가 묻자,

"아, 이거요? 좀 시원하게 살려고요."

하면서 서둘러 눈빛을 피하는 염 수사관.

"응? 어디서 살 타는 냄새도? 킁킁!"

"왜 이래요?"

"어디 좀 봐요. 이야, 스타일 괜찮네? 얼마 주고 깎았어요?"

탁대가 더 들이대자,

"에이, 그냥 한 번 깎은 걸 가지고……."

염 수사관은 손사래를 치며 물러섰다. 거기서 탁대의 순간 독심이 작렬했다.

―이 인간이 눈치를 챘나?

―아니야. 쥐뿔도 모르고 그냥 아파트로 갔잖아?

"오늘, 한잔되나요?"

탁대는 시치미를 떼고 계속 추파를 던졌다.

"오늘은… 아무래도……."

"좋아요. 그럼 다음에!"

쿨하게 돌아서는 탁대. 소리 없는 휘파람이 절로 나왔다. 어젯밤의 감시자는 염홍석 수사관. 그건 머리카락과 화기(火氣)가 증명하고 있었다. 왜냐고? 어젯밤 탁대는 감시자의 머리 위에 불덩이를 날려주었다. 머리카락을 살짝 태워 누군지를 확인하려는 의도였다.

—아, 씨… 검사님도… 저 인간은 그런 배포도 없다니까 괜히 감시하라고 해서…….

탁대는 복도를 걸으며 계속 염 수사관의 속내를 들여다보았다. 추리닝을 입고 사우나 다녀오다가 과일 봉지나 떨어뜨리고 다니는 허술한 조탁대. 거기에 더해 문기찬에 대한 사과 방문 고백으로 피워 올린 비굴모드 연막 작전. 그 정도라면 윤 검사의 경계심도 녹아내릴 것이다.

'오늘 점심은 빵빵하게 먹어야겠는 걸? 그래야 한판 제대로 붙지.'

탁대는 그 길로 구내식당으로 향했다. 금강산도 식후경이었다.

5장

새벽이 오기 전

　오후에 탁대에게 희소식이 날아들었다. 방 검사 사건 조사지원
을 나가게 된 것이다. 원인은 박 수사관의 갑작스런 병가 때문이었
지만 탁대의 처세 또한 한몫을 했다. 윤 검사가 윗선에 탁대 투입을
제안한 것이다.

　방 검사 체크!

　윤 검사의 의도는 그것이었다. 탁대를 투입해 방 검사의 수사 방
향을 스캔하려는 것. 그거야말로 탁대에 대한 색안경이 사라졌다
는 신호의 일단이었다.

　크로스 체크를 위해 교도소 재소자 한 명이 불려왔다. 소위 범털
로 불리는 폭력배 새끼두목이었다.

　"간단히 끝내자고."

　조사실 문을 닫고 들어선 방 검사의 목소리에 힘이 들어갔다. 폭

력배 따위와 끌 시간 없다는 기개였다.

"아따, 빵에 있다고 사람을 개구리좆밥으로 아시나?"

참고인의 이름은 나수광. 나이는 46세. 생각보다는 호리호리한 몸매였다.

'원래 진짜 조폭들은 떡대가 아닙니다. 그런 애들은 대개 몸빵이지요.'

탁대는 들어오기 전에 들은 말을 상기했다. 하긴 눈빛 하나는 독사를 삶아먹은 듯 섬뜩해 보였다.

"검취 받으면 강아지라도 얻어 피울까 하고 왔더니 개털 취급이시네."

참고인은 계속 빈정거린다. 게다가 말끝마다 은어가 섞여 나왔다.

"나 고상짜 아니거든. 검방에게 부탁해서 제대로 범털 취급해 줄까?"

방 검사의 말도 함께 난해해졌다.

"기왕 겡꼬된 놈이 뭐가 겁나겠습니까? 사람 기레빠시 취급 말고 구름과자나 하나 주시오."

참고인은 나 잡아잡슈 하는 식으로 등을 기댔다. 노려보던 방 검사가 담배 한 갑을 던져 주었다.

"땡큐, 아리가또, 세세."

"허도완 알지?"

참고인이 담배를 물자 방 검사의 심문이 시작되었다.

"알다 뿐입니까? 고명하신 분이죠."

"뒷돈 먹지?"

"알면서 왜 묻습니까?"

"아는 대로 들은 대로 말해봐."

"아, 씨……! 이러면 빵에 돌아가서 간나구 짓이나 한다고 군쟁이 취급받을 텐데……."

"제일 큰 건이 얼마요? 3천만 원?"

주목하던 탁대가 말꼬리를 잡고 들어갔다. 참고인의 시선이 탁대에게 옮겨왔다.

"너무 약한가? 1억?"

태연하게 액수를 높이는 탁대.

"키햐, 이 형아 족집게네. 한 번 더 짚어보시지."

"이 사람 못 쓰겠군. 허 과장은 전국 최고의 모범공무원입니다. 그런 사람 흔드는 걸 보면 당신들 따로 속셈이 있는 거 아닙니까?"

"모범공무원? 그것도 전국 최고?"

참고인의 미간이 확 일그러졌다.

"솔직히 말해서. 그 안의 누군가 개인적 불만이 있는 거죠?"

"그게 당신들 검찰의 공식 입장이신가?"

참고인이 각을 세우며 되물었다.

"아니면? 아는 대로 말해봐요."

탁대는 턱짓을 하면서 대화의 공을 참고인에게 넘겼다.

—허 과장 새끼가 범털들 뒤 봐주고 모범수 선정하는 과정 등에서 가족들 등을 쳐 거액 처먹는 거 불어버려?

—관두자. 어차피 저희들끼리 짜고 치는 고스톱.

—허 과장 새끼가 돈 먹는 것조차 파악하지 못하는 놈들하고 무슨 얘길…….

—게다가 내가 입을 열면 교도소에 바로 소문이 퍼질 건 당연한 일…….

"어차피 당신들도 다 아는 거 아니요? 특별한 재소자들 뒤 봐주면서 챙겨 먹는 거. 정 궁금하면 그 인간 집 수색하면 다 나올 거고."

"그 말은 결국 증거가 없다는 것이니 재소자들이 꾸민 모함이라는 거잖습니까?"

"에이, 씨발! 그러니까 왜 사람을 오라 가라 지랄들이야."

참고인은 그 길로 끌려 나갔다. 탁대가 방 검사에게 사인을 보낸 것이다.

"끝난 겁니까?"

문이 닫히자 방 검사가 물었다.

"범털들 뒤 봐주고 모범수 선정 등을 빌미로 가족들에게 뜯어먹는 모양입니다."

"오우, 존경스럽군요. 그새 답을 물어내다니 마치 마법사 같잖아요?"

"다음 분이나 모시죠."

탁대가 문을 가리켰다.

이번에 만날 사람은 길창대 과장이었다.

조사실에 들어선 길창대 과장의 행동은 자연스러웠다. 방 검사는 두툼한 자료를 바탕으로 심문을 시작했다. 탁대는 그 옆에 앉아 둘 사이에 오가는 대화를 적어나갔다.

"허 보안과장과는 사적으로만 만났다?"

"그렇습니다."

"고등학교 선후배 사이라고요?"

"그건 나중에 알게 되었습니다."

"뇌물에 대해서는요?"

"사적으로 아파트 매매대금 때문에 8천만 원을 빌린 적 있지만 3개월 후에 갚았습니다."

"반환금 출처는요?"

"펀드를 해약했지요."

"뇌물 건에 대해서는 전부 결백하시다?"

"당연합니다. 나는 한 점 부끄럼도 없어요."

의례적인 심문이 오가는 사이에 탁대가 일어섰다.

"저는 배가 아파서 화장실 좀……."

찡긋 눈짓을 던지고 안에 딸린 화장실로 가는 탁대. 그건 바로 방 검사와 사전에 정한 신호였다.

"이거 이제 듣는 사람 없으니까 하는 말인데요……."

의자를 당겨 앉은 방 검사가 포문을 열기 시작했다.

"대체 왜 연루가 되신 겁니까?"

측은하다는 투로 말투가 바뀐 방 검사. 더불어 길 과장도 웃는 낯으로 응대했다.

"원래 누군가 잘나가면 배 아픈 거 아닙니까? 제가 대통령 표창까지 여러 번 받았으니 누군가 흠을 내려는 거지요."

"그럼 허 과장은요?"

"그 양반은 강성이지요. 재소자들에게 지나치게 엄격해요. 특히 폭력배들이나 사기범들이 주로 불만이 많아 조직적으로 음해성 투서를 하곤 했어요. 내가 법무부에 있을 때 그걸 막아줬는데 그건 사실 하나의 신념이었지 선후배 사이라서가 아닙니다. 말씀드렸다시

피 그것도 비호가 어쩌고저쩌고할 때 처음으로 알았습니다."

"꼭 나 같은 경우로군요."

의미심장하게 정곡을 찌르는 방 검사.

"뭐 그렇다고도……."

길 과장은 계면쩍은 듯 피식 웃음으로 넘어갔다.

"이 건으로 허 과장은 구치소로 쫓겨났더군요?"

"그러니까 나라가 개판 아닙니까? 제대로 일 좀 하려면 옆에서
쑤셔서 부패비리 공무원으로 몰아버리니 누가 일하겠어요? 그저
복지부동하며 납작 엎드려 살아야지."

"그것도 나 같은 경우인데요?"

"방 검사님도 참……."

"지금까지 진술하신 거 다 맞는 거죠?"

메모를 멈추며 가만히 길 과장을 바라보는 방 검사.

"내 부모님의 무덤에 걸고 맹세합니다."

"마지막으로 허 과장에 대해서 묻겠습니다. 진짜 음해성 투서로
확신하는 거죠?"

"물론입니다. 그 양반만큼 교정행정에 열정적인 사람도 없어
요."

"범털들 심부름해 주고 모범수 선정 등에서 가족들의 등을 쳐서
투서에는 거액을 수수했다는 말이 있던데……."

"그게 말이 됩니까? 요즘 교도소가 얼마나 좋아졌는데… 말도 안
돼요."

"한 푼도 안 먹었다?"

"그 양반 기록 안 봤습니까? 재소자들이 단돈 5만 원 먹이거나

담배 한 보루를 바쳐도 전부 신고하는 사람입니다. 뇌물 신고기록
도 우리나라 교정행정상 최고라고요."

"그렇군요. 그건 과장님 말씀을 믿기로 하고……."

"에이, 이래서 투서제도는 없애야 한다니까. 검사님이나 나나 이
게 무슨 욕입니까?"

"알겠습니다. 이걸로 종결하겠습니다."

"허 과장도 무혐의 처리되는 겁니까?"

"그분은 제가 따로 한 번 만나 뵙고 설명드리지요."

"어이쿠, 제발 그래주세요. 괜히 나 때문에 얽히는 거 같아
서……."

"수고하셨습니다."

"아닙니다. 언제 약주나 한잔……."

"그러시죠."

길 과장은 만면에 웃음을 머금고 나갔다. 문소리와 함께 탁대가
화장실에서 나왔다.

"조 실장님……."

방 검사가 탁대를 바라보았다. 탁대는 손가락으로 동그라미를
그려보였다.

"허 과장은 지능범입니다. 8천만 원 또한 상납금이고요."

"확실합니까?"

"지능범이라는 건 그가 작은 건수를 신고하면서 큰 건을 챙겼다
는 점 때문입니다. 두 참고인의 심리를 종합하자면 담배 한두 보루
같은 작은 뇌물은 즉시 신고하고 5백만 원, 5천만 원 같은 큰 뇌물
은 받아먹는 식이지요."

"8천만 원은요?"

"법무부 근무할 때 들어온 투서를 무마하는 조건으로 주고받았습니다. 만약을 대비해서 둘이 차용증까지 작성했고요."

"아, 내 이 새끼들을 그냥!"

흥분한 방 검사가 의자를 밀며 일어섰다. 하지만 그는 걸음을 떼지 못했다. 탁대의 순간 접착이 발목을 잡은 것이다.

"어, 이게 왜……."

방 검사가 버둥거리자 탁대는 슬쩍 마법을 풀었다. 다리가 엉긴 방 검사가 버둥거리자 탁대가 중심을 잡아주었다.

"끝장낼 겁니까?"

"아니면요? 거짓말을 아무렇지도 않게 하는 썩은 인간들을 그냥 놔두라고요?"

"나중에 잡으면 되잖아요?"

"나중에?"

탁대는 방 검사에게 물 잔을 내밀었다. 탁대의 의도를 알아차린 건지 방 검사는 물을 원샷으로 마셔 버렸다.

"아까 구치소 이야기도 나오던데 혹시 정무학이 송치된 그 구치소인가요?"

"그런데요……."

"안 가실래요? 좀 도둑 미뤄두고 큰 도둑놈들 잡으러."

"정무학?"

"마침 잘됐지 않습니까? 무혐의 확인하러 가는 척하고 가서 간 김에 얼굴이나 보고 온 걸로 하면……."

탁대가 제안하자 방 검사는 물병을 통째로 집어 들었다. 그런 다음 큰 통 하나를 다 비워내더니 단호한 일성을 토했다.

"갑시다!"

구치소…….

방 검사의 자가용으로 이동하면서 탁대는 구치소에 대해 생각했다. 구치소는 교도소와 다르다. 구치소에는 대개 1심 재판을 기다리는 피의자들이 2개월 정도 머문다.

처음 들어온 신입 수용자는 열흘 정도 지나 기소가 되면 기소방으로 옮겨간다. 1심 재판이 끝난 후에 바로 항소하면 다시 방을 옮기고 형이 확정되면 교도소로 가기 위해 기결방에 머문다.

"구치소 가봤습니까?"

차가 신호에 걸려 멈췄을 때 방 검사가 물었다.

"난생 처음입니다."

탁대가 백미러를 보며 대답했다. 아까부터 신경을 쓰고 있는 탁대. 다행히 미행은 없는 것 같았다.

"그럼 겁 좀 날 텐데……."

슬쩍 장난기 어린 농담을 건네는 방 검사.

"좀 긴장되기는 하는데요?"

"검찰에 근무하면 구치소나 교도소에 가볼 일이 생길 겁니다. 그런데 생각처럼 그렇게 암울하지는 않아요."

"그래요?"

"나도 처음에는 드라마나 영화만 생각하고 케케묵은 시설에 음침한 곳으로 알았는데 아주 딴판이더라고요. 서울 구치소 같은 곳은 재소자를 위해 음악 공연도 유치하고 있거든요."

"정말요?"

"그럼요. 돈만 있으면 사회에서 먹는 음식도 다 먹을 수 있어요."

"에이, 설마……."

"그렇죠? 나도 처음에는 믿지 않았는데 구매품목 보니까 빵, 짜파게티, 떡갈비, 참치, 맛김에서부터 훈제닭고기, 초코파이, 바나나, 콜라, 사이다, 녹차, 둥글레차와 커피……."

"방 검사님!"

"진짜입니다. 콩밥이나 먹는다고 생각하면 60년대 사고방식이니까 괜히 어리바리하게 보이지 말라고 미리 말씀드리는 겁니다."

"콩밥이 아니면 뭘 먹는 거죠?"

"쌀과 보리를 9 대 1로 섞은 밥에 하루 2,500킬로칼로리 식단. 게다가 하루 2만 원 한도 내에서 무한 구매… 한마디로 술과 담배, 여자만 제외하면 뭐든지 OK라는 겁니다."

"허얼~!"

"그뿐입니까? 전 많은 인간들은 집사, 변호사 불러서 종일 농담 따먹기나 하면서 시간을 때우지요."

"그런 것도 가능합니까?"

"제도의 악용이죠. 원래 기득권자들이 제도 악용에는 선수들이잖아요."

"그런데 아까 첫 참고인 말입니다. 은어 같은 걸 많이 쓰던데 검사님도 잘 알아듣더군요?"

"동기 중 하나가 검방이거든요. 수용실 검사 말입니다. 그 친구에게 주워들은 건데 겡꼬는 체포되다, 군쟁이는 고자질쟁이, 기레빠시는 자투리를 가리켜요."

탁대는 은어 설명을 잘 듣지 못했다. 신호가 바뀌면서 뒷차들이 경적을 울려댄 것이다.

"자, 들어갑니다."

구치소 입구에서 신분증을 제시한 방 검사가 말했다. 철문 사이로 구치소 풍경이 고스란히 드러났다.

구치소…….

그 어감이 주는 선입견 때문일까? 탁대는 여전히 방 검사의 말이 실감나지 않았다. 깊은 침묵에 휘감긴 구치소 건물. 어느 문을 열어도 범죄자들의 살벌함이 가득할 것만 같았다.

선입견은 오래가지 않았다.

직접 마중을 나온 허 과장을 따라 건물 안으로 들어서는 순간 깨진 것이다. 접견실 주변과 면회객들이 기다리는 로비는 일반 관공서와 다를 바가 없었다.

—흐음, 역시 길 선배가 탁월하단 말이지.

—내가 줄은 잘 섰군. 검사까지 구워삶아댄 걸 보니…….

—하긴 선배도 구린 게 있으니 로비 좀 했겠지.

방 검사가 의례적인 대화를 나누는 사이에 탁대는 허 과장의 속내를 들여다보았다. 간교한 처세를 가진 인간답게 두 가지 미소를 겸비한 허 과장. 첫 미소는 호탕해 보이지만 더러 스쳐 가는 미소는 찌든 음흉함을 담고 있었다.

"이번 조사는 제 선에서 마무리하겠습니다. 그러니 계속 신념껏 근무하세요."

방 검사는 시원하게 대화를 마무리했다.

"아이고, 이거 괜히 부덕한 저 때문에 검사님이 고생이 많으셨습니다."

과장된 제스처로 화답하는 허 과장. 지켜보던 탁대는 오바이트가 웩 쏠리는 걸 간신히 참아냈다.

"아, 그건 그렇고 여기 정무학이 들어와 있죠?"

대화의 끄트머리에서 방 검사가 물었다.

"송길웅 불법 로비 사건 정무학이요? 있지요."

"요즘 어떤가요?"

"곧 재판 아닙니까? 변호사들이 왔다 갔다 하고 난리도 아닙니다."

"온 김에 좀 볼 수 있을까요?"

"정무학이를요?"

"안 됩니까?"

"아, 아닙니다. 제가 일단 프로그램 확인을 좀 하지요."

허 과장은 바로 책상으로 달려가 마우스를 짤깍거렸다.

"오… 오전에 변호사 접견하고 오후에는… 방금 전에 협회 직원 접견 끝나서 비어 있네요."

"인간적으로 인사만 하고 갈 거니까 접견실로 좀 불러주시죠."

"그러시죠. 제가 지시할 테니까 잠깐만 기다리십시오."

허 과장은 싱글벙글하며 인터폰을 눌렀다.

접견실은 나쁘지 않았다. 칸막이가 없으니 교도소라는 실감도 나지 않았다. 그 안에서 탁대는 방 검사와 함께 전략을 주고받았다.

정무학이 백영규에게 준 것으로 파악된 돈은 10억. 그중 7억이 먼저 가고 다음으로 3억. 돈이 건네진 곳으로 짐작되는 곳은 강남의 고급 일식집.

"로비 자금이 두 번에 나눠서 전달된 거… 이유가 있을 것 같은데요?"

탁대가 방 검사를 바라보았다.

"아마 송 의원과 같은 이치 아닐까요?

"송 의원?"

"송 의원은 애당초 5억을 받고 끝났지만 이길형이 쪼아서 결국 8억을 더 받는데 성공했습니다. 저쪽이라고 그러지 말라는 법은 없지요."

"일식집이라는 장소는 신빙성이 높은 겁니까?"

탁대가 물었다. 탁대는 사실 그 판단에 의문을 가지고 있었다.

일식집 안.

밀실이라면 돈을 주고받는 건 상관없다. 하지만 7+3억이든, 5+5억이든 5만 원권을 담는다고 해도 작은 부피가 아니었다.

"거긴 주차장이 가게 앞의 노상인데 CCTV 사각입니다. 하지만 아무리 대담하다고 해도 노상에서 수억을 주고받을 수는 없지 않습니까?"

"……."

탁대는 잠시 생각에 잠겼다. 가능성은 있지만 크게 와 닿지는 않는 정보였다.

"오는가 보군요."

발소리와 함께 방 검사의 시선이 문으로 향했다.

"……!"

접견실에 들어선 정무학은 인상부터 구겼다. 탁대와 방 검사 때문이었다.

"오랜만입니다."

탁대가 손을 내밀었지만 정무학은 잡지 않았다.

"무슨 일로 온 거요?"

그에게서 까칠한 반응이 나왔다. 예상하던 바였다.

"구치소에 조사할 일이 있어서 왔다가 뵙는 겁니다. 수사 협조에 대한 인사나 드릴까하고요."

탁대는 미리 준비한 산삼 드링크 뚜껑을 열었다.

"드세요. 구치소 생활도 만만치 않을 텐데 달리 살 것도 없고 해서……."

"……."

"산삼입니다. 기분 전환이 될 거예요."

탁대가 한 번 더 권하자 정무학의 손이 드링크를 가로채 갔다.

"사람 병 주고 약 주는구만."

"그래도 병은 절반만 줬지 않습니까?"

의표를 슬쩍 찌르는 탁대의 말에 놀란 정무학이 고개를 들었다.

"알면서 왜 이래요? 일이 이렇게 되었으니 말이지, 부회장님은 백영규와 송영길 양쪽에게 로비하셨잖아요. 백영규에게 10억, 송길웅에게 13억……."

"당, 당신……."

입에 문 음료수까지 토하며 당혹스러운 기색이 역력한 정무학.

"뭐, 그것도 부회장님 복이죠. 둘 다 까발려지는 것보다야 형량도 적을 테고……."

탁대의 입은 웃고 있지만 눈은 레이저로 꿰뚫듯 정무학을 응시하고 있었다.

　—이놈… 역시 알고 있어.

　—하지만 백영규의 10억은 이미 정치적으로 입단속이 된 판.

　—문기찬의 말이 맞군. 검찰 쪽에도 다 얘기가 됐다더니…….

순간 독심!

그러나 탁대의 얼굴에는 상대를 교란하기 위한 미소가 가득했다.

"우리도 좀 아쉽긴 하지만 좋은 게 좋은 거 아닙니까? 지금이라도 강남 일식집 털면 증거야 바로 나올 테고……."

탁대는 넌지시 압박 수위를 높였다.

　—강남 일식집…….

　—알긴 어느 정도 아는군.

　—네놈 실력은 알겠지만 너무 잘난 척하면 곤란해. 내가 가방을 실어준 건 CCTV도 없는 주유소 앞이거든.

'주유소!'

중요한 단서 하나를 잡자 탁대의 어깨가 꿈틀거렸다. 벼락처럼 치민 분노와 적개심 때문이었다. 어째서 이런 부류의 인간들은 반성이란 걸 모를까? 오로지 내가 하면 로맨스요, 남이 하면 불륜이라는 쓰레기 같은 이분법…….

탁대는 입술을 깨물며 참았다. 주먹만으로는 결코 이들을 징치할 수 없었다.

"일단은 몸 건강하게 계십시오."

탁대가 인사를 건네자 정무학의 시선이 방 검사에게 건너갔다. 그의 입이 열리지 않은 게 궁금한 모양이었다.

"아, 나도 예의상 한마디 해야 하나?"

눈빛을 받은 방 검사가 어깨를 으쓱하며 앞으로 나왔다.

"정무학 씨!"

"……."

"몸 건강하시오. 우린 가까운 시일에 다시 만나게 될 테니까!"

탁대는 보았다. 방 검사의 말을 들은 정무학의 턱이 갸웃거리는 걸. 질세라 탁대도 한마디를 보태주었다.

"곧 제대로 애국하시게 될 겁니다!"

애국!

그렇지 않은가?

그에게도 아직 제대로 애국할 수 있는 기회가 남아 있었다.

"정무학을 만나요?"

윤 검사의 미간을 찡그렸다. 구치소 방문을 마치고 온 탁대가 한 보고 때문이었다.

"네. 길창대 과장님 사건 마무리 때문에 들렀다가 마침 거기 수감되어 있길래……."

탁대는 모든 과정을 전해주었다. 그의 본심을 읽었다는 것만 쏙 빼고!

"그거 방 검사 제의였나요?'

"아닙니다. 조사할 때 제가 인간적으로 너무 몰아붙인 면도 있는 것 같고 해서……."

"뭐랍니까?"

"뭐, 생각보다 담담하던데요?"

"정무학이 말고 방형기 말입니다."

"방 검사님은 입도 뻥긋 안 하던데요? 실은 제가 좀 보고 가자고 했더니 자기는 더 엮이고 싶지 않다고 반대했는데 워낙 검사님이 계셔야 재소자를 쉽게 만날 수 있는 시스템이라……."

"뭐 그건 그렇지요."

윤 검사가 고개를 끄덕였다. 당연한 일이었다. 일개 수사관의 힘이 얼마나 될까? 하지만 검사라면 구치소에서 받아들이는 무게감이 달랐다.

"사건은 대충 마무리 단계라고요?"

"그렇습니다. 뭐, 제가 봐도 재소자들의 모함인 게 보이고요."

"수고 많았습니다."

"뭘요. 덕분에 좋은 경험했습니다."

윤 검사의 마음을 완전히 누그러지는 게 보였다. 그때 권태술 차장이 석 부장을 대동하고 들어섰다.

"차장님!"

"안녕하세요?"

탁대도 윤 검사에 이어 목례를 올렸다. 권 차장은 탁대의 인사를 건성으로 받고는 소파에 자리를 잡았다. 세 사람이 앉자 무게감에 소파가 좁아보였다.

탁대는 염 수사관 책상 쪽으로 다가갔다.

"한잔한다더니 언제 시간 되요?"

괜한 질문을 하면서 넌지시 권 차장 쪽 테이블을 바라보는 탁대. 권 차장 역시 차를 마시며 탁대를 돌아보았다. 탁대는 슬그머니 권 차장에게 순간 독심 마법을 걸었다.

—골프.

—출세.

—권력.

—검찰총장.

그의 마음에 가득 찬 욕망들이 보였다. 그는 몇 마디를 던지고 방을 나갔다.

"혹시 지사제 같은 거 없습니까?"

권 차장이 나가자 윤 검사가 배를 잡으며 물었다.

"사다드려요?"

자판을 치던 염 수사관이 대답했다.

"아닙니다. 일단 화장실 좀……."

윤 검사가 인상을 구기며 일어섰다.

"아, 어제 너무 달리시더라니……."

윤 검사가 나가자 염 수사관이 혀를 찼다.

"과음했어요?"

"수사 끝나고 피곤하시다기에 저랑 한잔했지 않습니까? 너무 달리는 게 수상하시더라니……."

"룸싸롱 갔어요?"

"에이, 룸싸롱은요. 그냥 주점이에요."

염 수사관이 손사래를 칠 때 전화가 울렸다. 그가 전화를 받는 걸 보며 탁대도 방을 나왔다. 술 약속이야 그냥 던졌던 화두. 딱히 대답을 들을 필요도 없었다.

복도로 나오니 윤 검사는 위 부장과 대화를 나누고 있었다. 화장실에 가다가 만난 모양이었다. 뒤가 급한지 대화를 하면서도 간간

히 항문을 조여대는 윤 검사. 그러다 결국 대화를 끊고 화장실로 향
했다.

'저걸 확 화장실 변기에 엉덩이를 붙여서 개망신을 줘?'

한순간 허튼 생각이 들었지만 참아 넘겼다. 그건 유치한 징벌이
다. 윤천수에게는 너무나 과분하고 해피한.

'기다려라. 차곡차곡 모아두었다가 한 방에 터트려 줄 테니까.'

화장실 안에서 요란스럽게 새어 나오는 가죽피리 소리를 들으며
탁대는 걸음을 옮겼다. 창밖에 비가 퍼붓기 시작했다.

퇴근 시간이 되자 다들 우산을 챙기느라 바빴다. 탁대는 창밖을
내다보았다. 차들이 차례차례 시동이 걸리고 있었다. 시동을 건 차
량 유리에서 윈도우브러시가 바삐 춤을 추었다. 그걸 바라보던 탁
대의 머리에 전등불이 켜졌다.

차가 어느 정도 빠진 후에 권 차장과 윤 검사가 나왔다. 권 차장
은 윤 검사가 받친 우산을 쓰고 자가용으로 다가섰다. 그가 차에 오
르고 오래지 않아 전조등이 켜졌다. 하지만 윈도우브러시는 작동
하지 않았다.

"차장님!"

옆에 주차된 자가용에 탑승한 윤 검사가 창을 내리고 소리쳤다.

"이게 왜 이러지?"

"제가 봐드릴까요?"

윤 검사는 다시 차에서 내렸다. 권 차장 차에 다가선 윤 검사는
브러시를 잡았다. 움직이지 않았다.

"끄떡도 안 하는데요?"

"그냥 둬봐. 다시 한 번 해보게."

권 차장이 다시 브러시를 작동하지만 결과는 마찬가지였다.

"서비스 부를까요?"

윤 검사가 물을 때 퍼붓는 비를 뚫고 달려오는 탁대가 보였다.

"문제가 있습니까?"

탁대가 물었다.

"브러시가 안 되네? 혹시 기사실에 누가 남았으면 좀 불러줘요."

"제가 한 번 봐드리죠."

탁대는 팔을 걷고 유리창으로 다가섰다. 그리고, 미리 걸어둔 순간 접착 마법을 해제시켰다.

"차장님, 작동시켜 보세요."

탁대의 말을 들은 권 차장의 손이 핸들 쪽으로 다가갔다. 그러자 거짓말처럼 브러시가 움직이기 시작했다.

"어? 되네?"

"됐습니까?"

공연히 한 번 더 확인 질문을 하는 탁대.

"고마워. 손재주 좋은데?"

권 차장의 입가에도 미소가 번져 갔다.

"우산이라도 쓰고 오시지……."

혼자 우산을 받치고 있던 윤 검사가 멋쩍은 듯 말을 건네 왔다.

"아닙니다. 차장님 차가 못 가는데 이까짓 비쯤이야……."

탁대는 얼굴을 타고 흐르는 빗물을 닦아냈다.

"수고했어. 나중에 내가 밥 한번 사지."

그 말의 중간에 권 차장의 핸드폰이 울렸다. 권 차장은 검지를 가져다 대고 전화를 받았다.

'지문 암호······.'

탁대가 주목할 때 권 차장의 차가 움직이기 시작했다.

"들어가십시요!"

탁대는 꾸벅 인사를 올렸다. 뒤 이어 윤 검사의 차량도 탁대를 지나갔다. 뒷문으로 돌아왔을 때 탁대의 몸은 쫄딱 젖은 후였다. 언제 나왔는지 방 검사가 휴지를 내밀었다.

"고맙습니다."

"이렇게까지 해야 해요?"

퉁명스러운 말투. 아무리 의도가 있다지만 못마땅한 눈치였다.

"1번 주유소 앞에서 기다리세요."

탁대는 웃으며 방 검사를 지나쳤다.

덫!

탁대가 비를 맞은 건 의도된 계산이었다. 덫을 놓고 있는 것이다. 그러자면 위장 작전이 필요했다. 별 소신 없이 시키는 대로 충성하는 소모품. 비를 쫄딱 맞으면서 달려간 탁대는 권 차장과 윤 검사의 입가에 스쳐 가는 흡족함을 보았다. 어쩌면 그들이 품고 있던 마지막 경계심까지 빗속에 녹아버렸을 것 같았다.

끼익!

탁대의 차량은 1번 주유소 앞에 섰다. 여기서 1번이란 탁대와 방 검사가 정한 순서였다. 강남의 일식집에서 백영규의 자택까지는 세 개의 주유소가 있었다. 그중 첫 번째였다.

탁대는 우산을 펼치고 내렸다. 방 검사는 벌써 차에서 내려 주유소를 바라보고 있었다.

"어떻습니까?"

"여긴 아닙니다."

방 검사가 잘라 말했다.

CCTV도 없는 주유소 앞!

그 조건이 달랐다. 첫 번째 주유소 인근에는 CCTV가 두 개나 있었다.

간단하게 햄버거로 저녁을 때운 둘은 두 번째 주유소 앞에서 내렸다. CCTV가 없었다. 일단 주변만 살펴본 후에 세 번째 주유소로 향했다. CCTV가 보였다. 둘은 차를 돌려 두 번째 주유소로 돌아왔다.

"여기가 맞는 것 같습니다."

방 검사가 주유소에서 이어지는 길을 보며 말했다. 퍼붓던 비는 슬금슬금 꼬리를 감추고 있었다.

차를 몰고 주유소를 지나쳤다. 거기서 세 번째 주유소까지는 한적했다. 앞서 가던 방 검사가 널찍한 갓길이 형성된 곳에 차를 세웠다. 탁대로 따라 세웠다.

"여기라면 맞춤할 것 같습니다."

방 검사의 눈이 매섭게 반짝거렸다. 우측으로는 내리막 둑길이라 가로수와 개나리 덤불이 우거지고 건너편에도 집들이 듬성듬성 자리 잡은 곳. 탁대가 보기에도 안성맞춤인 곳이었다.

"그러니까 일식집에서 나와 여기서 멈춰서 돈을 건넸다?"

탁대가 주변을 보며 입을 열었다.

"아마 정무학이 먼저 와서 기다렸을 겁니다."

"어떻게 증명하죠?"

"일식집에서 나간 시간이 저녁 8시 48분… 그러니까 특별한 일이 없었다면 여기에 9시 25분쯤 도착했을 겁니다."

"CCTV가 없으니 낭패로군요."

"뭐, 꼭 그렇지는 않습니다."

"아니라고요?"

"대신 저게 있잖아요?"

방 검사의 손이 자기 차량에 달린 블랙박스로 향했다.

"블랙박스요?"

"첫 번째 주유소 앞에는 CCTV가 있었죠? 시간을 역산해서 여기 도착이 가능한 시간에 거길 지나간 차량을 수배하면 돼요."

"검사님!"

"물론 쉽지는 않겠지요. 내부의 눈 모르게 해야 하는 거라서……."

"그렇군요. 윤 검사나 권 차장님이 아시면……."

"다른 수사관들도 마찬가지입니다. 다들 힘 있는 사람을 따라서 움직이게 마련이니까요."

"그럼 알아볼 수 없는 거 아닙니까?"

"꼭 그런 건 아니죠."

방 검사는 또다시 엷은 미소를 머금었다.

"방법이 있다는 겁니까?"

"조 실장님! 수사는 검찰만 합니까? 경찰은 괜히 있는 게 아니라고요."

"……?"

"내가 아는 형사가 몇 명 있어요. 입 무거운 사람 골라서 부탁할

테니 그런 줄 아세요. 단!'

잠시 말을 끊었던 방 검사가 천천히 말꼬리를 붙였다.

"내가 하는 것보다는 시간이 좀 걸릴 겁니다."

일요일은 바빴다.

검찰 업무가 아니어도 탁대를 기다리는 일은 많았다.

우선 가족들에게 집들이를 해야 했다. 그나마 혜자의 발령이 월요일이기에 점심식사로 양해를 구했다. 다들 선물을 안고 왔지만 상다리는 부러지지 않았다. 애당초 혜자의 실력으로는 상다리를 부러뜨릴 수가 없었기 때문이었다.

상은 몇 가지 미리 주문한 도가니 수육으로 채웠다. 그나마 인기가 좋아서 다행이었다.

가족들이 돌아간 후에 혜자와 쇼핑을 가기로 한 탁대. 그런데 막 준비를 마쳤을 때 전화기가 울렸다.

'나 실장님?'

발신자를 본 탁대는 살짝 긴장하게 되었다. 표 사장의 비서실장 나종혁이었다.

"오늘요?"

나 실장에게서 시간을 낼 수 있냐는 제안이 왔다. 표 사장은 골프장에 있다는 전갈이었다.

"오늘은……."

좀 곤란합니다, 라고 말하려할 때 나 실장의 목소리가 탁대의 촉각을 흔들었다.

"여기서 검찰청 차장과 검사를 만나서 말이지."

'검찰청 차장과 검사?'

탁대 뇌리에 권 차장과 윤 검사가 스쳐 갔다. 휴일에 골프 부킹을 했던 두 사람. 거기 표 사장이 있다니 우연은 아닌 것 같았다.

"알겠습니다."

탁대는 나 실장의 제의를 받아들였다.

표 사장이나 권 차장. 두 사람의 관계는 모른다. 하지만 표 사장을 만나고 싶은 마음도 있던 터. 그런 와중에 골프장 이야기를 들으니 피가 그쪽으로 쏠렸다.

"어우, 같이 간다고 했잖아요?"

화장을 마친 혜자는 당연히 '바가지'를 긁었다. 결혼하기 전이라면 투정이겠지만 이제 일가를 이루었으니 바가지가 맞았다.

"미안해. 갑자기 검사님 호출이라……."

탁대는 마음에도 없는 윤 검사를 팔아먹었다.

"검사면 검사지 쉬는 날에 왜 사람을 부르고 난리래."

단단히 마음이 상한 혜자. 그래도 어쩔 수 없었다. 표 사장에게 이미 약속한 마당이었다.

대신 차는 혜자에게 넘겨주었다. 내일 첫 출근에 대한 부담이 만만치 않은 그녀. 그간 간간히 옷이며 신발까지 사두었지만 그래도 몇 가지 빠진 게 있었으니… 탁대는 기꺼운 양보로 입을 막았다.

"저녁에 늦는 거 아니죠?"

핸들을 잡은 혜자는 또 한 번 다짐을 놓았다.

"그럴 거야."

대충 둘러댔다. 마음 또한 그럴 수 있기를 바랐다.

"안녕하세요?"

표강일을 만난 곳은 골프장에서 좀 떨어진 도가니 전문점이었다. 점심식사로 도가니를 먹은 터라 내키지 않았지만 음식이 문제가 아니었다.

"어서 앉으시게."

표강일은 내실 안에 혼자 있었다. 탁대는 말없이 앞자리에 앉았다.

"도가니 좋아하시나?"

"좋아는 합니다만……."

"그럼 같이 드세. 여기 도가니는 먹을 만하니까."

표강일이 벨을 누르자 도가니 수육이 들어왔다. 주문은 미리 해둔 모양이었다.

"약주 한잔하시겠나?"

표강일이 산사춘 병을 들며 물었다.

"제가 먼저 올리겠습니다."

탁대는 병을 받아 한 잔 가득 따르고 자신도 한 잔을 받았다.

"좋군. 술은 역시 반주가 최고야."

표강일이 첫잔을 비워냈다. 탁대도 첫 잔을 비웠다.

"드시게."

도가니를 한 점 들며 권하는 표강일.

"죄송합니다. 실은 점심에 도가니탕을 먹은 터라……."

"그래?"

"가족들 집들이를 하느라고요."

"저런, 그럼 우리 나 실장이 눈치 없는 짓을 한 모양이군."

"아닙니다. 다들 돌아간 후에 전화를 받았습니다."

"아무튼 한 점 먹어보시게. 다른 곳은 대개 스지를 도가니라고 파니까 말이야."

"스지요?"

"그런 게 있다더군. 뭐 스지도 맛은 괜찮지만……."

그냥 앉아 있기도 뭣해 탁대도 도가니 한 점을 집어 들었다. 맛이 달랐다.

"맛이 좋은데요?"

"그렇지?"

"네. 점심에 먹은 건 약간 깊은 맛이 없었는데 이건 부드럽고 깔끔하네요."

"당연히 그래야지. 짝퉁이 활개를 친들 진퉁의 가치를 넘을 수 있겠나?"

"……?"

탁대가 고개를 들었다. 뼈가 있는 말이었다.

"도가니가 아니고 권태술 차장 말일세."

"사장님……."

"내가 간 골프장에 있더군. 청와대 사람하고 말이야."

"……."

"혹시 내 말의 뜻을 헤아릴 수 있겠나?"

"……."

탁대는 침묵 속에서 잠시 생각에 잠겼다. 무슨 뜻으로 묻는 걸까?

"하긴 자네가 경계할 만하지. 대한민국을 흔들 수 있는 일이니."

"사장님……."

"송길웅 구속에 자네가 한몫을 했지 않나? 하지만 절반의 성공이었지."

"……."

"그거야 삼척동자도 다 아는 일 아니었나? 권력에 눈 먼 자들이 개입해 국민들의 눈을 가려 버렸다는 거."

"그건……."

"심증은 있었지만 자네 입장을 고려해 연락하지 않았네. 사건이 조금 잠잠해질 때까지 말이야."

"사장님……."

"권태술이지?"

표강일이 단도직입적으로 물어왔다.

"……!"

"그 아래에서 실무를 담당한 건 윤천수 검사고?"

"…아십니까?"

죄다 알고 물으니 딱히 부정할 수도 없는 탁대.

"청와대 강일권과 같이 있더군. 대담해."

표강일은 술을 한 잔 더 넘겼다.

'강일권.'

그 말과 함께 한 단어가 떠올랐다. B─강 수석. 바로 윤 검사의 서류에 적혔던 이름…….

"그분이 수석비서관인가요?"

"자네도 알고 있었나?"

"몇 가지 의문 중에 섞여 있던 이름입니다."

"의문이라면?"

"사장님 말씀이 맞습니다. 여당의 백영규 의원도 혐의를 잡았지만 제가 신혼여행에서 돌아오니 사건이 종결되었더군요. 무혐의로 말입니다."

"송길웅의 결정적 단서를 잡은 게 자네였나?"

"예!"

"백영규 수사는 자네 없이 대충 넘어갔고?"

"대충 넘어간 건 맞습니다."

"로비를 입증할 의지가 없었겠지. 압력이 위아래에서 전방위로 누르고 들어왔을 테니."

"그걸 받아들여 수사 마무리를 지시한 게 권 차장님 같습니다."

"더 아는 게 있나?"

"중요하지 않습니다. 여당의 백 의원님도 송 의원님과 유사한 혐의가 있다는 거 외에는!"

"권태술이······."

표강일의 눈빛이 사납게 흔들렸다. 두 사람은 아는 사이인 것인가? 그렇다면 표강일의 인맥은 상상초월이었다.

"자네에게도 압박이 들어왔겠군?"

"예."

"견디기 힘들면 얘기하게. 내가 다른 기관으로 옮겨주겠네."

"사장님······."

"큰 물을 경험하는 건 좋지만 위해 요소가 있으면 부작용이 클 수 있네. 권태술이 권력과 거래를 했으니 자네가 바른 소리를 하면 불명예를 당할 수도 있어."

"파면 말입니까?"

"벌써 무슨 일을 겪은 건가?"

"저보다는 같이 수사에 참여한 다른 검사님이……."

"그렇지. 권력의 속성이란 게 무섭거든. 한 번 발을 담그면 보이는 게 없는 거야. 반대파는 무조건 싹뚝이지."

표강일의 입에서 짧은 탄식이 새어 나왔다.

"그 말씀을 하시려고 저를?"

"골프장에서 강일권과 희희낙락하는 권태술을 보니 자네 생각이 나더군. 그 검찰청을 추천한 게 나 아니었나? 검찰이 대물의 뒤를 캐고 있는 건 알았지만 송길웅과 백영규일 줄은 몰랐었네."

"……."

"송길웅의 죄를 입증했을 때까지는 나도 고무되어 있었네. 그런데 상대적으로 여당 쪽은 피라미만 두 명 엮어 들이고 마는 걸 보고 아차 싶었어."

"그래도 썩은 한쪽은 도려냈지 않습니까?"

"진심으로 하는 말인가?"

표강일이 탁대를 바라보았다.

"저도 묻고 싶은데요, 사장님은 어떤 말씀을 하고 싶어서 저를 호출하셨습니까?"

"자네에게?"

"남은 쪽도 도려내라인가요? 아니면 몸조심하라인가요?"

탁대도 가지런히 시선을 들어올렸다.

"이 사람……."

"저는 전자이기를 바라고 있습니다."

"그게 가능한가?"

"불가능할까요?"

"거긴 검찰일세. 권력은 자신들이 위태로워지면 총을 뽑을 수도 있어."

"뽑기 전에 펜으로 터트리면 되지 않습니까?"

"자네… 농담이 아니군?"

"제게 바란 게 그거 아니었습니까? 검찰로 가서 더 가지고 더 지위 높은 자의 부패와 비리를 척결하는데 일조하라는."

"……."

"한 가지만 도와주시면 고맙겠습니다."

"말하게."

"강일권이라는 분… 혹시 그분 뒤에 또 다른 사람이 있는 겁니까?"

"권력은 혼자 힘으로 만드는 게 아니라네."

있지.

표강일의 말뜻은 그것이었다.

"그럼 백영규 의원의 죄를 밝히려면 거기까지 고려해야 하는군요?"

"그건 그럴 수도 있고 아닐 수도 있네."

"그 말씀은……?"

"권력은 또한 비정하여 세가 불리하면 스스로 꼬리를 자르기도 하니까."

"상황에 따라 다르다는 말씀인가요."

"희생양을 만드는 건 권력의 오랜 속성이라네. 그러니 권력을 가진 자를 치려면 단숨에, 단칼에, 확정적인 증거가 필요하다네."

단숨에, 단칼에!

"그 말씀 명심하겠습니다."

탁대가 대답했다.

"도울 일이 있으면 우리 나 실장에게 연락하시게나. 나는 아직 공인이 아니니 비교적 자유롭다네."

"곧 지방선거가 시작되지 않습니까?"

"단숨에, 단칼에. 만약 그 말이 실현된다면 지방선거는 한참 후의 일이겠지. 나도 따로 지원할 길을 알아보고 있겠네."

말을 매듭지은 표강일이 손을 내밀었다. 탁대는 그 손을 잡았다. 후끈한 신뢰가 체온을 타고 넘어왔다. 여전히 그는 탁대가 기댈 만한 언덕이었다.

'단숨에, 단칼에!'

표강일의 세단이 가는 곳으로 시선을 고정시킨 탁대. 다시 한 번 표강일이 던진 화두를 곱씹어보았다. 다시 생각해도 그의 능력은 굉장했다. 봉황시뿐만이 아니라 검찰청까지 미치는 정보력. 아니, 어쩌면 청와대에도 인맥이 깊은 것만 같았다.

'지지자 한 명 추가!'

탁대의 입가에 미소가 스쳐 갔다. 순간 전화기가 요란을 떨며 울어댔다. 혜자였다.

ㅡ늦는 거예요?

"지, 지금 가고 있어. 곧 도착이야!"

하늘같은 마눌님의 다그침에 거짓말까지 해버린 탁대. 택시를 잡으러 허둥지둥 도로 쪽으로 뛰었다. 하지만 야속한 택시는 오지 않았다.

기다리면 안 오는 택시.

"차가 막혀서 늦고 있어."

탁대는 또 거짓말을 해야 했다.

권태술, 윤천수, 그리고 염홍석!

탁대는 세 사람의 경계를 허물며 자료를 축적해 나갔다. CCTV 결과를 기다리던 화요일, 탁대는 대박 기회를 만나게 되었다.

형사부 조사에 지원을 마치고 돌아온 탁대는 비어 있는 6조사실의 문을 열었다. 그 안에서 문기찬 방문 시에 대비한 전략을 마무리할 참이었다.

그런데!

"……?"

문을 연 탁대는 눈을 의심했다. 창 쪽의 의자에 기대 곤히 잠든한 사람. 권태술 차장이었다. 나가야 하나 싶을 때 코 고는 소리가들려왔다. 느긋하게 기댄 모습과 코 고는 소리. 금방 깰 잠은 아닌것 같았다.

숨소리에서 술 냄새가 끼쳐왔다. 어제도 마신 모양이다. 하긴 얼마나 술 마실 일이 많을까? 지검장 승진 발표는 코앞이고 뒤를 봐준국회의원도 한둘이 아닐 터. 그러니 적어도 한 트럭 정도는 마실 약속이 줄을 섰을 것만 같았다.

타자환몽!

탁대의 뇌리에 슬금슬금 한 마법이 스쳐 갔다. 저 꿈속에 들어가강력한 시그널을 심어놓으면 큰 도움이 될지도 모른다. 용석봉 팀장을 탁대 편으로 만들었던 것처럼 말이다.

　탁대는 천천히 권 차장 옆으로 다가섰다. 하지만, 무슨 생각에서
인지 뻗었던 손을 일단 거두었다. 탁대의 손은 권 차장의 핸드폰으
로 옮겨갔다.

　'지문 인식…….'

　탁대는 권 차장의 검지를 바라보았다. 그런 다음 조심스럽게 지
문 터치를 했다.

　'열렸어!'

　탁대는 권 차장의 핸드폰을 뒤졌다. 전화번호는 많았다. 게다가
그룹도 지정되지 않았다. 신분은 차장급 검사였지만 핸드폰 관리
는 평범한 50대와 다를 바 없었다.

　하지만 용의주도한 면도 있었다. 통화 기록을 삭제한 건지 통화
는 오늘 것밖에 남아 있지 않았다.

　'일단 강일권을…….'

　검색해 보지만 나오지 않았다.

　'다음으로 청와대…….'

　역시 마찬가지.

　'B 혹은 BH?'

　그것도 검색결과가 없긴 마찬가지였다.

　'이러다가 날 새겠어.'

　모처럼 잡은 좋은 기회. 빠른 판단이 필요했다. 혹시나 싶어 문
자를 확인했다.

　'있다!'

　탁대의 눈이 번쩍 띄었다. 나이 탓인지 권 차장의 문자는 몇 개

되지 않았다. 기성세대들은 문자보다 통화를 선호하기 때문이었다. 문자의 발신자는 공공. 내용은……

—그린에서 12시.

—부킹 즐거웠소. 곧 좋은 소식 갈 겁니다.

내용으로 보아 청와대 강 수석의 문자로 짐작되었다. 탁대는 일단 그 번호를 땄다. 핸드폰을 내려놓고 보니 권 차장은 여전히 꿈속에서 코로 나팔을 불고 있다. 이제 볼일도 다 본 판. 그렇다면 생각이 달랐다.

'타자환몽!'

권 차장의 손목에 손을 대며 중얼거렸다. 탁대는 바로 권 차장의 꿈속으로 들어갔다. 그는 꿈속에서 청와대에 있었다. 대통령에게 임명장을 받는 권 차장. 임명장에는 지검장도 아니고 '검찰총장'이라는 글자가 황금빛으로 박혀 있었다.

'당신이 꿈꾸는 자리로군.'

탁대는 대통령의 몸을 빌렸다. 꿈속이라면 신도 될 수 있는 탁대였다.

"충성을 다하겠습니다!"

입이 귀밑까지 걸려 어쩔 줄 모르는 권 차장. 하지만 그 얼굴은 이내 사색으로 변했다. 탁대가 따귀를 후려친 것이다.

"각하?"

"각하? 요즘 그런 권위적인 말은 쓰지 않는 거 몰라?"

이번에는 불덩이가 날아갔다. 권 차장 앞에서 터진 화염은 그를 천길 벼랑으로 내동댕이쳐 버렸다.

"각하……."

"닥쳐. 이 간사한 인간!"

탁대는 권 차장을 냉혹하게 몰아붙였다.

"저는 충성을 다한 죄밖에……."

"충성? 백영규를 봐주고 송길웅만 기소한 편파 검사 주제에 감히 그런 소리가 나와? 너는 검사의 자격도 없어. 차라리 개백정만도 못한 인간이라고."

탁대는 권 차장을 들어 올렸다가 장쾌하게 패대기를 쳤다.

"아이고……."

"비명이 나오나? 당신이 역사를 망친 거야. 대한민국 국민의 신망을 배신한 거라고!"

탁대의 손에서는 불덩이가 이글거렸다. 나아가 모습도 어느새 대통령에서 탁대로 변해 있었다.

"으헉!"

기겁을 한 권 차장은 엉금엉금 기었다. 불덩이는 그의 앞뒤에서 쉴 새 없이 작렬했다. 화염 감옥에 갇힌 권 차장. 오줌을 지리고 똥을 지린다. 그 꼴은 정녕 가관이 아니었다.

"국민의 이름으로 심판을 해주지. 이 쓰레기 검사!"

"조탁대……."

"먹어!"

펑!

화염을 맞은 권 차장이 오징어가 불판 위에서 쪼그라지듯 움츠러들었다. 화염은 계속 날아갔다. 그 공포의 끝까지 차곡차곡 태울 요량이었다.

"용서해 줘, 조탁대 실장. 백영규를 봐준 건 내 뜻이 아니었어.

청와대에서 누르는 데에야 내가 무슨 재주가 있나? 나도 나 살길 찾아야지."

"청와대 강일권 수석?"

"맞아. 강일권, 강일권!"

겁에 질린 권 차장이 콧물을 쏟으며 울부짖었다.

"닥쳐!"

"난 무죄야. 난 그저 정국의 안정을 위해 대승적인 결단을 했을 뿐이라고!"

"네 출세를 위한 대승적 결단이겠지."

"아니야, 아니야!"

권 차장의 목소리가 마침내 찢어질 때 탁대는 그 꿈에서 나왔다.

"백영규를 봐준 건 내 뜻이 아니라고!"

갈라지는 비명과 함께 잠에서 깬 권 차장. 그의 앞에는 위 부장과 탁대가 서 있었다.

"뭐, 뭐야?"

화들짝 놀라며 기겁을 하는 권 차장.

"괜찮으십니까?"

탁대가 시치미를 떼고 물었다.

"다, 다가오지 마!"

아직 비몽사몽인 권 차장은 몸서리를 치며 버둥거렸다.

"악몽을 꾸신 모양입니다."

지켜보던 위 부장이 담담하게 한마디를 날렸다. 정말 지독한 담담함이었다.

"악몽?"

그제야 사태를 파악한 권 차장의 시선을 가다듬었다.

"내, 내가 뭐라고 한 건가?"

권 차장은 창백한 눈빛으로 위 부장을 바라보았다.

"아무것도… 지나가다가 고함이 나길래 들어와 본 것뿐입니다."

위 부장이 돌아서자 탁대도 그 뒤를 따랐다. 조사실 복도에는 여직원들과 수사 검사 몇 명이 웅성거리고 있었다. 그들 중 일부는 권 차장의 잠꼬대를 두고 수군거렸다.

"아, 뭐하는 겁니까? 다들 자리로 돌아가세요!"

탁대는 일부러 목청을 돋구어 복도를 정리했다. 이는 권 차장의 체면을 살려주려는 것으로 철저히 계산된 처세였다.

권 차장은 큼큼 헛기침을 하며 조사실에서 나왔다. 잘난 권 차장, 그래봤자 소위 개쪽은 다 팔린 후였다.

강일권 수석.

권 차장이 그와 결탁한 것은 이제 주지의 사실로 보였다. 사무실로 돌아온 탁대는 곰곰 생각에 잠겼다. 정황상의 증거는 조금씩 쌓여갔다. 하지만 움직일 수 없는 증거들은 아니었다.

'찢겨 나간 수첩의 일부!'

그게 필요했다. 그렇지 않다면 강 수석과 권 차장, 혹은 윤 검사가 만난 물증이라도 있어야 했다. 그래야만 이들의 퇴로를 막을 수 있었다.

'만약 내가 윤 검사라면?'

탁대는 수첩을 압수 수색해 온 날을 떠올렸다. 압수는 염 수사관과 이 수사관 등이 중심적인 역할을 했다. 수첩을 발견한 그들은 그걸 윤 검사에게 넘겼을 것이다.

'윤천수가 그걸 찢으면……'

일차적으로 훼손한 건 윤천수일 가능성이 높았다.

'혹시 아니면……'

권태술!

둘 중 하나였다. 권태술이 청와대의 오더를 받을 거라면 수사관들 손을 거치는 것도 꺼렸을 일.

'윤천수가 압수한 수첩을 권 차장에게 바로 보여줬을 수도 있군. 그럼……'

이차적으로 수첩은 권 차장이 찢을 수도 있었다.

'다음에는 어떻게 할까?'

탁대의 상상이 치밀하게 갈래를 펴나갔다.

'권 차장은 지검장 자리를 노리는 출세욕의 개. 그럼 청와대의 주인에게 치적을 보여주고 칭찬을 받아야……'

탁대의 생각이 거기서 잠시 멈췄다.

개들은 쓰담쓰담을 좋아한다. 가만히 부정부패, 비리를 저지르는 자들의 속성을 돌아보았다.

먹물이 진한 자들, 그러니까 많이 배우고 높은 지위를 가진 자들은 대개 비겁한 동시에 치밀했다. 그런 측면에서 보면 권 차장이 찢어진 부분을 가지고 있을 확률이 있었다. 그래야 두고두고 보험이 되는 것이다. 청와대나 백영규 의원을 향한 영원한 보험증서. 출세의 엘리베이터를 타기 위한 탑승권.

'권 차장에게 있겠군.'

결론이 서자 눈에서 광채가 튀어나왔다.

탁대는 바로 자리를 털고 일어섰다.

"심문할 게 있나?"

서류를 뒤적이던 어 계장이 물었다.

"예? 권 차장님 방에 좀 들리려고요."

"왜? 차장님이 지시하신 거 있어?"

"예? 예……."

"괜찮으면 나랑 잠깐 얘기 좀 하고 가지."

어 계장이 모티너 화면을 끄며 일어섰다.

"혹시 표 사장님 만났나?"

회의실 테이블 앞에서 어 계장이 음료 한 병을 내밀며 물었다.

"……?"

"경계할 거 없네. 어제 밤에 전화가 왔었어."

"표 사장님이요?"

"자네 말씀을 하시더군. 잘 좀 돌봐주라고."

"……."

"자네, 나한테 숨기는 거 있지?"

"……."

"나도 검찰밥 20년 이상 먹은 사람이야. 그 정도 눈치도 없을 줄 아나?"

"계장님……."

"어쩌면 내가 우려하던 일이겠지?"

"무슨 말씀인지?"

"사실 말이야 자네 스카웃을 결정할 때 그런 생각을 했었네. 이 친구가 만약 우리가 원하는 능력을 가졌다면 동시에 부작용도 있겠다 하는……."

"무슨 뜻이죠?"

"어려울 거 없잖나? 자네가 범죄자의 심리를 훔쳐 내는 능력을 가졌다면 검사 이상이 아니겠나? 하지만 여기 현실은 검사의 지휘를 받아야 하는 입장……."

"……."

"가장 자주적이어야 할 재능인데 그 자주권이 제한을 당하면 어떻게 될까……."

"계장님."

"아마 정치적인 사건이 아니라면 큰 문제가 없겠지. 그런데 정치적인 사건들은 소위 조율이라는 들어갈 때가 많거든."

"……."

"그 왜, 우리가 흔히 말하는 주최 측의 농간이라는 말이 있지 않나?"

"슬슬 피부로 느끼고 있습니다."

"어디나 다 마찬가지겠지. 검찰에도 정의로운 검사가 있는가 하면 줄서기나 하려는 정치 검사도 있네."

"그것도 느끼고 있고요."

"자넨 자네 길을 가겠지. 설령 짤리는 한이 있어도."

어 계장의 눈빛이 담담하게 변했다.

"……."

"하긴, 한편으로는 이런 생각도 했었네. 조탁대가 검찰에 와서 봉황시에서 했듯 정치검사들을 확 청소해 주었으면 하는……."

"계장님!"

"솔직히 가능성은 거의 없지. 검사는 봉황시 공무원들과 차원이 다르니까."

"……."

"표 사장님이 내 얘기 안 하시던가?"

"전혀……."

"하긴 그 양반은 그게 미덕이지. 도무지 베푼 은혜를 내색하지 않는다니까."

'은혜?'

"뭐 자네가 그 양반이랑 교감을 나누는 것 같으니까 하는 말인데 나도 그 양반에게 두 번이나 큰 신세를 졌다네."

"……!"

"솔직히 그래서 그 양반을 존경하는 건 아니라네. 만약 좀 베풀었다고 해서 대가를 강제한다면 존경하지도 않을 테니까."

"……."

"그런데 이번에는 대놓고 말씀하시는 걸 보니 아무래도 자네가 큰 모험에 나선 것 같아서."

"계장님!"

"타깃은 윤 검사인가?"

묻는 어 계장을 향해 탁대의 순간 독심이 발현되었다. 표정을 봐서, 그 간의 행동을 봐서도 독심을 할 필요는 없었다. 하지만 지금은 달랐다. 혹시라도 판단이 빗나가면 돌이킬 수 없는 결과를 초래할 일이었다.

진심, 그리고 신뢰.

어 계장에게서 느껴진 건 두 가지였다. 즉, 그는 탁대를 떠보려는 것이 아니었다.

"최종 타깃은 권태술 차장입니다."

탁대는 조용하게, 그러나 묵직하게 대답했다.

"맙소사!"

어 계장이 휘청 흔들렸다. 권 차장까지는 차마 생각하지 못한 모양이었다. 탁대와 눈빛이 마주친 어 계장은 숨을 몰아쉬더니 엷은 미소와 함께 손을 내밀었다.

"늑대가 아니라 호랑이를 겨눈다? 조탁대답군."

탁대는 그 손을 잡았다. 또 한 명, 탁대의 우군이 늘어났다.

책!

어 계장은 봉황검찰청의 터줏대감다웠다. 탁대가 심경을 밝히자 찢어진 메모가 있을 만한 곳을 짚어주었다.

"그 양반은 치밀하지. 메모 같은 거라면 필경 어떤 책엔가 찔러두었을 거야."

신빙성이 있었다. 문제는 그 책이 어떤 거냐는 거였다.

행동 개시!

탁대는 시장통으로 가서 유리병 가득 식혜를 사 담았다. 권 차장이 좋아하는 음료수다.

그런 다음에 어 계장이 넘겨준 부장급 이상 검사들의 스케줄을 확인했다. 비는 시간은 오후 4시였다.

똑똑!

차장실 문을 두드리자 윤 검사의 목소리가 새어 나왔다.

"들어와요."

탁대는 목례와 함께 들어섰다. 권 차장과 밀담을 나누던 윤 검사가 돌아보았다.

"조 실장님이 웬일입니까?"

"아, 차장님 좀 뵈려고요."

"나?"

권 차장의 시선이 탁대에게 꽂혀왔다.

"아까 피곤하신 거 같길래 출장 나갔다가 식혜 한 병 샀습니다. 전에 보니 이걸 좋아하시는 것 같아서……."

탁대는 쌀알이 동동 떠다니는 식혜를 내밀었다.

"어이쿠, 어디서 이런 걸 다?"

권 차장이 반색을 하며 받아들었다. 이제 술 냄새는 거의 가시고 없었다.

"쭉 드시면 피로가 좀 가실 겁니다."

"고맙네. 그나저나 아까는 고마웠네."

기분이 넉넉해진 권 차장이 또 치사를 건네 왔다.

"아닙니다."

"그건 그렇고 내가 잠꼬대를 많이 했나?"

뭔가 켕기는 듯 슬며시 운을 떼는 권 차장.

"그렇지 않습니다. 그냥 두어 마디 비명 같은 걸……."

"정말이지? 다른 건 없었지?"

"잠깐 눈 붙이시면서 악몽을 꾸신 모양이지요?"

탁대는 시치미를 뚝 잡아뗐다.

"뭐, 좀 그랬네. 꿈에서도 자네를 만났어."

"저를요?"

"꿈에서도 조 실장이 식혜를 사온 겁니까?"

윤 검사가 권 차장을 보며 물었다.

"웬걸. 꿈에서는 나를 야무지게 닦아세우더라고. 국민을 위해 열심히 일하라고 말이야."

"이야, 역시 국민영웅 공무원은 뭐가 달라도 다르군요."

윤 검사는 자연스럽게 추임새를 넣었다.

"그러게 말이야. 이거 원, 조 실장 무서워서 한눈이라도 팔겠나?"

권 차장과 윤 검사가 이야기를 나누는 사이에 탁대는 순간 투시를 펼치고 있었다. 책상 뒤로 들어선 책장. 그 뒤에 가득한 두툼한 법전과 기타 법령집과 논문들.

그것만 해도 분량이 엄청났다. 게다가 책 사이에 낀 종이라서 속도도 나지 않았다. 더 난감한 건 여기에 없으면 권 차장의 집까지 뒤져야 한다는 사실이었다.

겨우 십여 권 진도가 나갔을 때 윤 검사가 훼방을 놓았다.

"일 봤으면 그만 나가봐요."

"아, 예……."

더 있고 싶지만 있을 명분이 없었다. 탁대는 꾸벅 목례와 함께 아쉬움을 남겨두고 권 차장 방에서 나왔다.

짤그락!

퇴근 무렵, 어 계장이 열쇠 하나를 슬쩍 탁대에게 밀어주었다. 그는 찡긋 윙크를 남기고는 퇴근해 버렸다. 창밖으로 권 차장과 윤 검사 자가용에 오르고 있었다. 같이 나가는 걸 보니 또 향응이 있는 눈치였다.

딸깍!

인적이 드물어지자 탁대는 기어이 권 차장 방을 열었다. 검사장 승진 때문에 퇴근 이후가 더 바쁜 권태술. 그가 돌아올 리는 없었다.

'어디 보자.'

탁대는 책장 앞에 서서 책을 쏘아보았다. 법전은 왜 이렇게 두터울까? 다른 사람들을 질리게 하기 위함일까? 표지부터 무게감이 장엄한 법전들은 저마다 오만으로 가득 차 보였다.

'시작하자.'

탁대는 소파에 가부좌를 틀고 투시 마법을 뿌렸다. 마법이 발현되자 책에 낀 이물질들이 보이기 시작했다. 어떤 쪽에는 수표도 들었고 또 어떤 쪽에는 사진도 보였다.

'사진······.'

수표는 건너뛰고 사진이 든 법전을 집었다. 보통 무게가 아니었다. 아마 여린 여자라면 들지도 못할 것 같았다.

'허얼!'

뜻밖의 사진이 나왔다. 20대 중반으로 보이는 아가씨와 해외에서 찍은 사진이었다. 사진은 여러 장이었다. 어떤 것은 골프장이고 또 어떤 것은 바닷가, 그리고 몇 장은 풀빌라의 야외 식탁이었다.

'향응을 제대로 받으셨군.'

사진에는 날짜가 없었다. 하지만 그리 오래전 사진은 아닌 것 같았다. 그건 권 차장의 얼굴에서도 알 수 있었다. 그런데 왜 이런 걸 간직하고 있는 걸까? 그것도 쉽게 짐작이 갔다.

아가씨가 굉장한 미인이었다. 비키니 사이로 또렷하게 드러난 몸매 또한 예술이었다.

'추잡하지만 그에게는 추억⋯⋯.'

사진을 챙기고 투시를 계속했다. 그러다 한 가지 규칙을 발견했다. 그의 '사생활'은 아무 책에나 끼어 있는 게 아니었다. 칸칸의 오른편 세 번째까지. 위치를 보니 그의 책상에서 눈이 잘 마주치는 곳이었다.

'그렇다면⋯⋯.'

탁대는 그 규칙을 더욱 꼼꼼히 집중했다. 또 한 뭉치의 사진이 나왔다. 이번 것은 좀 묵은 사진이었다. 동시에 좀 더 과감한 사진들⋯ 사진 속 아가씨는 적나라한 알몸이었다.

'옛날부터 좀 놀으셨군.'

그 또한 향응 외유 중에 찍은 것으로 보였다. 욕지기가 치밀었지만 참았다. 뱃살 늘어진 중년 검사와 묘령의 아가씨. 도무지 배합이 되지 않는 구성이었다.

남은 건 두 칸이었다.

책이 많을 때는 기대감이 빵빵했는데 슬슬 종착지가 다가오니 초조감이 밀려왔다. 사무실이야 어떻게든 뒤져 보고 있지만 사택을 뒤지는 건 쉬운 일이 아니기 때문이었다.

'나머지 한 줄⋯⋯.'

그걸 바라볼 때 복도에서 발소리가 났다. 탁대는 잠시 숨을 멈추고 촉각을 곤두세웠다. 다행히 발소리는 다시 멀어졌다.

'여기서 나와야 할 텐데⋯⋯.'

숨결을 가다듬고 다시 마법을 뿌렸다. 첫 번째 법전이 속을 시원하게 드러냈다.

"……!"

그 가운데서 메모가 보였다. 탁대는 얼른 책을 꺼내 확인했다.

'쉿!'

그냥 메모였다. 그래도 한때는 공부를 열심히 한 건지 메모에는 깨알 같은 핵심정리가 가득했다. 김이 좀 빠졌지만 다음 책으로 투시 마법을 옮겨갔다.

'맨 앞쪽……'

여기도 메모가 보였다. 그 책을 뽑아들었다. 골판지 두께의 표지를 넘기자 메모가 툭 떨어졌다. 그걸 집어 들던 탁대는 숨이 멈출 것만 같았다. 바로 문제의 메모였다.

'이거야!'

탁대의 손이 부들부들 떨었다. 정무학의 로비 자금 제공 수첩에서 찢겨 나간 부분…….

23일 주유소 쪽 7억.

6일 회원사 시찰 주차장 3억.

메모는 친절하게도 돈을 건넨 대략적인 장소까지 적시되어 있었다.

'빙고!'

탁대는 주먹을 불끈 쥐며 소리 없는 쾌재를 불렀다. 순간, 느닷없는 쇳덩이가 탁대의 뒤통수에 닿았다.

"……?"

오싹한 느낌에 온몸의 털이 곤두섰다. 싸아한 쇠붙이 냄새. 그건 권총이었다. 메모를 찾은 기쁨에 그만 긴장을 끈을 놓아버린 탁대.

아뿔싸!

신음이 저절로 밀려 나왔다.

탁대는 천천히 고개를 돌렸다. 어둠을 뒤집어쓴 실루엣은 천천
히 드러났다.

"방 검사님!"

"쉿!"

탁대가 소리치자 방 검사가 황급히 입을 막았다. 탁대는 또 한 번
늑골이 무너지는 것만 같았다. 다행스럽게도 총구의 주인은 방 검
사였다.

"여긴 어떻게?"

방 검사가 권총을 거두며 소리 낮춰 물었다.

"검사님은요?"

"나는 좀 찾아볼 게 있어서……."

"혹시 이거 아닌가요?"

탁대가 메모지를 들어보였다.

"조 실장님이 찾은 겁니까?"

"예……."

"이런 개자식들……."

메모를 확인한 방 검사가 치를 떨었다.

"나가시죠."

"잠깐만요."

탁대의 발을 방 검사가 막아섰다.

"왜 그러죠?"

"그거 어디서 꺼냈습니까?"

"저기서……."

탁대는 책장을 가리켰다.

"일단 확인했으니 그냥 두세요."

"예? 그냥 두라고요?"

"그게 가장 안전해요."

"……?"

"비켜봐요."

탁대를 밀어낸 방 검사는 휴지로 책장 유리를 닦았다. 지문을 지우는 것이다.

"우리가 이들의 치부와 결탁을 밝혀내면 온갖 변명에다 누명 씌우기까지도 가리지 않을 겁니다. 자칫하면 우리가 자기들을 모함하기 위해 역공작을 꾸몄다고 당할 수도 있어요."

"아!"

거기까지는 생각지 못했다. 역시 검사의 사고방식은 탁대와 달랐다. 책장 유리를 문지르고 돌아설 때 자판 옆에 놓인 투박한 손목시계가 보였다. 권 차장이 두고 간 걸까? 하긴 요즘은 핸드폰이 있어 굳이 시계가 필요한 것도 아니었다.

슬쩍 문을 열고 복도를 둘러본 방 검사가 먼저 나갔다. 탁대는 잠깐 사이를 두고 나왔다. 웬일인지 시계가 마음에 걸렸지만 어쩔 수 없었다. 그런 것은 없어지면 바로 표시가 나니까.

몇 걸음을 걷다가 원치 않는 얼굴을 만나게 되었다. 염 수사관이었다.

"어, 조 실장님!"

"……!"

느닷없이 조사실에서 튀어나온 염 수사관. 그의 손에는 조서가 잔뜩 들려 있었다.

"아직 퇴근 안 했습니까?"

염 수사관이 물었다.

"아, 예. 마무리할 게 있어서……."

"그런데 왜 그쪽에서?"

염 수사관이 권 차장 방 쪽을 가리켰다.

"2층으로 알고 착각을 했어요."

"그래요? 하긴 나도 가끔 착각할 때가 있죠. 골치 아픈 사건 만나면 말이죠."

"언제 한잔해요."

탁대는 그 말을 남기고 앞서 걸었다. 뒤통수가 뜨끔하지만 별수 없는 일이었다. 그렇다고 권 차장 방에서 나오는 장면을 들킨 건 아니니까.

"염 수사관이요?"

30분 후에 상가의 커피전문점에서 재회한 방 검사가 고개를 들었다.

"복도에서 만났는데 대충 둘러댔습니다."

"그 친구는 윤 검사 딸랑이인데……."

방 검사는 찜찜하다는 표정을 지었다.

"그보다 이런 것도 있었어요."

탁대는 품에 넣어두었던 사진을 꺼내놓았다. 사진을 본 방 검사의 얼굴이 확 일그러졌다.

"전부터 향응 소문이 있더니 사실이었군요."

방 검사의 목소리가 낮아졌다.

"보통 향응이 아닌 거 같은데 이래도 되는 건가요?"

"그 향응 수사담당 검사도 권 차장 측근입니다. 그때도 애매하게 미운털이 박힌 평검사들 뒷조사만 하다가 말았다고 들었습니다."

"씁쓸하군요. 검찰청 공직기강이 지방자치단체만도 못하다니……."

"못된 고양이가 많아서 그렇지요. 고양이에게 생선을 맡긴 꼴이다 보니……."

"아까 메모지 놔두라고 할 때 사진 생각이 났는데 말하지 않았습니다. 이건 가지고 와도 될 것 같아서."

"잘했습니다."

"그나저나 놀랍군요. 검사님이 권 차장 방을 털 생각을 다 하다니."

"왜, 검사는 그러면 안 됩니까?"

"웃기잖아요? 그럼 절도라는 얘긴데 검사와 절도라……?"

"조 실장님도 검찰 직원입니다. 검찰 직원이 절도하는 건 안 웃긴 줄 아세요?"

"실은 그보다는 생각이 통한 거 같아서 그렇습니다."

탁대가 엷은 미소를 지었다. 간이 철렁 떨어졌다가 다시 붙었지만 동지애를 느낀 건 크나 큰 기쁨이었다.

"실은 CCTV 결과가 올라왔어요. 그래서 검사 체면에 나도 좀 뭔가 해야겠다 싶어서……."

"결과가 나왔다고요?"

"문기찬과 정무학··· 비교적 누구인지 알아볼 수 있게 잡혔습니다. 차 안에 탄 백영규도 구분 가능하고요."

"검사님!"

"내일 문기찬이 만나러 갑시다."

"내일요?"

"이런저런 증거가 나왔으니 더 미룰 필요 없잖아요? 지난번 송길웅 의원 일로 로비 자금은 어디론가 은닉했을 겁니다. 그 행방만 알아내면 이 사건, 퍼펙트예요."

"그렇군요. 마침 제가 권 차장님 핸드폰에서 청와대 강일권 수석과 나눈 것으로 보이는 문자도 확보했습니다."

탁대는 권 차장의 핸드폰 문자를 찍은 화면을 펼쳐보였다.

"좋아요. 속전속결로 갑시다. 로비 자금 도피처만 확인하면 내가 지검장님을 만나 재가를 받겠습니다."

"가능할까요?"

"증거가 명백하잖습니까? 그 정도면 청와대 비서관 아니라 대통령도 어쩔 수 없어요."

"좋아요. 디데이는 내일!"

"내일!"

테이블을 두고 탁대와 방 검사의 눈빛이 마주쳤다. 신념에 가득 찬 두 사람은 허공에서 각자의 손을 힘차게 마주잡았다.

내일!

내일이었다.

더러운 정치권력과 야합한 검사들을 말끔히 청소하는 날.

방 검사와 헤어진 탁대는 전화기를 꺼내 들었다. 탁대가 누른 건 고동길 기자의 번호였다.

"내일 중대한 일이 있을 예정입니다. 시간 좀 비워두세요. 연락 드릴게요!"

한마디를 하고 통화를 끊었다. 탁대의 몸은 저 밑바닥부터 후끈 달아오르고 있었다.

"나 공무원증 나왔어요!"

집에 도착하자 혜자가 새 공무원증을 내밀었다.

지방행정서기보 반혜자.

그 위에 반듯하게 올라앉은 혜자의 사진. 극도의 긴장감 때문에 이러쿵저러쿵 장단을 맞춰줄 기분은 아니었지만 립서비스는 해주었다.

"이야, 서울시 직원으로 있기에는 좀 아까운 인물인데?"

"진짜?"

"그럼. 누구 와이픈데?"

"그렇잖아도 총무과에서 오빠 알아보는 사람 있더라고요. 덕분에 나도 유명세 누리고 있어요."

"업무는 뭐 맡았어?"

"피이, 그건 첫날 말했잖아요?"

"미안, 내가 요즘 정신이 없어서⋯⋯."

"나 공보실 근무예요. 구청 홍보업무인데 정신이 하나도 없어요."

"그래도 주정차 단속보다는 좋지?"

"뭐, 그것도 나름 보람은 있었지만 여기가 훨씬 더 좋아요."

혜자는 훨씬을 강조했다.

"오케이! 미래의 공보실장님. 저는 검토할 게 있어서 잠깐 실례합니다."

"알았으니까 너무 늦게까지 일하지 말아요."

서재로 들어서는 탁대의 꽁무니를 따라 혜자의 당부가 딸려왔다.

백영규!

노트북을 켜자 그의 정가 동정이 시원하게 들어왔다. 국빈 자격으로 중국 방문을 마치고 돌아온 그에 대한 기사가 지천이었다. 한 사진에서 백영규를 수행 중인 문기찬이 보였다.

문기찬! 백영규에게로 가는 문고리.

동시에 백영규를 철창 안으로 들여보낼 수 있는 문고리.

그 결과는 이제 탁대의 능력에 달려 있었다.

그 밤에 탁대는 악몽을 꾸었다.

꿈에 등장한 사람은 권 차장이었다. 그의 손에는 권총이 들려 있었다. 그가 방아쇠를 당기자 탁대가 순간 접착 마법으로 맞섰다. 하지만 막지 못했다. 아니, 오히려 그의 권총은 짚신벌레처럼 분열을 했다. 심지어는 손가락도 총구가 되었다.

타타타탕!

무수히 분열하는 총알들.

'억!'

그런데 그걸 맞은 건 로르바흐였다.

"대마법사님!"

놀란 탁대가 신음과 함께 눈을 떴다. 눈앞에는 혜자가 있었다.

"괜찮아요?"

'꿈?'

주변을 돌아보니 침실이었다. 안도의 숨이 나왔지만 몸은 땀으로 흥건했다.

"혹시 나 모르는 일이라도 있어요?"

염려가 된 혜자가 물었다.

"그럴 리가. 내가 요즘 너무 무리해서 그런가?"

"피이, 무리는 무슨… 맨날 늦게 오고, 오면 일만 하면서……."

귀엽게 입술을 삐죽거리는 혜자. 탁대는 괜한 미안함에 혜자를 바짝 당겨 안았다.

"미안해. 바쁜 일 곧 끝날 거야."

그 말과 함께 그녀의 머리카락에 얼굴을 묻었다. 머리에서 나는 향이 마음을 편하게 만들었다. 그 안도감 속에서 어둠을 밀어낸 햇귀가 서울 하늘을 깨웠다.

문기찬!

그를 만나기 위해 네 시간을 기다려야 했다. 그나마 국토부 공무원 인허가 비리와 관련해 출장을 달고 나온 게 다행이었다. 문기찬은 국회에 있었다. 하지만 거기서 만나기는 편치 않았다.

탁대는 백영규 의원 사무실 1층에 자리한 프랜차이즈 빵집에 자리를 잡았다. 문기찬이 도착하면 유리창 너머로 바로 확인할 수 있는 자리였다.

카라멜마끼아또 한 잔으로 마음을 달래면서 전략을 구상했다.

탁대는 권 차장의 책에서 찾은 메모를 찍은 화면을 불러냈다. CCTV를 통해 정무학에게서 돈을 받은 증거는 확보한 상황. 더불어 3억을 추가로 받은 곳도 알고 있다.

하지만!

어떻게 이야기를 꺼내야 단숨에 원하는 걸 알아낼 수 있을까? 고민하는 차에 문기찬의 차량이 도착했다. 날이 어둑해지는 오후, 옆에 백 의원 차량은 없었다.

'백 의원은 다른 곳으로 새셨군.'

탁대는 조금 남은 잔을 놓고 일어섰다.

"안녕하세요?"

일단은 밝은 목소리로 인사를 건넸다.

"당신?"

문기찬의 눈이 일그러졌다. 검찰에서 스쳐 가며 본 두 번의 인연. 탁대가 여러 수사관과 섞여 다녔으므로 단박에 생각나지는 않는 모양이었다.

"검찰청 조탁대 수사관입니다."

"검찰청? 아!"

그제야 생각난 듯 자기 이마를 툭 치는 문기찬.

"윤천수가 뭐라고 하더니, 당신이?"

윤천수.

검사 이름을 동네 개 다루듯 입에 올리고 있다. 일반적인 상식으로 이해가 안 되지만 능력 있는 국회의원의 보좌관이라면 그러고도 남았다. 더구나 백영규라면, 시시한 장관에 댈 것이 아니었다.

"예, 잠깐 얘기 좀 나눌 수 있을까 해서요."

"듣자니 뭐 사과할 게 있다던데 당신은 잠깐 얼굴 본 것밖에 없잖소?"

문기찬이 눈살을 찡그리며 경계를 했다.

"잠깐이면 됩니다. 저기 빵집이라도……."

"됐어요. 검찰 직원하고 어울리는 것도 좋지 않으니까 가 봐요."

문기찬을 단박에 거절을 날리고 운전기사와 함께 사무실 쪽으로 돌아섰다.

'미안하지만 그렇게는 안 돼.'

탁대의 의지가 후끈 달아오르자 문기찬은 그 자리에 멈췄다. 두 발이 바닥에 붙어버린 것이다.

"문 실장님!"

앞서 가던 기사가 돌아보았다.

"어, 먼저 가. 발에 뭐가 붙었나본데?"

문기찬은 용을 쓰지만 그 발이 떨어질 리가 없다.

"이렇게 해보세요. 저도 아까 접착제를 밟았는데……."

탁대는 얼른 자세를 낮춰 발목을 잡고 흔들어 주었다. 그러자 문기찬의 발이 지면에서 떨어졌다.

"어? 이제 되네? 신발에 귀신이라도 붙었나?"

두 발을 움직여 보며 고개를 갸웃거리는 문기찬.

"아무래도 저랑 얘기 좀 나누라는 신의 계시 같은데요?"

"계시는 무슨… 응?"

그대로 올라가려다 다시 멈칫하는 문기찬. 이번에는 뒷발만 붙어서 요지부동이었다. 탁대는 또 한 번 연극을 펼쳤다.

"나 참, 벌건 대낮에 이게 무슨 해괴한 일이야?"

문기찬이 엉거주춤하는 사이에 탁대가 팔을 잡아끌었다. 도움을 받은 탓인지 그는 순순히 시간을 내주었다.

"그런데 나는 사과받을 일이 없는데요?"

커피 한 잔을 시켜주자 문기찬이 빨대를 꽂으며 말했다.

"아닙니다. 제가 감히 백 의원님도 못 알아보고 혐의를 주장했거든요."

"그래요?"

달랑 세 글자 단어를 각기 다른 높낮이로 쏟아놓는 문기찬. 기분이 나쁘지 않다는 반증이었다.

'그럼 슬슬 시작해 볼까?'

"그래서 자수하려는 거죠. 이런 괘씸죄가 어디 있겠습니까?"

"하핫, 민주주의 국가에서 괘씸죄는 무슨……."

"제가 왜 그런 판단을 했는지 궁금하지 않으십니까?"

"글쎄요. 왜 그렇게 생각하게 되었나요?"

"그게 저한테 제보가 들어왔었거든요."

탁대는 일부러 비밀스러운 표정을 지었다.

"제보요?"

문기찬의 커피를 쪽쪽거리며 고개를 들었다. 나름 귀가 솔깃한 모양이었다. 왜 아닐까? 도둑은 제 발이 저린 법!

"글쎄 어떤 미친놈이 이메일을 보냈는데 아주 구체적인 거예요. 뭐라더라? 정 부회장이 강남 일식집에서 가까운 주유소 근처에서 7억을 건넸고 그 다음에 또 그쪽 단체 회원사 업체 시찰 때 주차장에서 3억을 건넸다고……."

"……?"

문기찬 입에서 빨대가 떨어졌다. 미친 듯이 떨리는 그의 손. 탁대는 못 본 척하며 계속 말을 이었다.

"게다가 그 돈을 감춘 곳도 알고 있다고……"

"……!"

와들와들!

뼈 떨리는 소리가 들렸다. 소리 없지만 아우성처럼 느껴지는 문기찬의 의식. 탁대는 그 위태로운 마음속으로 오롯이 순간 독심을 발현시켰다.

—이, 이게 무슨 소리야?

—모든 걸 알고 있잖아?

—대체 어떤 놈이?

"윤 검사님 말을 들어보니 결국 수사진을 흔들려는 모함이라고 하던데 아무튼 저는 그게 너무 적나라해서……"

"세상에는 별 사람이 다 있는 법이지요. 그래, 그 돈은 어디다 감췄다고 합디까?"

꿈틀, 겨우 질문을 던지는 문기찬의 왼쪽 얼굴이 심하게 경련했다. 왼쪽 얼굴은 인간의 정서가 민감하게 반응하는 곳. 문기찬이 얼마나 정곡을 찔렸는지 알 수 있는 단초였다.

"그게 뭐라더라… 말도 안 되는 소리인데……. 문 실장님이 차에 싣고 다닌다고……"

"푸하하핫!"

그 말은 들은 문기찬이 배를 잡고 웃었다.

"참 어이가 없군요. 내가 차에다 10억을 싣고 다녀요? 말도 안 되는……"

'알아. 말도 안 된다는 거··· 하지만!'

탁대는 헐렁한 눈빛으로 물을 마시며 계속 문기찬의 마음을 읽었다.

—난 또 돈 숨겨놓은 곳까지 누설된 건가 하고 십겁을 했네.

—하긴 누가 알겠어? 그 돈은 의원님 집 화단에 묻어두었다는 걸.

화단!

그 말을 듣는 순간, 곤두섰던 탁대의 신경이 제자리로 돌아왔다. 큰 산을 넘은 것이다.

"그나저나 그 이메일은 뒷조사를 해보았소?"

"아닙니다. 백 의원님과 관련된 건은 일체 불문에 붙이라는 윤 검사님의 지시가 있어서 제가 삭제해 버렸습니다."

"그 후로는?"

"다시 오지 않았습니다. 하긴 그 당시에 쏟아진 투서나 제보 중에는 더 기상천외한 것도 많았으니까요."

"기상천외하다니?"

"말도 안 되는 소리들 말입니다. 백 의원님이 호박씨의 명수라서 방 안 비밀 금고에 로비나 불법 정치자금이 가득하다는 둥, 장식용 대형 도자기 안은 금괴와 보석으로 채워졌다는 둥……."

탁대는 소위 물타기 신공으로 문기찬의 우려를 말끔히 씻어주었다.

"허어~! 현대판 황희정승인 우리 의원님을 두고……."

"그러게 말입니다. 아무튼 제 결례를 용서해 주시니 고맙습니다."

"됐수다. 그 사건은 다시 떠올리고 싶지도 않으니 그쯤합시다."

문기찬이 일어났다. 빵집을 나온 탁대는 형식적인 목례도 생략했다. 연극은 끝났다. 이들은 인사를 나눌 가치조차 없는 인간들이었다.

'방 검사님에게 연락을 해야겠지?'

핸드폰을 꺼내들 때 마침 방 검사에게 연락이 왔다.

"방 검사님! 증거 잡았습니다. 실행하십시오."

반가운 마음에 반색하는 탁대. 하지만 전화기에서 흘러나온 방검사의 목소리는 탁대와는 정반대였다.

—조 실장님! 빨리 핸드폰 버리고 피하세요. 권 차장 쪽에서 눈치를 챘습니다. 수사관들이 조 실장님 쪽으로 간 모양인데 잡히면 안됩니다!

"……?"

눈치.

눈치를 채?

오, 마이 갓!

『9급 공무원 포에버』 8권에 계속…

강준현 장편 소설

FUSION FANTASTIC STORY

개척자

Pioneer

『복수의 길』의 강준현 작가가 선보이는
2015년 특급 신작!

글로벌 기업의 총수, 준영.
갑자기 찾아온 몽유병과 알 수 없는 상황들.

"…누구냐, 넌?"
혼돈 속에서 순식간에 바뀐 그의 모든 일상.
조각 같던 몸도, 엄청난 돈도, 뛰어난 머리도 모두, 사라졌다!

스스로도 알 수 없는 낯선 대한민국의 밑바닥부터
다시 시작해야 하는 준영.

"젠장! 그래, 이렇게 산다!
대신 나중에 바꾸자고 하면 절대 안 바꿔!"

그는 과연 이 상황을 극복하고 자신의 운명을
새롭게 개척해 나갈 수 있을 것인가!

Book Publishing CHUNGEORAM

유행이 아닌 자유추구 -
WWW.chungeoram.com